屠岸译文集

英国历代诗歌选

（上）

[英] 杰弗里·乔叟等 —— 著

屠 岸 —— 译

北方文艺出版社

图书在版编目（CIP）数据

英国历代诗歌选．上 /（英）杰弗里·乔叟
(Geoffrey Chaucer) 等著；屠岸译．—— 哈尔滨：北方
文艺出版社，2019.5
（屠岸译文集）
ISBN 978-7-5317-4456-6

Ⅰ．①英… Ⅱ．①杰… ②屠… Ⅲ．①诗集 – 英国
Ⅳ．① I561.2

中国版本图书馆 CIP 数据核字 (2018) 第 279734 号

英国历代诗歌选（上）
Yingguo Lidai Shigexuan Shang

作　者 /〔英〕杰弗里·乔叟等　　　　　译　者 / 屠　岸

责任编辑 / 王　爽　王丽华　　　　　　封面设计 / 锦色书装

出版发行 / 北方文艺出版社　　　　　　邮　编 / 150080
发行电话 /（0451）85951921 85951915　经　销 / 新华书店
地　址 / 哈尔滨市南岗区林兴街 3 号　　网　址 / www.bfwy.com

印　刷 / 三河市龙大印装有限公司　　　开　本 / 880mm×1230mm　1/32
字　数 / 414 千　　　　　　　　　　　印　张 / 21
版　次 / 2019 年 5 月第 1 版　　　　　印　次 / 2019 年 5 月第 1 次印刷

书　号 / ISBN 978-7-5317-4456-6　　　定　价 / 78.00 元

2001年，屠岸先生访英格兰湖区华兹华斯故居"鸽巢"

崇高的美在夜莺的歌声中永不凋零

——《屠岸译文集》（八卷本）序

> 冷色的牧歌！
>
> 等老年摧毁了我们这一代，那时，
>
> 你将仍然是人类的朋友，并且
>
> 会遇到另一些哀愁，你会对人说：
>
> "美即是真，真即是美。"——这就是
>
> 你们在世上所知道、该知道的一切。

　　这是英国浪漫主义杰出诗人济慈的著名颂诗《希腊古瓮颂》中的最后几行。诗人在诗中以极大的热情赞颂了希腊古瓮崇高的美，并将这永恒而崇高的美与人性的真、生活的真结合在一起，使得美与真达到统一，永不凋零，而这正是诗的译者，诗人、翻译家、我亲爱的父亲屠岸先生一生的追求。在莎士比亚十四行诗中，诗人感叹时间摧毁一切的力量，痛惜生命的短暂和无常。但同时，诗人用生命的繁衍和诗歌的艺术来与冷酷的时间抗衡，歌咏了诗之美与生命之美必然战胜世间一切假恶丑的崇高境界。父亲正是以他对永恒之美的追求跨越了生命界限，实现了他生命的终极价值。可以说，父亲从他所翻译的诗歌中获得了灵感和力量，他的灵魂与原作的精神达到了高度的契合，而他的翻译也同时赋予了这些诗作以新的生命，让它们在我们这个古老的东方国度焕发出不灭的璀璨异彩。

一

早在 20 世纪 40 年代，父亲就开始了诗歌翻译的历程。他未曾读过英文专业，对英语的兴趣源自他对英语诗歌的热衷。按他的说法："还没有学语法，就先学背英语诗歌。"那个时期，背诵、研读英语诗歌给他带来无尽的乐趣。太平洋战争爆发后，日本人进入上海英法租界，很多英美侨民被抓，他们家中的藏书流入旧书市场，父亲便常常去旧书市场"淘"原版书，英语诗歌作品成为他淘书的一大目标。惠特曼、莎士比亚、斯蒂文森的诗集便是他在旧书摊或旧书店中所获。

1940 年，父亲完成了他人生中第一首英语诗歌的翻译，那是英国诗人斯蒂文森的《安魂诗》，他用了五言和七言的旧体诗形式进行翻译。虽然这首译作当时并未发表，但他此时的翻译却带给他信心，开启了他诗歌翻译的道路。1941 年，父亲在上海的《中美日报》副刊《集纳》上发表了第一首译诗：美国诗人爱伦·坡的《安娜贝儿·俪》。1946 年，他开始给上海的《文汇报》副刊《笔会》和《大公报》副刊《星期文艺》等报刊投稿，发表了他翻译的莎士比亚、彭斯、雪莱、惠特曼、里尔克、波德莱尔、普希金等多位诗人的作品。1948年11月，父亲在家人和友人的资助下自费出版了他的首部英诗汉译诗集——美国诗人惠特曼的《鼓声》。惠特曼是美国19世纪的大诗人，开创了美国的诗歌传统。《鼓声》中收入的52首诗作均为惠特曼在美国南北战争时期创作的诗篇。他在诗作中歌赞了林肯和他领导的北方军的胜利。这些诗作充满激昂而自由的格调，有一种豪放、洒脱的气质。那时的父亲风华正茂，极富朝气，一心向往自由和民主，惠特曼的正义与热情是与他当时的精神气质相呼应的。而出版惠特曼的《鼓声》，则是考虑到当时国内政治形势的需要。他原本打算出版自己的诗集，但这些诗篇中的所谓"小资情调"被朋友们认为不合当时的革命形势，于是他改变主意，出版了《鼓声》。他用惠特曼诗中所歌咏的北方喻指延安和西柏坡，南方喻指国民党南京政府。其中的政治寓意是隐晦的，但感情十分真诚。

惠特曼首创英语自由体诗，不讲究用韵，但并非没有节奏，且它的语言往往如汹涌的波涛，滚滚向前。父亲的翻译主要采用直译的方式，力求在诗句的气韵和节奏上体现原诗的风貌，语言自由洒脱、奔涌流泻。请看下面的诗句：

> 我们是两朵云，在上午也在下午，高高地追逐着；
>
> 我们是互相混合着的海洋——我们是那些快活的波浪
>
> 中的两个，相互在身上滚转而过，又相互濡湿；

我们是大气，透明的，能容受的，可透过的，不可透过的；

我们是雪、雨、寒冷、黑暗——我们是地母的各种产物和感召；

我们周游而又周游，最后我们回到家里——我们两个；

我们已经离开了一切，除了自由，一切，除了我们自己的喜悦。

这是《我们两个——我们被愚弄了多久》一诗中最后的诗行。诗人歌咏了与世界、自然和万物合为一体的自我，有一种清新、洒脱、自由的精神。不受格律限制的自由诗的形式与诗中表达的内容是相融合的。译诗保留了原诗的句子和语势，语句时而简洁短促，令人感到轻松活泼；时而冗长松散，带有悠然自在之气。

1943 年底，父亲从上海旧书店"古今书店"的年轻店主，后来成为他挚友的麦杆手中，获得了一本他非常喜爱的《莎士比亚十四行诗集》的英文原版书，这使得他后来翻译莎士比亚十四行诗的愿望得以实现。这本由夏洛蒂·斯托普斯编注的《莎士比亚十四行诗集》制作精美而小巧，注释详尽，由伦敦德拉莫尔出版社于 1904 年出版。父亲得到此书如获至宝。20 世纪 40 年代中期，他开始翻译这本《莎士比亚十四行诗集》。父亲说："一开始翻译，就为这些十四行诗的艺术所征服。"但莎士比亚生活的年代是在 16 世纪末、17 世纪初，那时的英语与现代英语仍有很多不同，翻译起来有不少语言上的困难。父亲找来其他注释本进行查阅比对，如克雷格编的牛津版《莎士比亚全集》一卷本（1926）。他还曾经写信求教于当时复旦大学的葛传椝教授，并得到他的指点。1948年《鼓声》出版时，莎士比亚十四行诗已经被翻译出了大部分。随着当时政治形势的发展，这部诗集的翻译工作停了下来。解放后，西方的作家作品被认为是资产阶级的文艺，不宜出版。直到1950年3月，父亲在一次登门向胡风先生约稿时被胡风先生问及现在正在做什么，父亲答曰，在翻译莎士比亚十四行诗，胡风先生说莎士比亚的诗是影响人类灵魂的，对今天和明天的读者都有用。胡风先生的话对父亲是巨大的鼓励，促使他译完了余下的全部诗稿。当年11月，中国第一部完整的《莎士比亚十四行诗集》由上海文化工作社出版。书中在每首十四行诗之后附有较详尽的译解，受到冯至先生的称赞。该译本在"文革"前多次再版。1964年，这个译本经全面修订之后给了上海文艺出版社（上海译文出版社前身），但未及出版，"文革"便开始了。"文革"期间，该译本以手抄本的形式在民间流传，很多人能够将其中的诗篇背诵出来。改革开放之后，上海译文出版社找到了这本莎翁十四行诗修订稿的原稿，经父亲再一次修订之后于1981年出版。此后，屠译《莎士比亚十四行诗集》又不断再版，形式也更加多样，有英汉对照版、插图版、线装版、手迹版等，累计印数达50余万册，成为名副其实的经典常销书，在读者中产生了广泛影响。

莎士比亚十四行诗与惠特曼的诗风完全不同，那是一种类似中国古典格律诗的英语格律体诗歌，共十四行，有严格的韵式和韵律。

父亲的翻译采用了卞之琳先生提出的"以顿代步，韵式依原诗""亦步亦趋"的原则。这里的"顿"指的是以汉语的二字组或三字组构成的汉语的自然节奏，"步"指的是英语诗歌中的"音步"。早在20世纪20年代，闻一多先生在探讨汉语新诗时提出了汉语节奏上的"音尺"概念，后来孙大雨先生又提出了"音组"。卞之琳先生将他们的概念发展了，提出用汉语的"顿"来代替英语诗歌中的"音步"，即"以顿代步"。他还提出了在翻译中要依原诗的韵式进行等行翻译，形成了完整的英语格律诗翻译原则。父亲对此非常认同，他曾与卞先生探讨"以顿代步"的翻译方法，并在其诗歌翻译中不遗余力地进行实践。请看十四行诗第 18 首的前两行：

Shall I / compare / thee to / a su / mmer's day ?
Thou art / more love / ly and / more tem / perate.

译文为：

我能否 / 把你 / 比作 / 夏季的 / 一天？
你可是 / 更加 / 可爱 / 更加 / 温婉。

英语十四行诗中一行有五个音步，这里用斜杠画出，每个音步中包含一轻一重两个音节，译文每行也分为五顿，准确地传达出原诗的节奏和韵律。在韵式方面，译诗也严格按照原诗 ababcdcdefefgg

的韵式进行翻译，以求全面表现原诗在形式上的风貌。这样的翻译在一些人看来或许过于苛求，会导致为了形式而削弱诗的神韵。而父亲的翻译能够较为灵活地运用汉语，在形式上做到与原诗契合的同时，亦十分注重译文的通顺和意思的明晰，在选词上也尽量在意境上贴合原诗的神韵。在父亲看来，译诗要达到与原诗在精神上的契合必须做到形神兼备，尽量做到在形式和内容上与原作统一。这样的翻译原则为国内不少成功的译家所采纳，比如杨德豫先生、黄杲炘先生等。卞之琳先生在他的文章中认为，父亲的翻译和杨德豫先生、飞白先生的翻译标志着"译诗艺术的成年"。

二

"文革"期间，父亲的翻译工作停滞了。直至改革开放的春风吹来，父亲的诗歌创作和诗歌翻译又开始焕发出新的活力。自20世纪80年代直至父亲远行，他先后完成了《济慈诗选》《英国历代诗歌选（上、下册）》《一个孩子的诗园》《我知道他存在——狄金森诗选》《莎士比亚诗歌全编》等译作，为中国的英语诗歌汉译增添了缤纷的异彩。

父亲与英国诗人济慈的最初结缘也是在20世纪40年代。他那时非常喜欢济慈的诗作，百读不厌，很多诗都能背出。当时他还翻译过《夜莺颂》，但可惜的是，译稿早已丢失。之所以对济慈的诗作情有独钟，是因为他和济慈都在22岁的年纪得了肺病，济慈因病在25岁早逝，而父亲也认为，当时治疗肺病没有特效药，自己恐怕也会有济慈那样不幸的命运。更为重要的是，他在思想和精神上与济慈有相近之处，那就是他们都崇尚美，要用美来对抗丑。因而，他时常"把济慈当作异国异代的冥中知己，好像超越了时空在生命和诗情上相遇"。"文革"期间父亲被下放五七干校，在精神压抑和思想苦闷时他就默默背诵济慈的诗篇，这成为他缓解精神压力的途径，使得他苦闷的情绪得到缓解。可以说，济慈的诗成为他那时的精神依托。改革开放之后，父亲又开始陆续翻译济慈的诗篇。1997—2000 年，他用了三年的时间，完成了《济慈诗选》的翻译，了却了他一生的心愿。济慈的诗有多种体裁，要将这些不同体裁的诗作全部依原诗的形式进行翻译是需要极大功力的。比如，济慈的六大颂诗语言结构复杂，韵式变化多端，意象繁复而意境悠远。要将这样的诗篇以准确而畅达的语言译出，非得有深厚的英汉语言文化底蕴不可，而父亲的翻译则读来清新自然，全无生涩拗口之感，又兼有原诗的雅致与温润。请看《秋颂》的前几行：

雾霭的季节，果实圆熟的时令，
你跟催熟万类的太阳是密友；
同他合谋着怎样使藤蔓有幸
挂住累累果实绕茅檐攀走；
让苹果压弯农家苔绿的果树，
教每只水果都打心子里熟透。

平实自然的语言将秋天丰润的气息、诗人平和旷达的心态传达殆尽。该译本收入了济慈所有重要的诗篇，在当时和现在都是国内收入济慈诗篇最全的译本。在翻译的质量方面，该译著也得到了读者和翻译界的充分肯定，于 2001 年获得鲁迅文学奖翻译奖。

父亲在 20 世纪 40 年代除了翻译惠特曼和莎士比亚的诗作之外，还翻译了大量其他英语诗歌，尤其是英国诗歌，总共有四大本。但这些诗作一直未得出版的机会。"文革"中这些诗作在抄家时被抄走，父亲原以为这些凝结着他早年心血的译稿从此一去不返了。值得庆幸的是，这些诗稿经历了多年的磨难之后被退还给父亲。他欣喜若狂，开始考虑重新修订这些诗作，并将各个时期的英国诗歌补充完整。2001 年，我去英国诺丁汉大学访学，父亲嘱咐我关注英国诗歌的情况，并协助他收集有关英国历代诗人和诗歌的资料。我受父亲嘱托，尽我所能收集相关资料，在以前较少受国内学界和译界关注的女性诗歌、非传统主流诗歌、现当代诗歌和经典诗歌的近期动向等方面，替父亲找到一些资料。2001 年，我陪同父亲在欧洲游历期间，父亲也曾和我一起去诺丁汉大学的图书馆查阅资料。他得到这些资料之后即刻着手进行翻译。2007 年，父亲翻译的《英国历代诗歌选（上、下册）》由译林出版社出版。该诗集共收入 155 位诗人的 583 首诗作，上启英国中世纪民谣，下至英国 20 世纪晚期诗歌，收入英国诗歌篇目之多，涵盖英国各个时期诗作之全，选篇角度之丰富，可以说在国内各家英国诗歌选本中是首屈一指的。而这两卷本的《英国历代诗歌选》是父亲凭一己之力，历经半个多世纪的艰辛独自完成的。这些诗中的大部分从 20 世纪 40 年代起就陪伴着他，真可谓历尽风雨和磨难。在他编译这部煌煌译著的后期，我参与到书的编译工作中，直接见证了父亲对诗歌翻译的巨大热情和孜孜不倦、认真细致的态度。

20 世纪 80 年代初，母亲刚刚退休，又因病做了手术在家休养。父亲为了让母亲能在闲暇时精神有所寄托，便和母亲商量做一些力所能及的诗歌翻译工作。母亲也是诗歌爱好者，两人商量之后决定将斯蒂文森的《一个孩子的诗园》翻译成汉语。父亲初识《一个孩子的诗园》是在上海“孤岛”时期。有一天，他在旧书店见到这本英文版的洋装书，倾囊购得，爱不释手。诗中孩子天真而充满童趣的幻想和纯洁无瑕的美好情谊，使他与之产生了强烈的共鸣。从那时起，这本儿童诗就深深地印刻在他的脑海中。父亲一生对子女、对孩子倾注了无限的爱。他崇尚华兹华斯所说的“儿童乃是成人的父亲”，直至老年还保有一颗纯质的童心。此次幸得与母亲共同翻译这本诗集的机会，父亲每日下班回来都兴致盎然地修改母亲在日间译得的初稿。对孩子的爱、对诗歌的情，使他们每晚在一起度过了最为快乐的时光。这本诗集于 1982 年由人民文学出版社出版之后，父亲又陆续编译出版了《英美儿童诗一百首》《著名英美少儿诗选（六卷本）》等多部儿童诗集。

20 世纪 90 年代，方平先生主编《新莎士比亚全集》，他邀请父亲翻译其中的莎士比亚剧作《约翰王》和除《莎士比亚十四行诗集》《维纳斯与阿多尼》之外的其他莎士比亚诗作。《约翰王》由父亲独自完成，而莎士比亚的诗篇，父亲要我与他合作进行翻译，我翻译初稿，他来修改定稿。我珍惜这次难得的译诗机会。那时孩子刚刚出生，我就在孩子熟睡之后挑灯夜战。每周去看望父亲时就将这周翻译好的诗稿交给他，由他来进行修改和定稿。我译的初稿往往被父亲改得面目全非，不成样子。我惭愧不已，父亲却全然没有不满和失望，总是鼓励我继续译下去。就这样，经过近一年的努力，我们终于完成了译稿的任务。而就在我们这次合作翻译之后，父亲的心头又多了一个念想：将莎士比亚的诗歌全部翻译出来，将来出版莎翁诗全集。这个愿望在 2016 年得以实现。2015 年，北方文艺出版社来向父亲约稿，父亲提出可出版莎士比亚诗全集，得到出版社的大力支持。当时，只差《维纳斯与阿多尼》一部长篇叙事诗未翻译出来。父亲提出，此次仍由我来翻译初稿。这时的父亲已经近 93 岁高龄，但他仍然兴致勃勃地为我修改审定译稿。译稿最终获得父亲的肯定，使我一颗悬着的心落了地。2016 年，《莎士比亚诗歌全编（上、下卷）》由北方文艺出版社出版，完成了父亲晚年的一个心愿。

狄金森是与惠特曼齐名的美国诗人，但她的诗玄妙而晦涩，时而空灵俊秀，时而隐晦神秘，很多诗作至今读来仍如未解之谜。2013 年，中央编译出版社约父亲翻译美国 19 世纪女诗人狄金森的诗歌。父亲答应了，并要我来翻译。我们经过第一次翻译感到有些问题尚未解决，译稿不尽如人意。于是我们又在第一次译稿完成之后，进行了第二次全面修改和校订。其间，父亲的兴头始终未减。60 多年前，他翻译出版了美国 19 世纪大诗人惠特曼的诗集，如今我们又一起翻译出版了另一位美国 19 世纪重要诗人狄金森的诗集，我能感觉到，父亲心中是感到欣慰的。

<h2 style="text-align:center">三</h2>

对于翻译，父亲崇奉的是严复的"信、达、雅"三原则。而在这三项原则中，他认为"信"是中心，是第一要义，"达"和"雅"是两个侧面。"信"就是要忠实于原作的内容和精神；"达"就是要通顺、畅达，使读者能听懂、看懂；而"雅"指的是要在译作中体现原作的艺术风貌。没有"信"就谈不上"达""雅"，不"达"、不"雅"也就说不上"信"，因而，他主张全面求"信"，这是他总的翻译原则。

那么，怎样才能做到忠实于原作呢？父亲认为，在翻译时首先要准确、深入、全面地理解原文，探入原作的内里，如形象、情感、意境、气质、语调等，去把握原作的精神。在翻译过程中要对原作做一些分析研究，以便更好地了解原作。因而，父亲在每次翻译之后，译者序、译后记以及一些随翻译而写出的论文也就应运而生了。其次，他主张用通晓、畅达的现代汉语将原诗的内容和意境表现出来，同时注意吸收古典文言文和民歌方面的有益之处，将其化入自然的口语中。虽然他并不反对运用文言文或其他语言形式（如元散曲）来翻译外国诗歌，但他认为那样的语言过于"归化"，与原作的异域精神气质并不相合。他翻译的诗作大多语言自然晓畅，又不乏典雅含蓄之美。在译者方面，父亲借用了济慈的"客体感受力"这一诗歌创作美学概念来阐释译者与原作者的关系。"客体感受力"的英文原文是 negative capability，直译的话应该是"反面的能力"或"消极的能力"。而父亲认为，济慈所说的这个能力，是指诗人应该有一种把自己原有的一切抛开，全身心地投入他所吟咏的对象中去的能力，以此形成物我合一的状态来进入诗歌的创作实践。因而，他将这个术语译作"客体感受力"，并将这一诗歌创作美学创造性地运用到诗歌翻译当中，提出译者在翻译的过程中要处于"忘我"的状态，抛弃原有的思维定势，全身心沉浸到原作者的情绪和精神中去，感受原作者的一切，与他的灵魂相拥相抱。只有这样，译者的翻译才能把原作的精神实质用另一种语言传达出来。同时，要把原作的内容和精神传达出来，就要在诗歌的形式方面做到尽量忠实于原作，因为"信"必须体现在内容与形式的结合上。英语诗歌有多种形式和体裁，父亲在翻译时采用的是以汉语新格律诗译外国格律诗，以汉语自由诗译外国自由诗的策略。

父亲翻译的英语诗歌形式多样而富于变化。收入本译文集的诗篇仅在《济慈诗选》一册中就出现了颂诗、十四行诗、叙事诗、民谣、长篇故事诗等不同的体裁，而父亲的翻译无不依循原诗的格律和形式，同时又在此基础上对不同体裁和风格的诗作作灵活处理。19 世纪中后期的英语诗歌逐渐走出了传统的格律形式，出现了自由体诗。现当代诗歌在形式方面则更为灵活多变，内容也比传统英语诗歌更为复杂、难解和隐晦。收入本套译文集的还专门有儿童诗一册，其中的诗篇大多充满天真的童趣，音韵节奏活泼灵动，适合儿童的口吻和心理，也适宜于儿童朗读。在处理这些不同形式和风格的作品时，父亲亦能应对自如，在翻译中尽可能做到与原作达到形式和气质风格方面的双重契合。在翻译儿童诗时，他十分注重儿童的心理和语言表达口吻，比如，将"Independence"（意思为"独立"）译为"谁也管不着"；把"Escape at Bedtime"译为"该睡的时候溜了"，一个"溜"字，把孩子的心情表达得极为生动，活灵活现。

诗歌翻译永远是留有遗憾的艺术，但父亲总是尽力将这种遗憾减少到最小。译作出版之后，只要有再版的机会，他总要对译作进行不断改进。《莎士比亚十四行诗集》就经过了大大小小数次修改。在父亲看来，翻译工作永无止境。他不仅多次修改自己的译作，绝不放过任何可能的错误，而且热情扶持年轻的译者，对他们的翻译提出意见和建议，甚至亲自为他们修改译稿。对于各种不同的翻译方法和翻译路径，他认为只要译者态度是认真严肃的，他就予以接纳，他的心态是开放而宽容的。

父亲做诗歌翻译大多出于兴趣，年轻的时候尤其如此，但后来他感到了肩负的使命，这种使命感到了晚年愈加强烈。近年来，他多次为翻译工作进行呼吁，在很多场合提出翻译对推进人类文明，对促进各国之间的文化交流，对丰富甚至建构本民族的文化具有重要意义：没有翻译，我们就永远不会认识但丁、莎士比亚、塞万提斯……西方就永远不会知道中国的屈原、陶渊明、李白、杜甫……没有翻译就没有人类的文化交流和沟通，那样，各民族的文化就会被封闭在黑暗之中。因此，翻译成为人类文明进程中不可或缺的一个重要元素。这样的信念支撑着父亲走过了70多年的翻译生涯，从20世纪40年代到父亲远行，他的生命中始终有翻译陪伴。他将济慈诗中夜莺的歌声带给了我们，带给了这个世界，夜莺也将载着他去往那永恒的美的世界，让他与他钟爱的诗歌，与他的冥中知己永远不离不弃。

本套译文集收入了父亲20世纪40年代以来翻译的诗歌作品，以及莎士比亚的剧作《约翰王》。为了统一全套书的体例，原《鼓声》中的诗篇收入《美国诗选》中，其中的五幅插图和封面木刻及社标图因体例原因忍痛割爱。《英美儿童诗选》中除《一个孩子的诗园》之外的其他诗作此次为首次面世。父亲在20世纪40年代发表的其他语种的诗歌翻译作品，以及他将中文诗歌作品译成英文的译作，未收入本套译文集中。此外，父亲在20世纪50年代还翻译出版过的《诗歌工作在苏联》、南斯拉夫剧作家努希奇的《大臣夫人》等，也未收入本套译文集中。

感谢北方文艺出版社对出版本套译文集的全力支持！2017年7月，当父亲和我表达出想编辑出版这部译文集时，北方文艺出版社即刻做出决定，表示同意出版，并派出了编辑着手开展工作，他们为此套译文集的出版付出了大量心血。在此，我们对宋玉成社长，王爽、王丽华等编辑表示衷心感谢！父亲生前已经确定本套译文集

的编目和编辑体例，但他未及见到书的出版便离开了我们！现在，

我们终于可以告慰他的在天之灵！

章　燕

2019 年 1 月 25 日

目　录

14 世纪

杰弗里·乔叟（Geoffrey Chaucer，约 1343—1400）

16 世纪

史蒂芬·霍斯（Stephen Hawes，1474—1523）

托马斯·怀亚特（Thomas Wyatt，1503—1542）

亨利·霍华德（萨瑞伯爵）

［Earl of Surrey（Henry Howard），1517—1547］

埃德蒙·斯宾塞（Edmund Spenser，1552—1599）

沃尔特·罗利（Walter Raleigh，1552—1618）

17 世纪

珀西·比希·雪莱

(Percy Bysshe Shelley, 1792—1822)

屠岸选、译《英国历代诗歌选》序

莎士比亚所写的154首十四行体中,最受欢迎、最为人所乐于引用的第54首,是这样开头的:

> 啊,美如果有真来添加光辉,
> 它就会显得更美,更美多少倍!
> 玫瑰是美的,不过我们还认为
> 使它更美的是它包含的香味。①

这朵"玫瑰",由内行的读者来看,不仅可以比喻莎士比亚本人的诗篇,同时不妨用此指称以莎士比亚为光辉榜样的英国诗篇。在一般大学的课程表中,英国诗歌是门独立的教学科目,这并非仅是英语本身的普遍性使然,更因这门学科形式精美、内容丰富,它才在英国文学中占有特殊的位置。中国年轻读者如对外国文学有兴趣,是不能不首先读读英国诗歌的。

本书的选、译者屠岸先生研究英国诗歌,迄今达60余年。他的译笔忠实、谨严、灵动,久已蜚声读书界。现在,他从14世纪的乔叟起,到现代诗人为止,选择了155位作者,共583首作品,编成这部《英国历代诗歌选》,其中着重介绍了莎士比亚、弥尔顿、

---

① 引用屠岸译文。

布莱克、彭斯、华兹华斯、雪莱、济慈、布朗宁夫妇、吉卜林、叶芝、斯蒂芬斯等深为中国读者所熟悉并喜爱的诗人。他曾提到，济慈的美学概念"客体感受力"同样适用于诗歌翻译。他的这个见解，我深感意味深长，值得赞同和欣赏。按其原意，该词似指作家身上与个人无关的客观性，由此引申出济慈在莎士比亚身上发现的那种"先天的广博性"，以及"新批评"学派所强调的"审美的距离"。诗歌翻译虽不等同于诗歌创作，但它试图用另一种语言传达作品的神韵，并力求"神""形"合一，是同样离不开上述"客体感受力""先天的广博性"和"审美的距离"的。正是这样，诗歌的翻译者在某种意义上必须同样是一位创作者；也就是说，翻译家屠岸所承担的任务，正需要由诗人屠岸来完成。

不论从质上还是从量上来说，这部《英国历代诗歌选》据管见所及，正是国内称得上丰厚、精当、完善的一种。它的问世，不仅便利于一般读者的进修，更为专家学者提供了手头必备的参考工具。名译名编，识者自知，忝私嘱序、难免辞费。至于本书所选内容及其体例，已有章燕女士翔实而周全的学术论文在，更毋庸赘序饶舌了。

绿　原

2005 年 4 月 8 日

多彩的画面，交响的乐音

——《英国历代诗歌选》序

  英国诗歌有着 1500 多年的历史。从古英语时期的英雄史诗《贝奥武甫》到 20 世纪 90 年代受后现代主义思潮影响而产生的新生代诗歌，英国的诗歌发展经历了漫长的历史进程。如果说古英语时期的英雄史诗处于英国诗歌发展的初始阶段，还未能体现出英国诗歌的独特个性的话，那么，中世纪以后的诗歌，特别是 16 世纪文艺复兴时期以来的英国诗歌则已经走向了全面成熟，为人们展现出绚丽多姿的风采，开始了其经久不衰的辉煌历程。这一历程为人们展现出的是一幅多彩的画面。它如同大海，蓝色虽然是它的主色调，但却不是唯一的色彩；它也如同一首动听的乐曲，虽然有它的主旋律，但其中更包含着变奏，传出的是复合的声音。多彩的画面包含了传统与现代的并存，古典与浪漫的共生；而这支优美的乐曲中不仅有众多男诗人们的声音，也传出了女诗人们的心声。走进现代和当代的诗歌，人们发现这个时期的诗歌不仅是多彩的，更是多维度的，是立体的，它的声音不仅是复合的，而且是复调的，有对话，有交流。正是这多姿多彩的美景，融合了各种音色的声音，使得大海一般的英国诗歌虽有潮涨潮落，却永不枯竭，永不衰退。

一

　　400年来的英国诗歌发展在传统上一般被归纳为几个大的流派，如16世纪和17世纪文艺复兴时期的人文主义思想影响下的诗歌，18世纪的新古典主义诗歌，19世纪的浪漫主义诗歌，20世纪的现代主义诗歌，等等。在诗歌发展的历史进程中，各个时期都有某一种诗歌流派或诗歌风格成为该时期诗坛上的主导诗风。这一观点一度为不少诗歌评论家和诗歌研究者所认同。但随着近年来诗歌研究的进一步深入和发展，特别是随着后现代主义理论力图寻求文化多元化格局的普遍倾向，英国的诗歌研究者对各个时期诗歌的不同风格，以及诗歌中的不同声音倍加关注。虽然每一时期都存在着一种相对主要的诗风，这的确是不争的事实，但以一种诗歌流派或诗歌风格来涵盖其他的声音，甚至压制其他的声音，这种思想倾向和研究的思路已经被近年的诗歌研究者摒弃。事实上，在诗歌发展的过程中，每一时期的每一种流派的出现都不是单一的，而是多种风格交融混合在一起的产物。文艺复兴时期的诗歌有一种清新自然的活力。中世纪神权至上的思想观念受到全面的质疑，人们在诗歌中歌颂人性的美，大自然的美，真实的美，这成为当时诗歌的普遍主题。这里，请读下面的诗句，纳什的充满活泼欢快情调的《春光》会感染不少读者：

　　　　春光，可爱的春光，一年中快乐的君王；
　　　　看百花齐放，姑娘们围着圈儿舞得忙，

> 寒气不再刺脸庞，可爱的鸟儿歌唱——
>
> 布谷，叽叽喳喳，不要走，哥哥！

人们为马洛大胆直白地追求爱情的《热情的牧童对爱人说》而动情：

> 来跟我同住，做我的爱侣，
>
> 我们可以亲自来领取
>
> 峻峭的峰峦，林野和谷峪
>
> 给予我们的全部乐趣。

莎士比亚十四行诗中对真善美的讴歌，对艺术、诗歌、美与人生等的思考与探索，令人激动，令人回味：

> 只要人类在呼吸，眼睛看得见，
>
> 我这诗就活着，使你的生命绵延。

然而，这一时期的诗歌中也已经开始滋养了现代主义诗歌的渊源。"玄学派"诗人多恩的诗作在 18 世纪和 19 世纪的诗人们眼中有着太多的思辨和机巧，受到排斥；但在 20 世纪的诗人兼诗歌评论家艾略特的眼中则代表了感情与思想的融合。多恩的诗将内心的矛盾和深沉复杂的思考糅合进多层的却是真挚的情感中。在诗歌形式方面，多恩的诗作常常将看似毫不相干的事物并置，造成鲜明的反差效果。奇异的比喻，智性的表达，冷峻的思索，强烈的激情，这些都被视为开了现代主义诗歌的先河。在传统的诗歌研究中，批评家们往往将多恩归为 17 世纪的诗人，以便于区分他的诗风与 16 世纪伊丽莎白时期的诗风。而实际上，多恩生活的年代与莎士比亚创作的年代几乎是同时的，这正说明一个时期中的诗歌创作呈现出的是多彩的局面，而不是单一的。

作为 17 世纪英国诗歌的代表，弥尔顿的诗是英国文艺复兴时期诗歌的绝唱，它们不仅唤醒了人们对于人文主义思想在政治与道德方面的自觉意识，而且还把具有浪漫主义思想特征的民主与自由的精神融合于作品之中。虽然在他的时代，英国诗坛上并未明显呈现出多元诗歌话语的交融，但他的作品本身就集中体现出一种复合的交响。他早期的诗作具有很强的文艺复兴时期优美、细腻、柔和、充满幻想的抒情特色。而他中期的十四行诗则在吸收伊丽莎白一世时期十四行诗抒情特点的基础上，融入了更加广泛的题材和更加理性和智性的表达，为后人拓展了一条更为宽广的诗歌发展道路。他晚期的三大史诗则以磅礴的气势将基督教《圣经》文化、资产阶级的革命理想、浪漫主义的精神追求，以至于现代主义的批判与怀疑的勇气集于一体，其深邃的思想性和多样的艺术性影响了此后的几个世纪。弥尔顿的诗歌受到古典拉丁文化的极大影响，推动了新古典主义诗歌的形成和发展。与此同时，他的诗歌精神又照亮了浪漫主义诗人的心路历程。

当 18 世纪新古典主义诗歌在英国诗坛上盛行的时候，人们的眼光落在了德莱顿、蒲柏这样的诗歌大家的身上。他们的诗作重理智、冷静而富有深意的思考，形式工整而典雅，语言优美，讲究辞藻。尽管新古典主义的诗歌追求为众多的浪漫主义诗人们所排斥和摒弃，但新古典主义的诗风并未彻底无声无息。在拜伦的抒情短诗中，在他的《当初我们俩告别》和《她走着，洒一路姣美》中，人们重新感受到蒲柏式的庄重与典雅：

> 她走着，洒一路姣美，好似
> 夜空无片云，天上有繁星，
> 或暗，或明，那美的极致，
> 聚于她颜面，凝于她眼睛，
> 逐渐融化为清光幽姿——
> 艳阳天得不到如此天恩。

诗人在完美的形式和含蓄有节制的情调中表达了他的真情。拜伦还往往将他那带有古典式韵味的辛辣、犀利的讽刺，同他浓烈的浪漫抒情色彩一同展现在人们的眼前。而当人们反观 18 世纪的英国诗坛时也会发现，18 世纪并非新古典主义独领风骚的时代。18 世纪中叶，一批具有早期浪漫主义诗风的年轻诗人的作品就已经形成了一股冲击力，震撼着蒲柏等人的诗风。其中包括托马斯·格雷、柯林斯、考伯、查特顿等诗人的作品。那时的诗坛回荡着古老的歌谣和吟游诗人悠扬婉转的歌声。蒲柏的诗歌并没有失去影响力，在哥尔德斯密斯和克拉布等人的作品中，具有道德寓意的"英雄双行体"这一形式得到了进一步的完善。充满感伤情调的诗歌预示着布莱克、华兹华斯的浪漫风格诗歌即将来临的同时，又有一批诗人返回到蒲柏的新古典主义传统中去，其中就有女诗人玛丽·伊·罗宾孙。正如诗评家大卫·费厄勒和克里斯汀·吉拉德所说："近年来，18 世纪诗歌的丰富性和多样性越来越得到人们的认可——18 世纪的诗歌并不表现为单一的发展趋势，而是呈现出各种诗风的消长，且对诗歌的本质和潜能不断产生争论。"①

　　20世纪的现代主义历来都被认为是反浪漫主义的感伤情调的，现代主义诗歌要回到现实与冷峻中去。实际上，浪漫主义诗歌中并不都是感情的宣泄，其中也有冷静的思考，也有对现实的批判。布莱克的宗教玄想和他的现实主义风格是一同出现的。即便是在他的语言朴素而直白的短诗中，也不难见到隐喻式的诗歌风格。简单畅达的诗歌语言，清晰明了的意象，是与深远的意境、跳跃的思维、寓意丰富的哲思和宗教情感联系在一起的。如他的《毒树》：

　　　　我对朋友发怒：
　　　　对他说了，怒气就消除。
　　　　我对仇人发火：
　　　　不对他说，火气就加多。

　　　　我日夜怀着恐惧，
　　　　用眼泪浇那火气；
　　　　我又晒它，用微笑
　　　　和温软骗人的技巧。

　　　　于是它日夜生长，
　　　　结出只苹果发着光；
　　　　我仇人看见它闪熠，
　　　　他知道那果子是我的——

① 大卫·费厄勒（David Fairer）、克里斯汀·吉拉德（Christine Gerrard）编：《18世纪诗歌选》序，布拉克威尔出版社1999年版。

等黑夜隐蔽了苍天，

他偷进了我的果园；

早晨，我高兴地见到他

僵挺在那棵树底下。

宗教的隐喻是显而易见的，但诗中不仅仅是宗教，也有哲理的思索，也有情感的表达，也有非理性的玄想。

济慈的诗歌中也包含了现代诗歌美学的重要因素。他提出的"客体感受力"这一著名的诗歌美学概念，将主体和客体，理性和感性融合为一，并思考了美、想象力同客观真实的关系。他在给友人和家人的书信中提出"诗人没有自我""诗歌应该像树上掉落的叶子那样来得自然"等主张，认为诗人在创作的过程中应该尽力摆脱对自我的过分表现，自觉地将诗人的个人情感和经验融入客观事物当中，用心灵去拥抱客观世界，以达到诗人主体与外界客体的结合，使二者相互拥有、相互渗透和相互依存。这点与现代主义诗歌美学所提倡的"非个人化"观念有一定相似之处。济慈在著名的颂诗《希腊古瓮颂》中提出了"美即是真，真即是美"这一饱含深刻哲思的艺术思想，历来受到诗评家的重视，人们对此做出过多种阐述。笔者认为，由于济慈的诗歌美学观更重视"美"的生命力和创造性，并强调想象力与"美"的直接关系，他所说的"美"便具有了一种永恒的意义，既包含具体的美的事物，又超越了它，指向美的精神、美的理想和美的境界，而这也就是他的"真"的重要内容。因此，"真"在这个意义上便倾向于艺术的真实和美学的真实，而不仅仅指客观事物的真实。可以说，在一定程度上，他提出的美与真的关系更具有现代的诗歌美学的倾向。应该承认,济慈的诗歌艺术观把浪漫主义的诗歌美学向现代的诗歌美学推进了一大步。济慈的诗歌作品中也体现出他那具有现代美学意味的诗歌风格。在著名的《夜莺颂》的开篇,他写道:

> 我的心疼痛,困倦和麻木使神经
> 痛楚,仿佛我啜饮了毒汁满杯,
> 或者吞服了鸦片,一点不剩,
> 一会儿,我就沉入了忘川河水:
> 并不是嫉妒你那幸福的命运,
> 是你的欢乐使我过分地欣喜——
> 想到你呀,轻翼的林中天仙,
> 你让悠扬的乐音
> 充盈在山毛榉的一片葱茏和浓荫里,
> 你放开嗓门,尽情地歌唱着夏天。

诗人对现实世界和人生的痛苦经验本身,在对美的追求与向往中也成为体验美的一部分和一个过程。这种痛苦与美是不可分割的。

近年的诗歌研究较多地注意到浪漫主义时期诗歌作品的丰富性和多样性,这在诗歌研究者们编选该时期的作品时是有所体现的。比如,在1993年出版的《新牛津浪漫主义诗歌》中,编者杰罗姆·迈克冈就有意按照作品在当时的出版年代来编排入选诗作,而不是照通常的做法,按诗人来编排这些作品。这样做避免了突出某些诗人或某一诗风,力求如实地反映出历史的原貌,反映出当时诗坛上复合的声音。一些在以往的诗歌研究中未受注意的诗作在这里得到了展现。同时,有关诗歌美学的争论也显现出异彩纷呈的局面。

"这一时期由于文化和美学的激烈争论而引起人们的关注——作家们提出诗歌的有关问题，并就其文化作用展开激烈的辩论。这些争辩成为该时期文学创作的一个重要特征。"①

浪漫主义时期的六大诗人②之间也存在相当大的差异。华兹华斯和柯尔律治同属湖畔派诗人，前者在反思法国大革命的过程中转向大自然去寻求人生真谛，后者在超自然的神力中探索美与想象力的神奇；拜伦和雪莱由于他们热情而激进的民主思想不见容于英国社会而受到排斥，先后出走意大利，在那里他们成为亲密的朋友。这两对诗人之间的相互影响不言而喻。但布莱克在当时是以画家身份为人们所知，他作为诗人的地位是在20世纪才被确立的。特别是在二战之后，他才受到批评家们的高度赏识。拜伦、雪莱、济慈崇拜的是早期的华兹华斯，而当他们成熟之际，华兹华斯已成为被人遗忘的诗坛领袖。雪莱为悼念济慈之死而作《阿董尼斯》，而济慈却拒绝与雪莱接近，原因是担心失去自己的独立性。可见，即使在法国大革命的民主与自由的浪潮席卷欧洲之际，在这一时期的诗人同受理想主义思想感染的情况之下，六大诗人也是各具特色的。当然，时代的风潮必然深深地烙印在这群心灵最为敏感、思维最为活跃、目光最为锐利、情感最为丰富的诗人们的心上，使他们共同走上了

① 杰罗姆·迈克冈（Jerome McGann）编：《新牛津浪漫主义诗歌》序，牛津大学出版社1993年版。
② 过去华兹华斯、柯尔律治、拜伦、雪莱、济慈被称为英国浪漫主义五大诗人。二战以后，诗评界逐渐取得共识，把布莱克也加进去。现在一般已将这六位称作英国浪漫主义六大诗人。

讴歌民主与自由，赞美自然与人性的道路。他们以惊人的想象力和摄人魂魄的美，为英国诗歌这幅多彩的图画添加上最为瑰丽的色彩。

20世纪的英国诗歌发展呈现出更为复杂和多样的趋势，多种不同风格的诗歌作品在相互对抗与对话中寻求自身的发展。现代主义诗歌虽以反"乔治时期诗歌"中泛滥的浪漫感伤情调为其发端，但在后来的发展过程中，20世纪的诗歌也呈现出多面的格局。20年代既有在审视欧洲大陆传统文化中构建现代主义诗歌美学的艾略特，也有在东方文化中寻求语言与意象灵感的庞德。30年代有"奥顿的一代"。他们冷静地思考政治运动和当时的战争形势，并亲自到前线采访，以写实主义的笔法描绘了现代的生活和现代人的精神追求。奥顿的诗作受到艾略特和庞德等人的影响，具有新古典主义诗风，形式完美，技巧娴熟，观察细腻，在冷隽中透出嘲弄与反讽。50年代出现了"运动派"诗歌，其主要倡导者是20世纪中后叶的重要诗人拉金。他在牛津大学期间与同学金斯莱·艾米斯和约翰·韦恩合起来，组成了以抵制浪漫诗风的感伤与浮夸为主要宗旨的"运动派"诗歌，在诗歌形式方面反对过分运用修辞和比喻的技巧，在内容上则鄙视诗歌中普遍的说教与预言色彩，在当时产生了一定影响。拉金的诗歌以白描见长，虽然他抵制浪漫的诗歌风格，诗作客观冷静，很少热情，但他也不同于艾略特等人的现代主义诗歌潮流。他要返回到实实在在的生活中去，不是去评判生活、给人指教，而是用敏锐的目光去查看英国的现实。如他的《上教堂》：

有一回，我确信里面没什么动静，

便走进去，让大门砰的一声，关严实。
又是座教堂：石板，草垫，长凳；
小本《圣经》，凌乱的花束，摘来是
为了做礼拜，已蔫儿了；有铜器等物
置于圣堂的一端；小风琴挺整齐；
那紧张的、发霉的、不可忽视的静寂，
天晓得酝酿了多久。没戴帽，我摘除
骑车裤腿夹，尴尬地表示敬意。

向前走，绕着圣水盂，用手摸了摸。

现代城市人麻木无聊的日常生活以及他们精神上的空虚，在这里得到了淋漓尽致的表达。即便是宁静圣洁的教堂，在他们的生活中也不过成了打发闲散日子的调味剂，成为生活中的装饰，失去了其原初的意义。

然而，"运动派"诗歌的出现恰恰从反面证明了它所要抵制的浪漫诗风，即所谓的"新神启运动"，正在40年代和50年代重新崛起，并蔓延开来。早熟的天才诗人狄兰·托马斯在30年代和40年代就发表了充满奇异幻想的诗作，虽然朦胧晦涩，但其大胆新颖的想象，隐喻式的修辞风格，乐观积极的浪漫气质，吸引了大批的读者和追随者。他那首为悼念父亲而作的《不要温和地走进那个良夜》，感情真挚而狂烈，虽然也流露出感伤情调，但忧郁的背后隐藏着诗人对生命的强烈渴求，震撼人的心灵：

不要温和地走进那个良夜，

白昼告终时老人该燃烧，该狂喊；

该怒斥，怒斥那光明的逐渐消歇。

聪明人临终时虽知黑暗理不缺，

由于他们的话语没迸出闪电，

他们也没有温和地走进那良夜。

50 年代初，狄兰·托马斯诗歌中浪漫式的宣泄不仅感染了英国人，也影响到美国人。尽管"运动派"诗歌主张与重新抬头的浪漫主义诗风相互抵制，但这二者并未因为各持己见而压倒对方。相反，在此后的诗歌发展中双方都沿自身的道路不停地探索着。在《今天的诗歌》①中安东尼·史维特指出，1991 年乔治·巴科去世时，在讣告中他多次被人称为"最后的浪漫诗人"，而他究竟是不是"最后的"浪漫诗人事实上没有人能够预见。他的诗歌在早期追随狄兰·托马斯，而随着托马斯在 1953 年逝世，人们对巴科的热情是有所减退的，但他并未因此而无声无息。他不断发表大量诗作，直至 1983 年他 75 岁时发表了长诗《阿诺·多米尼》之后，他重新获得了很高的声誉。他后期的作品在糅合了浪漫主义、现代主义和超现实主义诗歌风格的基础上，形成了其独特的具有波希米亚气质的诗风。而"运动派"诗歌的后继者托姆·冈恩则将玄学诗歌的智性、古典诗歌的典雅形式与当代人的情致完美地结合起来。他将美国"垮掉的一代"的诗歌情调融合进自己的诗中，赞美强力，表现当今的社会、当代

---

① 安东尼·史维特（Anthony Thwaite）：《今天的诗歌》，朗曼出版公司 1996 年版。

的人。在他的诗中有同性恋者，有艾滋病患者。

在崇奉浪漫气质的"新神启运动"和坚持古典主义诗风的"运动派"诗歌对峙、各自发展的过程中，以及在这种对峙渐趋弱化之后，更有大批的诗人并未标榜任何流派，而是以其诗歌的鲜明个性和独特风格唤起人们内心的共鸣，打动读者。它们给已经习惯于现代或后现代的商业文化和技术文化中所流行的缺失深度的生活带来一剂强心针，震撼着读者的心灵，刺激着他们的神经。1984 年获得"桂冠诗人"称号的泰德·休斯，就以其新颖别致的"动物诗"和"暴力诗"惊醒了人们似已趋于麻木和懒惰的心态。他将自我的意识潜入自然界中，潜入动物和生物当中，在自然中，在动物身上探察到人的品格，又从人的精神世界反观动物的掠夺本性和暴力本能，它们看似远离生活，实为现实生活和现代人心灵的另一种声音和图画。在这幅后现代的图景中，自然生态、动物和人紧紧地联系在一起，阴郁而冷峻。

不能否认，每个时代的作品都必然打上那个时代的烙印。但诗歌风格呈现出多样性和复杂性，这也是不容忽视的事实。而正是丰富和多样才显示出诗歌的丰满和美丽。

二

复合的乐音中怎能没有女性的声音？她们发出的声音是不容忽视的，其中不仅有伊丽莎白·巴瑞特·布朗宁和克里斯蒂娜·罗塞蒂——她们是我国的英国诗歌研究界较早就给予肯定的女诗人，还有 17 世纪和 18 世纪的安·林赛、巴博尔德，19 世纪的玛丽·兰姆、玛丽·泰伊、菲丽西亚·希曼斯、蕾蒂霞·伊丽莎白·兰顿、玛丽·柯尔律治、麦克尔·斐尔德、勃朗特，以及20世纪的西特维尔和斯密斯，等等。她们形成了一股新鲜的血液，滋养着诗歌生命之脉络。

20世纪80年代和90年代以来，女性诗歌研究在英国受到极大的重视。文艺复兴时期以来各个时期的女诗人诗歌选集和一批研究女性诗歌的评论作品都相继问世。如牛津大学出版社2001年版的《早期现代女性诗歌选（1520—1700）》，布拉克威尔出版公司的《浪漫主义女诗人诗选》和《维多利亚时期女诗人诗选》等都是90年代诗歌研究的重要成果。布勒戴克斯出版公司的《当代女诗人——11位英国作家》自1985年首次出版以来，至今已再版了9次，产生了很大影响。女诗人们以她们独特的视角，敏锐的心灵感受，丰富着以往人们用带有偏见的目光所关注的男性诗歌世界。男性诗人独占诗坛的局面受到了强烈的震撼，以男性诗人的诗作为中心的诗歌传统正在面临严峻的挑战，诗歌经典正因女性诗歌的参与而显得更加丰富多彩。伊丽莎白一世时期的女性诗歌已经燃起最初的火花，但尚未引起人们注意。17世纪和18世纪涌现出不少引人注目的女作家，其中不少人创作了诗歌作品，受到当时一些评论者的关注，这些女性诗歌使得那最初的火花陆续燃放出动人的光彩。

19世纪浪漫主义时期和维多利亚时期的女性诗歌则发出了悦耳动听的声音。多彩的诗坛画面更为绚丽。以往的诗评家对该时期的诗歌研究多注重几位男性诗人的诗作，而忽视男性和女性诗人之间的交叉影响，忽视女性诗歌在诗坛上的地位，以及她们对当时诗歌的走向和发展所起到的推动作用。实际上，女性诗歌在当时已开始打破男性诗人一统诗坛的态势，形成了男性和女性诗人相互交流、相互影响的局面。济慈的诗作就曾受到过女诗人玛丽·泰伊的作品《赛吉》的启发。19世纪上半叶在诗坛颇具声望的女诗人菲丽西亚·希曼斯，对华兹华斯和拜伦的诗作十分倾心。18世纪末、19世纪初才华出众的女诗人巴博尔德的弟弟曾主编《月刊》杂志。巴博尔德常为该杂志投稿，而华兹华斯和柯尔律治则是这本杂志的热心读者。巴博尔德有诗作《致柯尔律治》，华兹华斯和柯尔律治将他们的《抒情歌谣集》送给巴博尔德，等等。

女诗人往往有其独特的感觉体验，她们用敏感的心灵和锐利的眼光观察这个世界，感受着人生。然而，性别上的差异虽造成男女诗人作品风格的不同，但诗歌创作中的因素是多样而复杂的。有评论家指出，若把性别作为主要因素来判断女性诗歌，则会使其中的价值平庸化[①]。女性诗人的生活环境受到一定的限制，她们的作品往往更多地反映家庭中的感情生活，描绘个人的内心经验，常常流露出女性天然所具有的感伤情调。她们的诗作中也时常表现出女性的软弱和她们所向往的英雄气质之间的矛盾。希曼斯的诗作就有这样的特点。尽管当时有人指责过这种细腻的感伤情调，然而，在那些优秀的作品中，这种细腻而敏感的情绪并没有破坏诗歌的美，反

---

① 邓肯·吴（Duncan Wu）编：《浪漫主义：选集》序，布拉克威尔出版公司1999年版。

而使作品有一种内在的感人力量。到了艾米莉·勃朗特的笔下，女诗人特有的细腻思绪、敏感气质和天然质朴的情感与强烈而狂野的激情结合在一起。而在克里斯蒂娜·罗塞蒂的作品中，她浓厚的宗教情感与她对爱情的幻想融合起来，神秘的气氛，隐喻式的象征，闪烁在她的诗作中。事实上，女性诗人们不仅要面对家庭，面对自我，也须面对社会、战争和人生中的重大问题。不少女性诗歌所探讨的主题都关注着社会、政治和人生。巴博尔德入选邓肯·吴所编选的《浪漫主义女诗人诗选》的唯一诗作，即她那首反映1811年英国社会现实的长诗《作品，1811》。作品对当时英国陷于危机中的政治经济状况和民不聊生的悲惨社会现实给予了揭露和批判。伊丽莎白·布朗宁的诗作不仅抒写真挚的爱情，也反映社会的黑暗现实，如她的《孩子们的哭声》。她在诗作中表达她关于改变社会不公正现象的理想，揭露奴隶制的黑暗，思考当时妇女的地位和状况，对社会底层的人民充满深切的同情。评论家拉斯金认为，她的诗作"首次用完美的诗歌表达反映了那个时代"[1]。另有一些女性诗歌作品即便具有浓厚的女性的个性色彩，其传达出的声音也是带有普遍意义的。艾米莉·勃朗特的作品不仅表达出她敏感的内心世界，更表现了一种孤独感，一种猛烈地想要摆脱某种束缚，追求个性化与独立的意识。而这种孤独感与独立意识不仅属于她个人，也属于那个时代，甚至预示着现代人的心态。从这个意义上说，这一时期，不失

---

[1] 转引自捷妮·库津（Jeni Couzyn）编：《当代女诗人——11位英国作家》序，布勒戴克斯出版公司1985年版。

其鲜明的女性身份的女性诗歌已经真正汇入了主流文化。

20世纪的女诗人比19世纪的女诗人更加深重地感受到来自多方面的重压。战争的威胁，理想的幻灭，社会的混乱与无序，家庭的解体，情感的多层与复杂，等等，所有这一切不仅深刻地烙印在男性诗人们的作品中，在女性诗人的诗歌中有着更贴近内心和个性的体现。此外，她们还要承受来自家庭的更多的责任，而这往往造成作为诗人和作为母亲与妻子的矛盾。其中的有些人不得不在做女诗人和做母亲、妻子这两者之间进行选择。她们在感受着现代人的精神危机的同时，还要体验着作为现代女性的痛苦的精神历程。就是在这样的层层重压与多维度的矛盾中，女诗人们表达着自己独特而敏感的思绪，深刻而充满睿智。一方面，早期女性诗歌中的爱情主题已转向对爱情的怀疑、犹豫，甚至否定。她们渴望一种充满温情的生活，但现实是无情的，她们得到的只有孤独、迷茫、虚幻和自嘲。对完美个人生活的幻灭意识同整个20世纪的时代精神氛围融于一体，使得女性诗歌具备了超越自我、超越个人写作的深刻性。这方面的突出代表是西尔维亚·普拉斯的"自白诗"。另一方面，女性诗歌自觉地走出家庭与个人，走向更广阔的社会。在内容和主题上，她们的作品同男性诗人的诗作一样思考着人性、社会、战争以及人类的命运。伊迪斯·西特维尔的《雨还在下着》，就以女性的特殊敏感发出了对战争最沉重的谴责，她把女性的细腻情感和敏锐观察，渗透在对冷酷严峻的战争现实的描绘和对人类的深切忧患之中，唤醒人们去面对危机，面对未来：

雨还在下着——

阴暗如人的世界，乌黑如我们的损失——

盲目如一千九百四十个钉子

钉在十字架上。

雨还在下着，

雨声如心跳，心跳变成锤击声

响在陶匠的血田里，还有不敬的脚步声

响在坟墓上。

作品在一种融合了现实与超现实的诗风中，将诗的主题和意境都引向了相当的高度。这一时期女性诗歌的风格是十分独特的。比如，丝蒂薇·斯密斯的作品看似天真，充满稚气，其中有不少诗的形式采用的是民谣体或童谣体，但里面却夹杂着她怪异的想象，反映女性在面对生活时的敏感和坚韧。

共同的女性身份使得女性诗歌大多具有女性的特殊视角，但是她们的声音也是丰富多彩的，将这些诗作归为同一类型的企图不免简单化。"她们是民主的声音中的一部分，在这样的声音中同一身份的表达呈现出多样的形式。"[1] 当今的女性诗歌正以其众多内容深刻、风格独特并各具异彩的高质量作品，在 20 世纪多元的诗坛中占有重要的位置。复合的乐音更加悦耳动听。

---

[1] 西蒙·阿米蒂奇、罗伯特·克洛福德编：《1945 年以来的不列颠与爱尔兰诗歌》序，企鹅出版公司 1998 年版。

三

　　天真活泼的儿童诗是复合的乐音中清脆而又响亮的童音，虽然带有稚气但并不浅薄。它们常常在幼稚中夹杂着深刻，在天然中传达着沉思。应该说儿童诗是英国诗歌中的一个重要的组成部分。它们以问询的眼光和自然淳朴的童心来观察这个世界，感受着自我的和成人的内心，并唤醒着、激发着成人们日益退去的悟性与灵性。

　　儿童诗一般可以分为以儿童的口吻来创作的诗歌作品和为儿童所创作的诗歌作品。前者由于是通过孩子的心灵来观看世界，往往摒弃了成人的条条框框，在诗歌形式和诗歌意象方面都相当自由和灵活。比如19世纪的英国诗坛的一个独特品种——胡诌诗，就以其特有的明快节奏，奇异幽默的想象，吸引了大批的儿童读者。成人读者也为它那种略带忧郁的风趣和滑稽的格调所感染。尽管儿童诗历来在英国诗歌研究界并未受到应有的重视，各家诗选中很少见到儿童诗被选在内，但在堪称文学作品权威选本的《诺顿英国文学选读》中人们却见到了入选的"胡诌诗"。这说明，"胡诌诗"这一诗歌品种是受到诗界关注的。"胡诌诗"在维多利亚时期才形成一定的规模，但事实上早在伊丽莎白一世时期的诗和剧中就出现了这类诗歌的影子。莎士比亚的剧作中就运用过类似的表现手法。爱德华·里亚可算是将"胡诌诗"的形式推到了极致。他利用音韵的相同或近似，把人们所熟悉的字词拆散、重组，将毫不相干的事物联系在一起，想象丰富而奇特，引起意想不到的效果，在幽默、滑稽、轻松、可笑之中透出淡淡的伤感。与此不同的是罗伯特·斯蒂文森的儿童诗。他的《一个孩子的诗园》则是以其敏感而清澈真挚的孩童心理抓住了读者。在这看似稚嫩的口吻中，传出的是成人们看不到的或者完全无视的世界。但这里蕴含着独特的审美意境，如他的《夏天在床上》这样写道：

冬天，我在黑夜起床，
借着黄黄的蜡烛光穿衣裳。
夏天，事情完全变了样，
还在白天我就得上床。

不管怎么样，我只好上床
看鸟儿还在树枝上跳荡，
听到大人的脚步声，一阵阵
响在大街上，经过我身旁。

你想，这事儿难不难哪——
天空蓝蓝，天光亮亮，
我啊多想再玩一会儿啊，
可是，却偏偏要我上床！

简洁明快的语言，透彻新颖的意象，将初看人间的儿童探索世界、观察自然的新奇感真实地反映了出来。它巧妙地描绘出孩子们的共同经历和心理，也给老于世故的成人们带来了心灵的启迪。

还有些给孩子们写的诗歌则在童话般的世界中融入深刻的哲思或道德寓意，表面的幼稚下往往深藏着对生活及人性的思考。克里斯蒂娜·罗塞蒂的《小妖精集市》，就在其童话般的神奇色彩下隐含着不同寻常的深意，表现出诗人对善恶、友爱及人性的感悟。及至当代的儿童诗，它们更多地与现代的生活和现代人的精神气息连在一起。泰德·休斯的"动物诗"虽然是强力式的，甚至是充满暴力的，但那种观察自然的奇特角度，那种与大自然和生物界的接近却使得孩子们特别喜爱他的作品。在这里，成人与孩子都被包围进当今的生活，共同感受并且共同思索着生活的真意。

四

汇入这片辽阔的诗歌之海的不仅有英格兰土地上的诗人，还有威尔士、苏格兰和爱尔兰大地上的诗人群。① 是他们共同构建了这片土地上的诗歌传统。这一方面体现出英国诗歌传统的多样性和丰富

---

① 苏格兰位于大不列颠岛北部。9 世纪时大部分地区为北爱尔兰的凯尔特部族——苏格兰人所居。1291 年，英格兰王爱德华一世领兵征服苏格兰，由此爆发了苏格兰独立战争，历时近 40 年。1603 年，苏格兰王詹姆斯六世成为英格兰王詹姆斯一世。1707 年，英国颁布"议会法案"，将苏格兰议会并入英国的众议院，从此苏格兰成为英国的一部分。但苏格兰的地区自治势力一直存在，近年来这股势力有所壮大。

威尔士位于大不列颠岛西部，自古为凯尔特人所居。13 世纪早期，威尔士由伊奥沃斯（Llewelyn ap Iorwerth）统治，是一独立的政治实体。13 世纪末，爱德华一世进犯威尔士。1301 年，爱德华一世将其子命名为威尔士亲王，标志着威尔士独立的政治实体的结束。1536 年，威尔士正式成为英国的一部分。威尔士是目前英国保留凯尔特文化氛围最浓厚的地区，许多威尔士人今天仍讲威尔士语，并视威尔士语为其第一语言。

爱尔兰岛自古为凯尔特部落所居。12 世纪中叶英国势力入侵，16 世纪至 17 世纪初被英国征服。1801 年，英国和爱尔兰订立同盟条约，成立"大不列颠及爱尔兰联合王国"，爱尔兰受英国统治。1921 年，爱尔兰南部成立爱尔兰自由邦，享有自治权。1937 年宣布为独立共和国，但仍留在英联邦内。1949 年脱离英联邦，成立独立的爱尔兰共和国。爱尔兰岛北部仍为"大不列颠及北爱尔兰联合王国"的一部分。

性，同时也体现出英国诗歌的地域性，这两者是互为补充的。多元的格局恰恰体现出这一诗歌海洋的斑斓色彩。一方面，苏格兰和爱尔兰文化不仅滋养了苏格兰和爱尔兰当地的诗人们，而且也滋养了英格兰的诗歌；另一方面，综观整个英国诗歌，它们从语言到主题内容都体现出浓厚的地域色彩，而不是统一的格调。20世纪以前的英国诗歌更多地表现出各地域文化传统相互融合的局面。杰罗姆·迈克冈在《新牛津浪漫主义诗歌》的序言中，就把彭斯的苏格兰民歌传统看成是浪漫主义诗歌传统的重要组成部分。"彭斯的《苏格兰方言诗集》被证实是一个更为关键的文学渊源。作品显示了一位重要诗人的来临。作品在其风格和敏感性方面所展现出的特征对继他之后的浪漫派诗人们来说是重要的，这包括：自然的甚至是原始的文化构成的力量，地域倾向，华兹华斯后来所说的'人们真正使用的语言'。华兹华斯关于'普通人生活'的全部神话在彭斯的作品中已经有所表现。"[①]彭斯的苏格兰方言在浓郁的乡土气息中传达出很强的音乐感和节奏感。生动活泼的音调，真实质朴的风格，一扫当时诗坛的文人气和学究气，吹起了一股诗歌创作中的清新自然之风。苏格兰的民歌传统在此时开启了英格兰地域的浪漫主义诗歌。

20世纪以来，爱尔兰和苏格兰等地域的地方诗人们的独立意识逐渐强烈起来。20世纪早期，席卷整个爱尔兰地区的爱尔兰文艺复兴运动引发了人们振兴爱尔兰民族文化的激情。爱尔兰的民歌传统、神话传统等成为爱尔兰知识分子关注的焦点。对于叶芝来说，他的

---

① 杰罗姆·迈克冈编：《新牛津浪漫主义诗歌》序，牛津大学出版社1993年版。

全部思想和他的诗歌作品同爱尔兰的民歌与神话传统是息息相关的。他力图通过复兴爱尔兰的传统文化来实现爱尔兰的民族复兴和民族独立。他的诗歌是爱尔兰民族的。然而，他的文化根基中的地域特色是同整个英国文化以至欧洲大陆的文化结合在一起的。多种文化的兼收并蓄在叶芝的诗歌中得到了突出的体现。从这个角度说，叶芝的爱尔兰文化背景，他渴望复兴爱尔兰民族文化、实现爱尔兰民族独立的愿望，又是超越了地域特性的。叶芝的诗歌集中体现了多种文化的共生，它是整个英国的。

20 世纪 20 年代和 30 年代在苏格兰也同样发生了文艺复兴运动。其主要倡导者是诗人、苏格兰民族主义者麦克迪亚密德。他在诗作中呼唤苏格兰的民族精神和民族品格。虽然后来的诗评家对他诗歌作品的内容和风格有过批评，但他诗作中独特的苏格兰地域方言对此后以至于当今的苏格兰地域诗人的影响，却是不容忽视的。今天的苏格兰诗人中仍有人用这种方言进行写作。当然，还有许多苏格兰诗人是用英语进行诗歌创作的。但他们作品中所反映的却是那里的人们的生活和现实。如果说"在叶芝的时代没有爱尔兰诗人会介意被称作'英国诗人'"的话，那么，"这种状况在 80 年代和 90 年代已经不再能够行得通"[1]。在许多地方诗人看来，"英国"仅意味着"英格兰"，而他们则更加强烈地流露出地域诗人的独立身份，爱尔兰和苏格兰诗人对此有着更为敏感的意识。1998 年企鹅出版公司出版了颇具影响力的《1945 年以来的不列颠与爱尔兰诗歌》。书名便使人感受到，当今

---

[1] 张剑：《90 年代英国诗歌》，《中华读书报》1999 年 3 月 24 日。

的英国诗歌已经失去了涵盖不列颠群岛及爱尔兰岛诗歌的概念，英格兰也已经失掉了其往昔的诗坛霸主地位，地域诗人的独立身份感大大增强。许多地域诗人只承认他们是爱尔兰诗人或苏格兰诗人，而不愿被看作是英国诗人。不列颠诗歌与爱尔兰诗歌已经无法被统一在"英国诗歌"这一名下。书的序言题为《民主的声音》，它从多方面分析了当今不列颠及爱尔兰诗歌的地域性、分散化和多元的格局。而这正是这一诗歌海洋斑驳陆离的重要组成部分。

当今的英国诗歌走向是繁杂而多样化的。后现代文化思潮的影响使得90年代的诗歌呈现出大众化和晦涩深奥难解的双重趋势。一方面诗歌成为电台的热门节目，似乎大有将诗歌推广到家家户户，以恢复18世纪和19世纪的家庭沙龙的趋势。诗歌受到商业的操纵，成为一种行业。另一方面，被认为是最优秀的诗歌却得到了越来越少的人的理解，走向另一个极端。以90年代最夺目的新生代诗人阿米蒂奇为例，他曾在英国广播电台主持过四年的诗歌节目，他的诗作中充斥着大量的俚语、媒体语言、广告词、体育用语等等，通过这样的语言形式来反映当时的商业文化、青年文化。然而，大众化的语言表达形式的另一面却是它的无序与混乱，这使得人们很难理解。诗评家安东尼·史维特在《今天的诗歌》一书的《新生代》一章中说："许多时候我发现，要弄明白他在表达什么是困难的，或者是不可能的，这确实是我在读阿米蒂奇诗歌时的主要问题。"这就是今天的诗歌。当然，复合的音调中总是少不了别样的声音。质朴、晓畅、易懂的诗歌仍然存在，也仍然受到人们的喜爱。比如，爱尔兰诗人希尼就将现代人的心态、爱尔兰的地域特色、回归自然的诗歌传统等等融会在他的作品中，成为今日诗歌的另一幅图画。1995年，希尼获得了诺贝尔文学奖。这一方面表明，自觉在昔日受到压制的爱尔兰诗人的诗作在今天得到了更加广泛的承认，已经走出了边缘化的状态；另一方面，这也很好地证明了当今诗歌分散化的多元格局已经成为不容忽视的事实。

大海永远都是色彩斑斓的，大海永远都是瞬息万变的，而这就是大海展现给我们的美景，是大海传达出的复合的乐音。

五

把这样一个有着1500多年诗歌历史的国家多姿多彩的诗歌风貌呈现在读者的面前，这一工程无疑是浩大的，编选翻译的工作是艰巨的。从译者最初开始尝试英国诗歌翻译，到它最后终于能够同读者见面，这本诗选前后历经了半个多世纪，伴随译者走过了多少风风雨雨的人生之旅。它花费了译者大半生的精力。

父亲屠岸在年轻时就对英国诗歌产生了浓厚的兴趣，十几岁时他就尝试翻译英国诗歌。虽然他在大学里学的专业既非文学也非英语，但他对英国诗歌的激情是发自内心、难以抑制的。上高中时他就常常以读英国诗歌背英国诗歌为生活中的一大乐趣。莎士比亚十四行诗的翻译是他在大学期间生肺病躺在病床上进行的。此后，他对英国诗歌翻译的热情越来越高了，从那时起，他就深藏了要选译一本英国诗歌选集的愿望。这本诗选中的不少诗作在那时已经被他翻译成中文。

1949 年后由于他工作繁忙，翻译工作速度大大减慢了。在当时政治上"左"的思潮的干扰下，他对英国诗歌的翻译工作停止了很长一段时间。"文革"中，已经被译成中文的几厚本英国诗歌译稿在抄家时被抄走，同父亲一道经历了一场磨难。父亲曾对译稿失去了信心，以为它已石沉大海，无法复还了。痛心的感受过后，更多的是无奈。

"文革"后期，译诗稿被退还回来，几乎已经熄灭的火花又被点燃。英国诗歌在他晚年的生活中更是牵动着他的魂魄，成为他生活中不可缺少的一部分，萦绕在他的梦中，陪伴在他的身旁。年轻时的梦想始终割舍不断，牵系着他的情怀。他开始对早年的译作进行加工修改，补译了一些较为重要的作品，新译了近年来新发表的英国诗歌作品。随着英国对本国诗歌研究的不断发展，一些在传统研究中未被重视的诗人在新的研究视角中得到了重新评价，女性诗歌研究在当今的英国受到了极大重视，当代英国诗歌的研究也引起人们的关注。所有这些都影响到这本诗歌选集的选和译。父亲以最饱满的激情投入了这项工作，力求尽可能完美、真实、全面地将英国诗歌的风貌传达给读者。可以说，这本书是目前国内现已出版的由一个人选译的英国诗选中，篇目收入较全、规模较大、涵盖面较广的一部选集。它上启中世纪的民谣，下至 20 世纪 90 年代的英国新生代诗歌，收入的诗歌有 580 多首，入选的诗人有 155 位。[①] 它对女性诗歌，对苏格兰、爱尔兰、威

---

① 原《英国历代诗歌选（上、下）》收入 155 位诗人的 583 首诗作，此次编辑《英国历代诗歌选（上、下）》删去了原诗集里莎士比亚、济慈的诗歌，并增加了几位诗人的诗作。莎士比亚、济慈的诗作另收在本套译文集里的《莎士比亚十四行诗》《莎士比亚叙事诗·抒情诗·戏剧》和《济慈诗选》中。

尔士等地域诗人的诗作都有所兼顾。

诗歌是语言的艺术也是音乐的艺术。怎样在翻译中体现英国诗歌的音韵美和节奏，感始终是父亲在翻译时特别关注的问题。他遵循前辈诗人、翻译家卞之琳先生的指导，以汉语新格律诗译英语格律诗，即用"以顿代步""韵式依原诗"的方式来体现原诗的音韵风貌。尽管有人对此仍然持有异议，但父亲坚持这种译法，在译诗的实践过程中，以保持原诗神韵和意境为前提，力求传达出原诗的格律、音韵与节奏。同时，他用汉语自由诗译英语自由诗却依然注重原诗内在的节奏，以接近原诗的音乐性。由于他具有深厚的中文功底，对原诗尽可能深入地理解，更由于他舒展自然、通晓畅达的翻译语言风格，他的实践获得了较好的效果。他翻译的莎士比亚十四行诗曾被卞之琳先生誉为"译诗艺术的成年"的标志之一。他翻译的《济慈诗选》获第二届鲁迅文学奖文学翻译彩虹奖。但父亲表示，他所取得的成绩是粗浅的，也不是一人之功，而是在向几代包括当代诗歌翻译家的劳动成果进行学习、比较、切磋、借鉴后而达到的。所以，如果说有一点成就的话，那也是大家的功劳。

父亲从小就喜欢音乐，曾报考过音乐学校；父亲小时候更喜欢绘画，曾在专业的美术学校学习过。但他最终走上的是一条诗歌创作和诗歌翻译的道路。然而，他的诗歌中有音乐，也有绘画。他翻译的英国诗歌更是一幅幅绚丽多彩的图画，一首首悦耳动听的乐曲。愿这美丽的画面和复合的乐音跨越英伦三岛，跨越欧亚大陆，来到中国，来到东方，走向世界。

章　燕

2001 年于英国诺丁汉大学

英国早期民谣

英国早期民谣

民谣大都是民间流传的叙事诗。虽然历史上各个时期都有民谣，但是有特色的民谣往往出现在文学发展的初期，反映当时社会质朴的人民生活和重大事件，如中世纪后期流传在英格兰和苏格兰边境地区的民谣即是如此。这些英国北部居民创作的民谣，曲谱已失传，但仍有极大的文学价值。民谣是早期居民的口头创作，人们凭记忆口口相传，在流行过程中不断修改补充，最后被记录下来。英国早期民谣诞生于约 1200 年至 1700 年的五百年间。其中少量作品在 18 世纪被印成书面文字，有的直到 19 世纪才印出来。毕晓普·托马斯·坡西（Bishop Thomas Percy，1729—1811）是最早对民谣感兴趣的学者之一，他偶然发现一批 17 世纪的稿本，其中有手抄的民谣混在英国中古诗歌作品中。坡西出版了《古代英国诗歌遗存》，引起了一些人的兴趣，其中就有著名诗人司各特。他们到英格兰和苏格兰边境地区实地考察，发现那里的老百姓仍然在唱民谣，于是根据人们的口授，把民谣记录下来，印成书面文字。民谣收集者发现，同一首民谣往往因提供人不同而有不同的版本。例如《帕垂克·斯本斯爵士》就有许多不同的版本，各版本之间，有的差异小，有的差异大。如果说，各种版本流行之初，有一个最原始的版本，那么，这个版本却往往因为年代久远而很难觅得。

一首民谣若是出于自觉的艺术心灵，它或许不需要经过不断的修改就能臻于完善，但确有不少作品经过修改之后优于最初的原作。

民谣的特点是文字俭约，它总是突出事件的要点和情节的高潮，把文字尽量压缩，用独白或对话进行暗示，避免评说。人们在凭记忆口头传播民谣时，常常把叙事中无关紧要的部分筛选掉。这种筛选通常起到不断加工和改造的作用，于是一些最好的民谣作品诞生了。

民谣是为了歌唱而创作的，这一点对它的发展非常重要。其曲调的单纯性不仅影响了它的形式，即每节四行，每行四音步，而且影响了它的叙述方式。由于叙述紧凑，民谣极少采取跨行的方式。读者，最初是听者，总是在重复的短语后感受紧张的气氛的停顿。重复和叠句的运用，与音乐不可分割，赋予民谣以某种咒语般或宗教仪式般的意蕴。

民谣大都有一个中心：悲剧事件，常常是谋杀或意外死亡，这类情节时常包含超自然因素。这一主题是欧洲民间传说中常有的成分。许多英国民谣在其他民族语言中有类似的翻版。这里所选的《阮德尔勋爵》《芭芭拉·亚伦》《阿舍井的妇人》《三只渡鸦》以及《帕垂克·斯本斯爵士》等都是如此。

某些民谣的故事可能有其历史根据。《帕垂克·斯本斯爵士》可能起源于 13 世纪末发生的一个历史事件。其中的悲剧是古代民间传说中悲惨故事的典型特征。罗宾汉歌谣的诞生时间似乎较晚，经过口头流传变化的次数较少，它们可能是吟游诗人的作品。这些诗人从古老的民间传说中发掘出罗宾汉故事，使之成为反抗官府压迫的民间叛逆者的典型，承载着非常丰富的政治和社会内涵。

阮德尔勋爵

"啊，你去了哪里，阮德尔勋爵我的儿？
啊，你去了哪里，漂亮的小伙子我的儿？"
"我去了野树林子；妈妈，快给我铺床，
我厌倦了打猎，我真想倒头躺一躺。"

"你在哪里吃的饭，阮德尔勋爵我的儿？
你在哪里进的餐，漂亮的小伙子我的儿？"
"我跟我爱人共进餐；妈妈，快给我铺床，
我厌倦了打猎，我真想倒头躺一躺。"

"你进餐时候吃了啥，阮德尔勋爵我的儿？
你进餐时候吃了啥，漂亮的小伙子我的儿？"
"我吃了水煮鳗鱼；妈妈，快给我铺床，
我厌倦了打猎，我真想倒头躺一躺。"

"你的大猎犬咋样了，阮德尔勋爵我的儿？
你的大猎犬咋样了，英俊的小伙子我的儿？"

"它们肚胀断了气；妈妈，快给我铺床，
我厌倦了打猎，我真想倒头躺一躺。"

"啊，我怕你中了毒，阮德尔勋爵我的儿！
啊，我怕你中了毒，英俊的小伙子我的儿！"
"是啊，我是中了毒；妈妈，快给我铺床，
我心里有病啊，我真想倒头躺一躺。"

芭芭拉·亚伦

在那快乐的阳春五月，
绿色的花蕾正在绽开，
年轻的吉美躺着将死去，
为了对芭芭拉·亚伦的爱。

于是他差人去到她镇上，
到她镇上去把她邀请：
"快到我亲爱的主人家去吧，
假如你就是芭芭拉·亚伦。"

慢慢地，慢慢地她起身走去，
慢慢地走到他躺着的地方；
她把帐子拉开了："年轻人，
我想你生命就将消亡。"

"哦，我病了，病得不轻啊，
全是为了你芭芭拉·亚伦。"
"哦，别指望我会来医好你，

哪怕你心中在流血不停！

"哦，你难道不记得吗，年轻人，
你们把红酒斟满了酒樽，
连连祝别的姑娘们健康，
却不理睬芭芭拉·亚伦？"

吉美把面孔转向墙壁，
这会儿他已经面临死神：
"再会，再会，所有的好朋友，
请好好对待芭芭拉·亚伦！"

芭芭拉走过田野的时候，
她就听到了报丧的钟声，
丧钟敲出的每一声都说道：
"真正可怜啊，芭芭拉·亚伦！"

"妈妈呀，妈妈，快给我铺床，
让我在悲痛中躺下安息。
今天我爱人为我死了，
明天我为他停止呼吸。"

阿舍井的妇人

阿舍井旁边住着个妇人，
她是个有钱的太太；
她有三个强壮的儿子，
都已经出门在海外。

他们出门还只一星期，
还只一星期又一天，
就有消息传给老妇人：
三个儿子难回还。

他们出门还只一星期，
还只一星期又三天，
就有消息传给老妇人：
儿子们永难再相见。

"我愿海风不断地吹来
海面上不兴狂澜，
三个好儿子毫发无损，

回家来跟我相见。"

到了圣马丁节日那天①，
昏黑的长夜漫漫，
老妇的三个儿子归来，
头戴桦木的冠冕②。

这树不长在田间渠边，
不长在犁沟地头，
只有在天堂的大门前面，
桦树生长得繁茂。

"丫鬟们，快把灶火吹旺，
到井边把水挑够：
三个儿子已平安归来，
今宵要开宴祝酒。"

老妇为三个儿子架床，
那床铺又宽又广，
老妇在肩头披上斗篷，
在床边一坐半晌。

---

① 天主教圣马丁节是 11 月 11 日。
② 据认为，从冥界回来的鬼魂头上都戴着植物的冠盖。

红毛的公鸡高声打鸣，
报告说天将破晓。
大哥马上把小弟叫醒：
"告别的时刻已到。"①

公鸡打鸣还只打一次，
还刚刚拍翅迈步，
老三马上对老大说道：
"大哥，咱们得上路。

"公鸡在打鸣，天色快微明，
恼人的蠕虫②在抱怨：
若不能及时赶回墓地，
咱得受苦刑熬煎。

"再见了，再见了，亲爱的妈妈，
再见了，牛棚、粮仓。
再见了，挑水的美丽少女，
为咱烧火的好姑娘。"

---

① 死者必须在黎明之前回到坟墓中去。
② 死者体内的虫子。

忍心的娘

她头儿靠在荆棘上，
（太阳欢照贾家墙！）
她就生下头胎郎。
（狮子要做万兽王！）

"别这么甜笑，好孩子，
（太阳欢照贾家墙！）
你这么甜笑，要我死。"
（狮子要做万兽王！）

月光照她挖了个墓，
（太阳欢照贾家墙！）
她把孩儿埋进了土。
（狮子要做万兽王！）

一天她去上教堂，
（太阳欢照贾家墙！）
门口有个好儿郎。

（狮子要做万兽王！）

"娃娃哟，假如你是我儿子，
（太阳欢照贾家墙！）
我给你貂皮上衣绸裤子。"
（狮子要做万兽王！）

"妈妈呀，从前我是你宝宝，
（太阳欢照贾家墙！）
你待我没有这一半好。
（狮子要做万兽王！）

"如今我在天国住，
（太阳欢照贾家墙！）
你却在受那地狱苦。"
（狮子要做万兽王！）

两只乌鸦

有一回我独自走路的时候，
听见有两只乌鸦在喟叹，
一只乌鸦对另一只说道：
"今天我们上哪儿去吃饭？"

"在古旧的泥沟那边，我看见
躺着个新近被杀的武士，
没有人知道这件事，除了
他的鹰犬和美貌的妻子。

"他的猎犬打猎去了，
他的猎鹰衔野鸟回去了，
他的妻子有了新伴侣，
我们满可以美餐去了。

"你将坐在他惨白的颈骨上，
我将啄出他漂亮的蓝眼珠，
让我们借用他金色的头发，

去把秃顶的窝巢修补。

"许多人，许多人为他悲叹，
可他去哪儿了，没有人知道。
只要他的白骨还暴露着，
风儿将永远在上面吹啸。"

三只渡鸦

三只渡鸦栖息在一棵树上，
叮叮当，叮当叮当叮叮当，
三只渡鸦栖息在一棵树上，
叮当叮叮当。

三只渡鸦栖息在一棵树上，
它们的羽毛黑又亮，
叮叮当，叮叮当，叮当叮当叮叮当。

一只渡鸦对它的伙伴讲：
"咱们到哪儿去把早餐尝？

"那边一片碧绿的野地上，
躺着个被杀的武士，盾牌盖身上。

"他的猎狗在他的脚旁躺，

忠心的狗儿守在主人的身子旁。

"他的猎鹰凶猛地飞翔在天上，
别的猛禽不敢飞近他身旁。"

那边走来了一位红衣女郎，
年轻姑娘，走路的姿态昂扬。

"她把武士流血的头颅抬起，
在武士鲜红的伤口把吻印上。

"她把武士驮在自己的背上，
她把武士驮到土坑的边上。

"她在黎明前把武士埋葬，
没到黄昏时她也哀伤而死亡。

"上帝给每一位男子汉送上
这样的鹰、犬，这样多情的姑娘。"

帕垂克·斯本斯爵士

国王坐在邓弗林城里，
喝着血红的酒浆：
"哦，哪里能找到个好水手
来把我的船开航？"

坐在国王右首的老骑士
站起身来把话讲：
"帕垂克·斯本斯爵士是一位
惯于航海的好船长。"

国王写下了一份诏书，
亲手把名字签署，
派人送给帕垂克爵士——
他正在海滨散步。

帕垂克爵士读了第一行，
不觉开怀哈哈笑；

帕垂克爵士读到第二行，
眼泪扑簌往下掉。

"哦，谁出的馊主意让我
干这倒霉的营生，
恰在一年的这个季节里，
要我出海去航行！

"快点，快点，全体伙计们，
明儿一早就出海。"
"啊，不行啊，亲爱的船长，
我怕风暴就要来。

"昨儿深夜里我见到新月
把老月抱在怀里，
我怕，我怕，亲爱的船长，
我们会遇到灾异。"

哦，苏格兰好汉们不愿
让海水打湿鞋跟，
可是好戏还没有演完，
帽子已经在浮沉。

啊，水手妻子们家中坐，

手拿扇子久等候，
盼望见到帕垂克爵士
从海上回到家门口。

啊，水手妻子们门口站，
金梳子插在鬓发边，
久久等候丈夫们回家转，
只怕此生难再见。

去往阿伯多地方的半路上，
海水深达五十㖆，
帕垂克爵士在下面静躺，
脚边尽是苏格兰人。

西风啊

西风啊，你什么时候吹起来？
小雨会下降。
基督啊，但愿我怀里再抱着爱人，
我再在床上。

罗宾汉和他的三个扈从

整整一年里有着十二个月，
我听见许多人这样讲，
可是一年中最快乐的月份，
要数五月最欢畅。

五月里罗宾汉去到诺丁汉，
郎里郎里郎里格郎，
他遇到一位穷苦的老妇人
悲伤哭泣泪汪汪。

"什么事？什么事？可怜的老太太，
您可有伤心事对我讲？"
她说："我有仨儿子在诺丁汉
今天要处死把命丧。"

罗宾问："是他们烧毁了教堂？
是他们杀死了神父？
还是他们抢劫了少女？

或私通了有夫之妇？”

"先生，他们没放火烧教堂，
也没有杀死神父，
他们没抢劫哪家少女，
没私通有夫之妇。"

"他们干了什么？"罗宾说，
"请你把实情告诉。"
"他们手拿长弓跟随你，
射死了国王的驯鹿。"

罗宾说："老太太，您可还记得
那一天您供我饭食？"
勇敢的罗宾说："您及时告诉我，
我保证搭救及时。"

罗宾直向诺丁汉走去，
郎里郎里郎里格郎，
他遇到一位年老的游方僧——
他正走在大路上。

"什么事？什么事？您哪老人家，
把消息说来我听。"

老僧说:"诺丁汉有三个小伙子,
今天要被执行死刑。"

"老人家,来,咱换换衣裳,
咱俩把衣裳换个个儿,
这儿是银质先令四十个,
您拿去换杯啤酒喝。"

"你穿着一身好衣裳,"老僧说,
"我身上披着破烂衫。
要是你穿着破烂到处跑,
可别笑话我穷老汉。"

"老人家,赶快跟我换衣裳,
跟我把衣裳换着穿;
这儿是闪亮的金币二十个,
您拿去跟弟兄进美餐。"

罗宾首先戴上老僧帽,
帽子耸在他头顶:
"这是我做的交易第一笔,
帽尖应当压压平。"

然后他穿上老僧的外套,

补着红蓝黑布块；
他挂着食物袋子在人前，
没觉着害臊不光彩。

然后他穿上老僧的裤子，
裤裆裤腿有补丁；
勇敢的罗宾道："实话实说，
老僧少有虚荣心。"

然后他穿上老僧的长筒袜，
从膝到脚有补丁；
勇敢的罗宾道："实话实说，
我想摆阔笑死人。"

最后他穿上老僧的鞋子，
鞋底鞋面有补丁；
罗宾汉庄严地发出誓言道：
"好习惯造就好男人。"

五月里罗宾汉去到诺丁汉，
郎里郎里郎里格郎，
罗宾汉遇到傲慢的郡长——
他正走在大街上。

"耶稣保佑你，郡长大人，
耶稣保佑你，做见证；
穷老汉我今天做你的刽子手，
你付给多少赏金？"

"几件衣裳，"郡长开口说，
"我赏你几件衣裳；
几件衣裳，加十三便士，
就是刽子手的报偿。"

罗宾汉听罢就掉转身去，
从树桩跳上石板；
郡长说："凭我的良心我敢讲，
"你年老，可手脚轻便。"

"我这一辈子没当过刽子手，
今后我也不想当。
可是谁先干杀人的刽子手，
就该受诅咒遭殃。

"我身上袋子里装粮食，装麦酒，
一袋有燕麦装其中，
一袋装面包，一袋装牛肉，
一袋装我的小号筒。

"我的口袋里有只小号筒，
从罗宾手上拿到；
我只要用嘴唇把它一吹，
就有好颜色给你瞧。"

"你想吹就吹，真傲慢无礼！
你难道以为我害怕？
你想吹那就使劲吹，直吹到
你两眼爆裂掉地下！"

罗宾汉吹起号筒第一声，
号声响亮又尖厉，
一百五十个罗宾的好汉
骑马翻山来这里。

罗宾汉吹起号角第二声，
发出高音用力气，
顿时有六十名罗宾的好汉
越野冲锋来这里。

郡长惊呼道："他们是谁啊，
穿过草原来这里？"
勇敢的罗宾说："是我的部下，

他们前来拜访你。"

他们从洞里搬出绞架，
把它竖在山谷里；
他们绞死了傲慢的郡长，
把三个扈从救起。

14世纪

杰弗里·乔叟

（ Geoffrey Chaucer，约 1343—1400 ）

如果有人问英国文学史上的第一位大诗人是谁，毫无疑问，答案肯定是杰弗里·乔叟。

乔叟生活的时代正值欧洲大陆的文艺复兴运动蓬勃发展，他的人生经历和文学创作都不可避免地打上了那个时代的烙印，他的作品代表了英国中世纪文学向文艺复兴时期文学的转型。

乔叟生于伦敦一个富裕的中产阶级家庭，少年时便进入宫廷，接触到当时的上层社会。青年时期，他曾随朝廷官员出征法国。1370—1378 年间，他多次到过意大利和法国，深受当时欧洲大陆人文主义精神的影响。在吸收了大陆文学中骑士爱情诗歌的浪漫情调和意大利文学巨匠薄伽丘等人开放、清新、明朗的现实主义文风的同时，他立足于英国本民族的文化传统和民族精神，奠定了英国文学语言之基础，开创了英国现实主义文学之先河，被后人誉为"英国语言之父"和"英国文学之父"。

乔叟的作品除《声誉之宫》《特罗伊拉斯与克莱西达》等一批深受法国和意大利文学影响的作品之外，最重要的是他的《坎特伯雷故事》。作品描写了一批去坎特伯雷朝圣的香客以及他们在朝圣的路上所讲述的故事，反映了英国中世纪的社会风貌和各个阶层人们的生活、习俗、思想及其精神面貌，表现出反封建的和宣扬个性解放的积极开放、乐观向上的情绪，具有早期人文主义的朝气。乔叟的家庭背景和他的生活经历，使他十分熟悉英国伦敦普通人民的生活以及他们的日常语言，而他的作品正是使用了伦敦方言来创作的，语言清新自然而又具有个性化色彩，充满了机智与幽默，标志着英国近代语言的成熟。

这里所选的是他的短诗，有着中古时期英语诗歌的单纯与直率，但从中可以体会到它的震撼力。

冷酷的美人

（轮旋体诗）

你两只大眼会一下子杀死我；
它们的美震撼了我的平静，
迅疾而猛烈地刺入了我的心。

当伤处还新鲜的时候，只有
你的言语能医好我被创的心——
你两只大眼会一下子杀死我，
它们的美震撼了我的平静。

我非常忠实地对你说，你是
我的王后，不论我已死，尚生；
将来我的死会证明全部实情。
你两只大眼会一下子杀死我；
它们的美震撼了我的平静，
迅疾而猛烈地刺入了我的心。

16世纪

史蒂芬·霍斯

（Stephen Hawes，1474—1523）

史蒂芬·霍斯是英国中世纪文学向文艺复兴时期文学转型中的诗人。他崇尚中世纪诗人约翰·利德盖特（John Lydgate）和杰弗里·乔叟（Geoffrey Chaucer），作品中留有不少中世纪时期诗歌的风格和特点。

霍斯曾在牛津大学就读，后做了亨利七世的王室侍从官，效忠国王，写了《贞洁的例子》（1503—1504）和《快活的娱乐》（1505—1506）献给国王。前者是带有说教色彩的讽喻式长诗；后者具有浪漫传奇的风格，涉及他对爱情、死亡、荣誉、时间、永恒等的看法。他的诗展示了他丰富的学识和巧妙的修辞艺术，流露出一种浪漫与幽默相融合的气质，体现出都铎王朝时期的诗人在精神与道德方面的追求。

真正的骑士

骑士的精神不在争吵中，
不为小是小非而斗争，
但为了保卫真理的事业，
他自己应该坚强，有信心，
执着于正义，再加上同情；
骑士不参与任何吵架，
除非为真理、为平民保驾。

托马斯·怀亚特

（Thomas Wyatt，1503—1542）

托马斯·怀亚特，英国文艺复兴时期的早期诗人，曾与萨瑞伯爵翻译彼特拉克的十四行诗，将这一诗体引入英国诗歌之中，并将十四行诗的英国化推向了一个高度。

怀亚特拥有不凡的经历和才智。他是亨利八世的朝臣，又是一位精通语言学、天文学和音乐的学者。然而，他短暂的一生既充满荣耀又伴随着坎坷。他曾两次触怒国王，被关入伦敦塔，全部财产遭剥夺。他的诗歌具有一定的关于人生体验的深度，富有个性。他的十四行诗往往传达出一种超出一般爱情诗的忧郁格调和较为深刻的思索，给人以某种启迪。从他的诗中可以看出，怀亚特并非被动地吸收和接受外来影响，而是取之为我所用，表达自己的思想情感。在诗歌形式和韵律方面，他的诗也表现出一定的民族的和传统的风格。

从爱中找到幸福和丰饶的甜蜜

从爱中找到幸福和丰饶的甜蜜、
总是在欢乐的渴求中度日的人，
起来！不害臊？把懒怠抛却净尽，
我说，快起来，看一看五月的旖旎。

让我卧床，沉入厄运的梦境里。
让我牢记着我的愁苦、不幸，
那厄运若无其事地在五月降临，
仿佛爱情再不愿与我亲昵。

斯蒂芬①说得真对，他替我算命，
说五月支配着我的倒霉的运气。
他的推测没差错，我可以作证。

在五月，我的财富和我的神志，
时常陷于混乱困惑的状态。
欢乐啊，我只想梦见你的到来！

---

① 斯蒂芬是按星象为作者算命的人。

亨利·霍华德（萨瑞伯爵）

[Earl of Surrey（Henry Howard），1517—1547]

亨利·霍华德通常被人们称作萨瑞伯爵，是英国文艺复兴时期的早期诗人。他是当时的朝臣和王室成员，在参加对法战争中受伤而死，年仅30岁。

萨瑞伯爵与当时的另一位诗人怀亚特一起翻译了不少意大利诗人彼特拉克的十四行诗，并用这一诗体进行创作，与后者一道将这一诗体引入英国诗歌之中，并为十四行诗的英国化做出贡献，使十四行诗成为英国诗歌中最为普遍的体裁之一。此外，萨瑞伯爵还首次运用素体诗（blank verse）的形式翻译了罗马诗人维吉尔的《埃涅阿斯纪》，这一形式后来成为英国文艺复兴时期戏剧中最常用的诗体语言。

萨瑞伯爵所创作的十四行诗也有独到的特色：语言清新流畅，善于描写自然风光，并用自然景色衬托人物的内心情感，描绘出一幅幅情景交融的画面。

可爱的季节

可爱的季节，嫩蕊开，鲜花怒放，
葱绿覆盖上山峦，蔓延到溪谷；
夜莺换上了新的羽毛，在歌唱；
斑鸠向它的伴侣把故事讲述。

夏天来到了，千万条新枝苗壮；
公鹿把衰老的头儿倚着栅栏木；
羚羊在灌木丛里抛下了冬装；
鱼儿披一身新鳞在水中漂浮。

燕子追赶着苍蝇迅疾地飞翔；
蝰蛇把它的全部蛇蜕都脱去；
蜜蜂想起了要为采蜜而奔忙。
冬天衰歇了，再不能摧残花木。

这样，我在万物中再不见忧伤，
只见欢乐，我心里却无限惆怅。

埃德蒙·斯宾塞

（Edmund Spenser，1552—1599）

埃德蒙·斯宾塞是英国文艺复兴时期的重要诗人，他在文学史上享有相当高的声誉，被认为是当时仅次于莎士比亚的诗人。

斯宾塞1589年入剑桥大学，受到清教思想、希腊罗马古典文学以及文艺复兴时期欧洲大陆文学的影响，翻译过其中一些人的作品。同时，斯宾塞又是一位善于从传统中汲取营养的诗人。他重视本国文学传统，试图在文艺复兴的精神中复活传统的语言和艺术风格，并使古典的或外来的艺术风格扎根于本土文化。

斯宾塞早期的诗歌作品《牧人月历》，是仿古罗马诗人维吉尔等人的田园牧歌写成的，表现出朴素的乡村生活情趣。他最重要的诗作是《仙女王》，它虽带有中世纪的道德讽喻色彩、神秘主义和宗教情绪，但充满了人文主义者对生活的热爱，对理想的追求，反映了文艺复兴时期人们的精神风貌，有很强的时代感。在思想和语言上对诗歌艺术的发展及后来诗人们的创作有深远的影响。

《爱情小诗》于1595年出版，由88首十四行诗组成，是写给他的未婚妻伊丽莎白·波伊尔的。这些诗虽沿袭了彼特拉克十四行诗的模式，但视野扩大了，少了哀怨情调，多了积极高昂的情绪；它们赞美理想的爱情，歌颂精神与肉体的结合，具有浓郁的人文主义色彩；在韵式上诗人采用交环韵，即abab bcbc cdcd ee，较莎士比亚式要求更严。

"正像一只船，横劈大海的波涛"

(《爱情小诗》第34首)

正像一只船，横劈大海的波涛，
靠一颗星星的指示，向前疾进，
一旦风暴遮没了可靠的引导，
船就会误入迷途，远离航程。

我也用光芒引导着我的星星，
可惜她现在已经被乌云蒙上，
我就只得在黑暗和恐惧中独行，
在危机四伏的环境里踯躅彷徨。

但是，风暴总得过去，我希望
我的赫利刻①——我的生命的导星
会重新亮起来，用那可爱的光芒
扫清我的愁云，再向我垂青。

---

① 赫利刻，大熊星座内的北斗七星。

否则，我就徘徊着，十分不安，

一个人独自悲哀，神思黯然。^①

"像猎人追赶了一阵，力倦神疲"

（《爱情小诗》第 67 首）

像猎人追赶了一阵，力倦神疲，
眼看着猎物从自己面前逃去，
我就在一片绿荫地坐下来歇息，
受猎物愚弄的猎犬气喘吁吁。

经过了无效的尝试，长久的追逐，
我已经全身倦怠，放弃了捕捉，
温顺的小鹿从原路回到近处，
想要从这里的溪涧喝点水解渴。

她站在那儿用柔和的目光看着我，
停留着，不再害怕，不想再遁逃；
我把她抓获，她全身微微颤抖着，
我用她自己的好意把她捆牢。

看来真奇怪，这极易受惊的小兽，
竟被她自己的意愿蒙骗而俯首。

"有一天我把她名字写在沙滩上"

（《爱情小诗》第 75 首）

有一天我把她名字写在沙滩上，
浪涛来，把它冲刷得没了踪影；
第二回我又把她的名字写上，
潮水来，把我的劳作再度侵吞。

"愚蠢的人啊，"她说，"你这是白费劲，
竟想使必朽的俗物成为不朽！
我本身就会像这样衰败消泯，
我的名字自然会被大浪冲走。"

我说："不，卑贱者费尽心思而终究
要死，化作灰，你却要凭美名流芳；
我写诗把你的美德传之永久，
把你光辉的名字书写上天堂。

"当死神把世间万物制服的时候，
我们的爱情将长存，生命将永留。"

沃尔特·罗利

（Walter Raleigh，1552—1618）

沃尔特·罗利是一位很有才华的文艺复兴时代的人物。他是伊丽莎白女王时的朝臣、诗人，在音乐方面很有造诣，懂得历史、哲学和科学；还是一位探险家，在他身上体现出资产阶级早期的扩张和殖民欲望。

罗利早年曾在牛津大学受过教育，后去海外，一生充满冒险的经历。他生前就是享有盛名的诗人，但他发表的诗作不多。此外，他也写过不少非诗歌作品，如与助手一道撰写的《世界史》（1614）等。在保存下来的诗篇中，人们可以看到一种不懈的探险精神和不安定的因素，诗中爱的激情与对世界的求知和好奇融为一体，其中更有一种忧郁哀伤的调子，他对人生保持着清醒的警觉和对理想的幻灭意识。

自己的墓志铭

时间竟这样：说拿去保管，他就
把我们的青春、欢乐和一切拿走，
只偿还我们土地和灰尘，
等我们走完了全部路程，
他就把我们一生的掌故
关进了黑暗静寂的坟墓。
但从这泥土、坟墓和灰尘里，
我相信，上帝会把我扶起。

菲利普·锡德尼

（Philip Sidney，1554—1586）

　　菲利普·锡德尼是当时的一世英才，他曾为伊丽莎白女王朝的朝臣，在修养、人格和文学才华方面都可被称为人文主义者的代表。

　　锡德尼是一位有独到思想的诗人，他对当时的政治和宗教都有自己的见解，对艺术更有不同凡响的认识。他曾写过《为诗辩护》，认为诗的创作并不要求客观的真实，诗人可以创造更高的真实和更美的世界，这个观点影响了当时与后世的文学。他的诗歌创作实践了他的艺术理想。他的《阿卡迪亚》为散文作品，优美抒情，充满诗情画意，且本身就穿插了二十首歌。他最为著名的诗作是十四行组诗《爱星者与星》，由108首十四行诗和11首歌组成。它们描写一个青年受美貌女子引诱，爱上了她，从而经历了内心的矛盾挣扎。诗中有希望、有失望、有痛苦、有柔情、有欣喜、有含蓄，同时音乐的美也得到了展现，表露出诗的完美结构与鲜明的艺术自律性。

"月亮啊，你那么哀伤地攀上了苍天！"

（《爱星者与星》第 31 首）

月亮啊，你那么哀伤地攀上了苍天！
那么沉默，那么憔悴的面影！
怎么，那个忙碌的弓手①如今
在天庭之上也要来试他的利箭？

真的，假如我久识爱情的双眼
能鉴别爱情，那么，你像个情人。
我看透了你的模样；你凄婉的神情
向同病的我透露了你处境的艰难。

月亮啊，看在同病者分上，告诉我，
天上可也把执着的爱情当愚蠢？
那儿的美人跟这儿的可同样骄矜？

她们在天上可喜欢被人爱——不过

---

① 弓手指爱神丘比特。

情人们又瞧不起真正爱着的人？
她们是否把忘恩唤作美德？

克里斯托弗·马洛

（Christopher Marlowe，1564—1593）

克里斯托弗·马洛是文艺复兴时期英国的戏剧家兼诗人，他对英国文学的贡献主要在于戏剧。他改革了中世纪的奇迹剧和道德剧的形式，继承了文艺复兴早期戏剧的优秀传统，同时又吸收了古典戏剧的艺术精华，将其融入自己的戏剧之中，创作了《帖木儿大帝》《浮士德博士的悲剧》《马耳他岛的犹太人》等一系列优秀悲剧作品。他的剧作热情、奔放，气势宏伟，创造了文艺复兴时期的巨人形象，体现了人文主义的精神和浪漫主义的风格。这些作品，均用素体诗写成，雄浑有力，被称为"雄伟的诗行"。马洛是莎士比亚之前英国舞台上最有影响的剧作家。

马洛也写过一些诗歌作品，它们大多清新、欢快、明朗。较为人们所熟悉的就是被收入本书的这首《热情的牧童对爱人说》，它以牧歌的形式描写了诗人向姑娘表达爱慕之心，语言朴素洗练，感情强烈大胆，与当时许多情诗中的凄婉哀怨情调完全不同。

热情的牧童对爱人说

来跟我同住，做我的爱侣，
我们可以亲自来领取
峻峭的峰峦、林野和山谷
给予我们的全部乐趣。

我们可以同坐在岩石上，
看牧童牧放一群群牛羊；
潺潺小溪边，涓涓细流旁，
听小鸟美妙的歌声回荡。

我要用玫瑰花做成床铺，
再编制千百个芬芳的花束；
一顶花帽，和一件全部
用香桃花瓣绣边的裙裾。

一件细羊毛制成的长袍，
羊毛从绵羊的身上取到；

防寒的拖鞋，镶漂亮边条，
鞋面的扣子用纯金制造。

腰带是香草和藤苞织成，
扣结是珊瑚、琥珀作饰品；
如果这些能打动你的心，
那就来同住，做我的爱人。

食物装满了你的银盘，
各种珍馐如诸神的饮宴，
杯盘放置在象牙桌上面，
每天准备好，供你我进餐。

牧童们在五月每天的早晨，
要叫你高兴，就跳舞歌吟；
如果这些能打动你的心，
那就来同住，做我的爱人。

托马斯·纳希

（Thomas Nashe，1567—1601）

  托马斯·纳希是英国文艺复兴时期的剧作家、小说家、诗人和讽刺作家，是活跃在文坛上的一位重要人物，当时的大学才子之一。

  纳希毕业于剑桥大学，此后着意于时事讽刺作品的创作，写了《荒谬的解析》。1594 年，他创作了流浪汉式小说《不幸的旅人》，集滑稽模仿与讽刺小说风格为一体，该作品在 20 世纪受到赞誉。

  1600 年，纳希写了一部喜剧《夏天的最后遗愿》，描写了瘟疫年代的情形。这里所选的《春光》便是其中的一首著名的歌。它的语言平易、清新、活泼，意象丰富而优美，尤其是每节诗行最后那悦耳的鸟鸣给人以深刻的印象和美的享受；春天美丽的图景充满了生活的欢乐，自由的空气传遍全诗。它突出地表现出文艺复兴时期人的精神面貌和积极向上的情绪。这首诗历来为人们所喜爱，也是各家选本的常选之作。

春 光

春光，可爱的春光，一年中快乐的君王；
看百花齐放，姑娘们围着圈儿舞得忙，
寒气不再刺脸庞，可爱的鸟儿歌唱——
布谷，叽叽，喳喳，不要走，哥哥！

杨柳枝，五月花，把村舍点缀得多好看，
羊羔子蹦跳着去游玩，牧羊娃整天吹芦管，
我们老是听见，鸟儿们快乐地叫唤——
布谷，叽叽，喳喳，不要走，哥哥！

田野散发出芳香，雏菊吻我们的脚踝，
年轻姑娘会情郎，老婆婆坐着向太阳，
在每条街道上，我们都听到这歌唱——
布谷，叽叽，喳喳，不要走，哥哥！
春光！迷人的春光！

疫疠时代

再会，再会，尘世的幸福！
这个世界完全靠不住：
可笑啊，生活里不餍的欢愉，
死亡证实那全是小玩具。
谁能逃开冲来的死呢？
我病得一定要死了——
主啊，可怜我们吧！

富人啊，不要再信赖财产，
金钱买不回你们的康健；
医药本身也再不中用；
一切的一切都要送终；
疫疠在全速地飞驰了；
我病得一定要死了——
主啊，可怜我们吧！

美色，不过是一朵鲜花，

总要给皱纹一口吞下；

灿烂的光明从空中落地；

王后们死得年轻而美丽；

海伦 ① 的眼睛被尘土吃了；

我病得一定要死了——

主啊，可怜我们吧！

坟墓里不再有尚武刚勇，

果敢的赫克托 ② 只好喂蛆虫；

宝剑不能够战胜命运；

土地始终张开着大门；

来，来！丧钟唤个不止了；

我病得一定要死了——

主啊，可怜我们吧！

顽皮而又任性的智慧

如今品尝了死的苦味；

地狱里面的那个行刑人，

他哪儿会有耳朵来倾听

那些白费心思的答词呢？

我病得一定要死了——

主啊，可怜我们吧！

---

① 海伦，希腊传说中的美人。

② 赫克托，希腊传说中特洛伊国王之子，勇士。

那么，各种身份的人们，
赶快去迎接命运的来临；
我们的归宿是在天外，
地上只是演员的舞台。
我们登天去就是了；
我病得一定要死了——
主啊，可怜我们吧！

托马斯·坎品

（Thomas Campion，1567—1620）

托马斯·坎品学过法律，做过医生，还是一位作曲家。他写假面舞剧，也是一位诗人。他的诗作在初期是用拉丁文写成的。他受到古典拉丁文诗语言的影响，尤其喜爱拉丁文诗歌中的音律和节奏，那种诗歌被称为"定量诗"，即诗歌中的音节是按照其发音的长短来排列的，而不是按照轻重音来排列的。他将这一形式引入英国诗歌。

由于他精通音乐，是作曲家，坎品的诗作总是带有很动听的乐感，这成为他诗歌的一个特色。他曾说："我的主要目标是把我诗中的字与音符优美地结合起来。"

熟樱桃

有一个花园在她的脸上，
园里长满了红玫瑰、白百合；
那地方真是一座天堂，
长满了各种可口的仙果。
园里的樱桃不让买，除非到
它们自己叫卖"熟樱桃"①。

漂亮的樱桃正好围住
上下两排夺目的珍珠，
当她可爱地笑着的时候，
就像白雪堆积在玫瑰心头。
皇亲国戚也不许买，除非到
它们自己叫卖"熟樱桃"。

她的眼睛，像天使在监视，
她的眉毛，如弓儿弯弯，
锐利的颦眉警告说要杀死
一切冒犯——不论手或眼
来接近这神圣的樱桃，除非到
它们自己叫卖"熟樱桃"。

① 指伦敦小贩的叫卖声。

17世纪

约翰·多恩

（John Donne，1572—1631）

"情人的目光如丝线交织缠绕；神用攻城的木槌敲击人们的心；一滴泪珠包含并淹没了整个世界……"多恩的诗歌中充满了这样奇特的比喻，令人惊讶、新奇，被后人称作"奇想"。而这些奇想中有智慧、有情感、有矛盾、有深思，这就是多恩诗歌的风格。

多恩是英国"玄学派"诗歌的代表。他出生在伦敦一个天主教商人的家庭，曾入牛津大学读书，对法律、神学、医学和希腊、罗马文学均有所涉猎。他早年生活较为放荡，后做了圣保罗大教堂的主教长，对早年的生活行为有所忏悔。

多恩的作品主要为诗歌和布道文。诗歌以爱情诗和宗教诗为主，也有讽刺诗、挽歌等，其中尤以爱情诗写得最为不同一般。他的诗歌多以爱情、死亡、离别等为主题，也表达对人生、社会等问题的看法。多恩的思想始终是充满矛盾的，对世界、对宗教、对人自身、对他的内心，他都有种种的困惑、思索和怀疑，他将这种思索、怀疑带入诗歌中，形成了独特的风格。他的诗采用神学、哲学的思辨，又常以新的科学发明来作比喻。这种风格打破了当时甜蜜华丽的抒情诗风，给人以丰富的联想和别开生面的新鲜感。他的诗句口语化、戏剧化，不拘泥于韵律。他的智慧、博学和戏剧化的比喻风格使得他的布道文也写得不同凡响。

多恩的诗歌多在他死后出版，很受欢迎。但 18 世纪和 19 世纪的诗人多不赞赏他的诗风，认为是"滥用智力"。20 世纪初，由于艾略特等人的大力推崇，他的诗歌又一次得到称赞，并被视为英美现代派诗歌的渊源，因此他的地位大大地提高了。

告别辞：不用悲伤

正像善良人谢世，挺平和，
对自己的灵魂低声说走，
悲伤的朋友们在旁边，有的说，
他停止呼吸了，有的说没有。

让我们溶化吧，不声张，不必
泪如泉涌，悲叹如狂风，
这样是亵渎我们的欣喜，
如果对俗子讲我们的爱情。

地动会带来恐惧和灾难，
人们估量这意味着什么，
但是许多天体的震颤
却无碍，尽管剧烈得多。

尘世间凡俗的男女相爱
（他们的灵魂是感官）耐不住
离别，因为离别会拆开
组成爱情的各种要素。

我们经受了爱情的净化，
自己却不知道爱情是什么样。
只心心相印，就再也不怕
碰不到眼睛、嘴唇和手掌。

我们的灵魂，已合二为一，
虽然我得走，却并不造成
断裂，就像把一块金子
打成薄片般，是向外延伸。

就算是俩人，却休戚相关，
恰似圆规的两只脚一般，
你灵魂是定脚，仿佛没动弹，
另只脚动了，它其实也在转。

圆心脚固然总坐在中心，
可只要圆周脚去天涯浪迹，
它也就侧身向前去倾听，
圆周脚回到家，它立即站直。

你对我就是这样，我正如
圆周脚，倾斜着身子奔跑；
你坚定，我画圆圈准无误，
准会在起跑的地方停下脚。

破　晓

不要啊——亲爱的，不要起身；
这亮光是来自你的眼睛；
晓还没有破，我的心已破，
因为就要分手了，你和我。
别起来！否则我的欢乐
就将在它的襁褓里夭折。

"天使们，从地球想象之中的四隅"

（敬神十四行诗第 7 首）

天使们，从地球想象之中的四隅①

吹起号角吧；起身，从死里起身，

你们，难以计数的野鬼游魂，

回到散落在各地的遗体里去；

你们，灭顶于洪水，烤炙于火狱，②

或殁于战乱、衰老、瘟疫、暴政、

绝望、刑法、偶发的灾祸，和你们——

将见到上帝，永无死亡的忧惧。

让他们睡吧，主啊，也让我哀思，

如果说我的罪孽比他们多得多，

那么到那里再向您求恕就太迟；

不如趁现在我还在下界生活，

您教我怎样忏悔吧；这就无异于

您用鲜血给我签署了赦罪书。

---

① 《圣经·新约·启示录》第七章："后来我看见四位天使站在地的四隅……"

② 《圣经·新约·彼得后书》第三章第十节："主再来的日子就像小偷忽然来到一样。在那日，诸天要在巨大的响声中消失，天使在烈焰中烧毁，大地和万物都会消灭。"

"死神，别骄傲，虽有人把你称作"
（敬神十四行诗第 10 首）

死神，别骄傲，虽有人把你称作
可怕的巨灵，其实你并非如此，
那些你以为击倒的人们，并没死，
可怜的死神，你也不可能杀死我。
说休息和睡眠是你的写照，那么，
你一定会给人付出更多的欣喜，
所以精英们急急忙忙跟你去，
让尸骨安息，让灵魂得到解脱。
是命运、帝王、强徒的奴仆，
你又跟鸩毒、战争、疫病为伍，
可鸦片、巫术也能使我们睡眠，
还睡得更好，你何必如此傲慢？
我们匆匆睡一觉，便醒于永恒，
不再有死亡，死的该是你，死神！

"三位一体的上帝啊，撞击我的心！"
（敬神十四行诗第14首）

三位一体的上帝啊，撞击我的心！
因为您一敲就呼气、闪光，想修补；
就要撞倒我，促使我起身，站住；
就要击破我，烧毁我，促使我新生。
我好像是座被别人篡夺的市镇，
毫无效果地致力于接纳您进驻；
理智，您派的总督，该为我防御，
却当了俘虏，是懦夫，或出于背信。
但我热爱您，也乐意为您所爱，
不料我已经跟您的敌手婚配；
判我离婚吧，把死结砸烂，解开，
把我带到您那里，囚禁我，因为
除非做您的奴隶，我永无自由；
我绝不贞洁，除非您把我劫走。

本·琼生

（Ben Jonson，1572—1637）

本·琼生是英国文艺复兴时期的重要文人。他是一位剧作家、诗人和评论家。1616 年，他出版了《琼生文集》，这是英国文学史上第一部文学家出版的文集，在当时引起不小的反响，琼生也因此被认为是英国文学史上的第一位职业作家。

琼生是伦敦一位牧师的遗腹子，早年的生活贫苦。他没有受过正规的教育，曾做过砖匠，后参军打仗，生活动荡不安。虽未入过大学，琼生却曾就学于著名的古代史学者坎姆登，获得了关于希腊、罗马文学的丰富知识，对中古时期和文艺复兴时期欧洲和英国作品无不涉猎。他博览群书、才艺过人，被认为是英国实际上的第一位"桂冠诗人"。

琼生是以戏剧创作走上文坛的，重要的戏剧作品有《人人高兴》《人人扫兴》《狐狸》《巴托罗缪市场》等。他的剧作反映城市中产阶级的日常生活，针砭时弊，常富有讽刺意味。他的戏剧遵循古典主义的原则，讲究"三一律"和人物类型的刻画。他提出了"气质论"，即人的性格和秉性是由多种气质构成的，不同的人具有不同的气质，因而产生怀疑、妒忌、吝啬等秉性。在剧作中琼生对这些人物进行了深刻的嘲讽。他的这一理论为塑造人物个性，刻画人物心理提供了很好的理论依据。

　　作为评论家，琼生宣扬古典主义的艺术原则。他对莎士比亚做出较为公正的评价，至今仍被引用。琼生的诗歌作品种类繁多，有警句、挽歌、贺诗、抒情诗等。他的诗作具有古典主义典雅、优美的语言风格，讲究形式的工整与韵律的圆润。他的抒情短诗语言清新自然，简洁而明快。《给西丽亚》是他最脍炙人口的一首诗。

给西丽亚

只须用你的眼睛向我祝饮，
我就把我的眼睛回报；
或者只须在杯口留下你一吻，
我就不再把美酒寻找。
要求痛饮一种神圣的酒浆——
是灵魂深处升起的渴念；
但即使让我品尝天帝的仙酿，
我也不愿把你的去交换。

最近我送了你一个玫瑰花环，
与其说是对你表示尊敬，
毋宁说是希望在你的身边，
花环将永远不会凋零；
但是你却把花环给我送回，
而预先你对它呼了口气，
于是我闻到：它从此发出的香味，
不再是它自己的，是你的！

约翰·弗莱彻

（John Fletcher，1579—1625）

约翰·弗莱彻是莎士比亚同时期的著名戏剧家。他生于萨塞克斯郡，父亲曾在布里斯托尔和伦敦做过主教。弗莱彻早年曾入剑桥大学，毕业后即开始独自闯荡，史料对他这段生活的记载不多。他可能曾是"本·琼生之子"的一员，并因此结识了弗朗西斯·鲍芒，两人成为挚友，共同创作了多种戏剧，影响很大，也因而开创了两人或多人合作创作戏剧的风气，在当时盛行一时。他们两人创作的戏剧较为著名的有《费拉丝特》（1609）、《少女的悲剧》（1610）、《是国王又不是国王》（1611）等。此外，弗莱彻也独自写过剧本，如《忠实的牧羊女》（1609）。弗莱彻还同许多其他著名的剧作家合作写过戏剧，如他同莎士比亚就共同创作了《亨利八世》（1613）和《两个贵亲》（1613）。

弗莱彻不仅创作了许多很受人们欢迎的戏剧，而且推出了悲喜剧这一戏剧形式，影响到17世纪世俗剧的发展走向。除戏剧外，弗莱彻还创作有诗歌作品。

歌

请在我的枢车上放一只
沉郁的紫杉扎成的花圈；
女孩儿们啊，请拿起柳枝，
说："我的心至死没变。"

我的情人变了心，但是我
出生以来就始终忠贞；
温软的泥土啊，请你轻轻地
覆盖我下葬的此身！

罗伯特·赫里克

（Robert Herrick，1591—1674）

罗伯特·赫里克出生在伦敦，是一位金匠的儿子，曾在剑桥大学获得了学士和硕士学位，后做了牧师。

赫里克十分推崇本·琼生，自认为是"本·琼生之子"中的一员，常与琼生以及当时的一批文人来往。他的诗歌也受到古典诗人的影响，如贺拉斯、阿纳克瑞翁、奥维德等。

1648年，他出版了唯一的诗集《金苹果园》，该诗集后附有一批宗教诗歌《圣诗》，共有四百多首。这些诗作大多活泼迷人，有着精美的艺术性和装饰风格。人们所熟悉的是他的爱情诗，认为诗中的主题往往是讲青春易逝、时光难在，要抓住美好时光，享受人生。而事实上，他的诗歌主题丰富，内容多样，如描写乡村节日，庆贺丰收，表达对美好快乐的生活的向往，等等。他的诗歌的形式也是富于变化的，既有牧歌式的甜美，又有讽刺挖苦的犀利；既有洛可可式的装饰典雅，又有警句诗的粗糙简洁。《给少女们的忠告》是他广为流传的一首诗。

给安西亚

你叫我活，我就活着，
宣誓对你忠诚；
你叫我爱，我就给你颗
永不变卦的心。

我要给你这样一颗心，
你即使找遍全球，
找不到别颗有这么忠贞，
这么善良、温柔。

叫这心别跳，它就停住，
尊重你的命令；
叫它因渴望而憔悴到死去，
它也会这样，全为您。

叫我哭，只要我有眼睛，
我就哭个不休；

如果我没有眼睛，我也能
为你哭泣在心头。

叫我绝望，我就绝望，
在那棵柏树①底下；
叫我死，我就敢迎接死亡，
为了您，丝毫不怕。

你是我的命，我的爱，我的心，
我的最宝贵的眼睛。
你统治着我的每一部分，
叫我为你死，为你生。

---

① 柏树是悲悼的标志。

给伊勒克特拉

我不敢要求你给我一吻，
我不敢乞求你对我一笑；
不然，得到了一笑或一吻，
我立刻会变得骄傲。

不，不，我最大的渴望
仅仅是得到这样的运气：
就是我可以去吻那刚刚
吻过了你的空气。

致水仙花

美丽的水仙啊，我们哀悼，
为你们去得太匆忙；
太阳刚刚升起在早晨，
还没到中午时光。
别走，
且等匆匆的白昼
行进
到夜歌迎来薄暮；
那时候，咱们一同做晚祷，
再一同走上归途。

我们的存在也同样短促，
我们的春光易逝；
我们刚诞生就面临毁灭，
你们，万物，都如此。
我们
像你一样凋零，

萎谢，

仿佛夏雨骤急；

仿佛珍珠般晶莹的朝露，

一去就再无讯息。①

---

① 本诗共两节，每节韵式为 abca ddce ac，译文韵式依原诗。

给少女们的忠告

可以摘花的时候，别错过，
时光老人在飞驰；
今天还在微笑的花朵
到明天就会枯死。

太阳，那盏天上的华灯，
向上攀登得越高，
路程的终点就会越临近，
剩余的时光也越少。

青春的年华是最为美好的，
血气方刚，多热情；
过了青年，那越来越不妙的
年月会陆续来临。

那么，别怕羞，抓住机缘，
你们该及时结婚；
你一旦错过了少年，
会成千古恨。

朱丽亚的衣服

我的朱丽亚穿绸衣行走，
那样子，我感到：多么轻柔，
她的衣服像液体在泛流。

又一回，我睁开眼睛看着她，
那大胆的颤动，步步没牵挂，
我啊被迷醉了，她那光华！

乔治·赫伯特

（George Herbert，1593—1633）

乔治·赫伯特出生于威尔士一个贵族家庭，曾在西敏寺学校和剑桥大学三一学院读书。在大学时，他就写过关于基督之死的诗作。1630年，他开始在一个小镇的教区做牧师，为人宽厚仁慈，充满活力，声誉很高，受到人们的爱戴。仅三年之后，他由于肺结核病而去世。弥留之际，他对朋友说，如果他的诗歌能使沮丧的灵魂得到益处，就将它们发表，否则就将它们付之一炬。他的诗歌终于没有被毁，而是有幸出版，并影响了整个卡洛林时代的诗歌。而他的布道文却没有流传下来。

赫伯特的母亲是多恩的赞助人和好友，赫伯特的诗歌大多受多恩诗风的影响。但他与多恩的诗风又有很大不同。他的诗歌充满了精神的痛苦和矛盾。《圣殿》是他最主要的作品，其中包括十四行诗、歌、赞美诗、挽诗、对话诗、离合诗等等。他在这部诗作中用智慧并充满情感的语言，以及典雅优美的诗歌形式，表达了对上帝的热切期盼和他的内心灵魂与上帝之间的关系。这种关系是不稳定、不平衡的，反映了他心中的困惑、焦虑与不安。他说："这是一幅上帝与我灵魂之间多重精神撞击的图画。"诗中充满了《圣经》中的比喻、意象和象征。他也常用世俗生活中的形象做比喻，表现蕴含丰富的思想。在艺术形式方面，他的诗歌富于音乐性和戏剧性。

美　德

可爱的白天啊，凉爽、光明、宁谧——
正是天和地的结婚仪式；
今晚为你的灭亡露珠要哭泣，
因为你必然会死。

可爱的玫瑰啊，色彩大胆而热情，
使那性急的观赏者拭泪不止，
你始终在你的坟墓里生根，
你也必然会死。

可爱的春天啊，多的是好日子和玫瑰，
是藏满可爱的宝物的箱子，
我的歌说明你们都有结尾，
总之一切都会死。

只有那可爱又善良正直的心灵，
有如圆熟的木材，永不败坏；
哪怕整个世界变成了灰烬，
它却依然存在。

托马斯·卡瑞

（Thomas Carew，1595—1640）

在骑士派诗人中，托马斯·卡瑞的诗歌是较为复杂的，且涉及面很广。他曾在牛津大学的默顿学院就读，学习法律。他一生效忠王国，受到查理一世的宠爱，在宫廷中任职，并为国王作战。

1640年他死后出版了《诗集》。他的诗诙谐优美而又狂放，往往带有讽刺意味。他强调自然的情感，反对卡洛林时代新柏拉图主义诗歌中的雕琢与做作。他的抒情诗受到本·琼生的影响，情诗写得大胆而袒露，如《销魂》一首，用丰富的比喻和诱惑人的词语来表现性爱。他也写了一些描写乡村农舍的诗作，如《致萨克斯汉姆》。他的《致本·琼生》对琼生诗风的明智、准确等进行了评说。他为多恩之死所作的著名的《挽歌》高度赞扬了多恩诗作中的创新精神。

心灵美

他热恋玫瑰般的容貌，
他追求珊瑚般的嘴唇，
他赖以维持爱火的燃料
来自那亮星般的眼睛；
一旦时光使这些凋谢，
他的热情也随着冷却。

但是，镇静而坚定的胸怀，
高尚的思想，沉着的志愿，
一颗心，充满着平等的爱，
会燃起永不熄灭的火焰——
如果没这些，我不再稀罕
可爱的面颊、嘴唇或眉眼。

埃德蒙·沃勒

（Edmund Waller，1606—1687）

　　埃德蒙·沃勒的家境殷实，他曾在伊顿公学和剑桥大学学习。内战之前他做过国会议员，但他的政治倾向摇摆不定。内战期间，他参与王室企图攻占伦敦的秘密策划被发现。1643年，他被驱逐出境来到法国，后于1651年被赦免，返回英国。王政复辟期间，他在宫廷供事，写过颂诗赞美查理二世。

　　沃勒被视为王政复辟期间诗人的典范。他的诗形式工整，音韵和谐，用词准确、典雅，常在诗行结尾处断句。他擅长写对偶的双行体诗，为18世纪诗歌流行英雄双行体做了铺垫。他的第一部诗集于1645年出版，其中有些被谱成乐曲。

去，可爱的玫瑰！

去，可爱的玫瑰！
告诉她别浪费青春，使我憔悴，
要叫她深切领会：
我正是把她来同你比配，
她看来是多么可爱，多么姣美！

告诉那年轻的姑娘家，
不要把自己的美貌隐藏，
说，如果你——玫瑰花
在人迹不到的荒漠里生长，
你必定到枯死也没人赞赏。

假如从阳光下躲开，
美又有什么价值？没有。
叫她从闺房里出来，
允许人家来向她追求，
有人爱慕她，用不着害羞。

然后你凋谢！她由此
会知道一切稀罕的东西
都有个共同的遭际：
那些可爱的、美丽的珍奇
只能活一个短促的瞬息！

约翰·弥尔顿

（John Milton，1608—1674）

约翰·弥尔顿是英国资产阶级革命时期的大诗人。他早年进剑桥大学，刻苦攻读，博览群书，酷爱文学，在大学期间就创作了诗歌作品。毕业后他又在霍顿庄园潜心读书达六年之久。其间，他大量阅读古典书籍，汲取古典文化与文学的营养，并广泛涉猎各门学科，自学了神学、哲学、历史、科学、政治、文学等多方面的知识，掌握了希腊文、拉丁文、希伯来文，以及法文和西班牙文，这使他的文学创作从一开始就融于深厚的传统文化之中。此后，他去欧洲大陆游历，受到许多文人的赏识。当他听到国内革命爆发时，立即返回英国，投身革命，并任共和国的拉丁文秘书。他始终是一名革命的勇士，拥护革命，宣扬自由。他写了大量文章和小册子，如《反对教会管理的主教制》《论出版自由》《为英国人民声辩》《再为英国人民声辩》等，为处死国王、为民主和自由进行辩护。由于劳累过度，他不幸双目失明。革命失败后，他曾一度遭受迫害。他深居简出，专心创作早年便立志完成的史诗大作，在诗中表达他的满腔愤懑与他对革命的思索，在女儿和朋友的帮助下完成了巨著《失乐园》《复乐园》和《力士参孙》。

年轻时的弥尔顿受到维吉尔诗风的影响，曾用拉丁文创作诗歌作品。他创作了假面舞剧《科玛斯》、抒情挽诗《利西达斯》以及富有田园诗风的抒情诗《快乐的人》《冥想的人》等，这些都是有影响的传世之作。弥尔顿的抒情诗融古典诗的典雅庄严与田园诗的优美清新为一体。他的十四行诗在题材和艺术形式方面对伊丽莎白时代的十四行诗有所突破，将政治、宗教、友情与爱情一并展现于十四行诗中，感情真挚，语言朴实无华，绝无矫揉造作之弊，诗中的含义深刻而丰富，令人回味无穷。他的十四行诗多用意大利式写成，形式完美，意境庄严。有文学史家将他视为"莎士比亚后英国最伟大的诗人"。

满二十三周岁 [①]

时间啊，这巧偷青春的盗贼，竟这样
迅捷地用翅膀把我的二十三岁 [②] 载走！
我的年华在飞逝，全速地奔流，
但我的暮春却没有鲜花开放。

也许我年轻的容貌掩盖了真相，
其实我早已挨近了成人的年头；
我的内心远没有显示出成熟，
不如我那些同辈人练达当行。

但不管我成熟多少，或快或慢，
依然严格地、不差分毫地合乎
时间和天意领我奔向的命运，

[①] 此诗前两个四行组写诗人感叹时光飞逝，已年满二十三周岁，内心却还稚嫩。
后一个六行组（或两个三行组）里，诗人以宗教的虔诚同对人生的积极态度相结
合而解除了自己的困惑。
[②] "我的二十三岁"原文为"我的第二十三年"，这一年过完，即满二十三周岁。

无论我命定是高贵，还是卑贱，

对这种成熟我如果能运用自如，

在主人^①监视的眼睛下一切都永存。

---

① 指上帝。

当城市将遭到进攻的时刻 ①

无论是武装的骑士，或校尉军官，

你也许会占领这没有防御的大门，

只要你倾心于光荣的行为，那就请

守护这大门，保卫户主的安全。

他会报答你；诗的魅力他熟谙，

能召唤荣誉给予这样的义行，

他能向海陆传播你的名声，

传遍丽日照暖的万国江山。

不要向缪斯的卧室举起投枪：

伟大的埃玛西亚征服者曾下令放过

品达罗斯的故宅，而同时楼塔和庙堂

被夷为平地：诗人笔下的悲歌——

---

① 本诗写于 1642 年 11 月，时值英国资产阶级革命时期。查理一世的王军与国会军交战，在埃吉山战役中国会军受挫，王军准备攻占伦敦。当时弥尔顿居住在伦敦阿尔德斯盖特大街，后来王军因故撤退。本诗是诗人对王军军官的呼吁，王军万一占领伦敦，诗人要求王军不要对自己施加暴行。

原诗韵式为：abba abba cdc dcd。译文保持了这个韵式。

又，译文中地名、人名如"埃玛西亚""品达罗斯""埃勒克特拉"均作为一顿处理。

埃勒克特拉之歌演奏了，就产生力量
使雅典城墙得免于毁灭的灾祸。

赠玛加丽特·雷夫人 ①

善良伯爵的女儿啊——他一度出山
任英国国会的议长和财政大臣，
一身而二任，却没被钱币或酬金
所玷污，他两袖清风，淡泊自甘，
直到英国国会的可悲的中断
击垮了他，正如那不义的战胜，
在喀罗尼亚，使自由遭劫沉沦，
使雄辩的老人闻讯而斩断尘缘——
虽然我生也晚，没有能见到
你父亲腾达的日子，但是，我似乎
在你的身上见到了他的生命；
他高尚的品德你歌颂得这样美好，

---

① 这首诗是赠予玛加丽特·雷夫人的，她的父亲是詹姆士·雷爵士，后来成为
玛尔波罗伯爵。1624 年，他出任英国财政大臣；1628 年任英国国会议长。玛加丽
特·雷同一位姓氏为霍布逊的军官结了婚。她和她的丈夫在后来的国王与国会的
斗争中似乎站在国会一边。这首诗中的"你"均指玛加丽特·雷；"他"均指她
的父亲詹姆士·雷。

原诗韵式为：abba abba cde cde。译文保持了这个韵式。

可以断定，不仅你陈述得无误，

而且你得到了那品德，尊贵的夫人。

致友人亨利·洛斯先生 ①

哈利，你惨淡经营的悦耳歌调

首次教育了英国音乐家用怎样

恰当的旋律去掂量词句，不能像

迈达斯用驴耳审察，教曲词乱了套；

你卓然不群，有的是才德和技巧，

你誉满天下，嫉妒者徒然沮丧；

后世将记载你谱写无缝的乐章

把祖国语言调理得如此美妙。

你尊崇诗歌，诗必定借给你羽翼

来尊崇你这能在赞美诗或故事里

给诗句谱曲的斐伯斯合唱队牧师。

但丁将允许荣誉让你站得比

加色拉更高些——但丁遇到他在炼狱

宁和的阴影里，曾求他吟唱歌诗。

---

① 此诗原题为《致我的朋友亨利·洛斯先生，关于他的乐曲》，因太长，改现译。
亨利·洛斯曾为弥尔顿的假面剧《考玛斯》谱写音乐，是给诗配乐的真正创新者，
在诗与音乐的紧密结合上达到了前人未曾达到的境界。这首诗表达了诗人对这位
音乐家的衷心赞美。

原诗韵式为：abba abba cde dce。译文略有变动，为：abba abba ccd ccd。

最近的皮埃蒙大屠杀 ①

复仇吧，主啊！圣徒们遭了大难，

白骨散布在寒冷的阿尔卑斯山顶；

当我们的祖先崇拜木石的时辰，

他们已信奉了你那纯粹的真言；

别忘记他们：请录下他们的呻吟，

你的羔羊群，被那血腥的皮埃蒙人

屠杀在古老的羊栏，凶手们把母亲

---

① 皮埃蒙（Piedmont）是意大利西北部地区名。1655 年，在皮埃蒙，萨伏依公爵对伏都娃人（Vaudois，或称 Waldenses）大肆屠杀。伏都娃人居住在皮埃蒙地区的三个山谷低地，他们是基督教新教徒，不臣服于罗马教皇，因此经常遭受迫害。弥尔顿写这首诗向萨伏依公爵提出抗议。当时英国共和政体执政者克伦威尔还有一封为此事致萨伏依公爵的拉丁文抗议信，这封信也是出于弥尔顿（克伦威尔的拉丁文秘书）的手笔。这首诗本身是诗人向上帝的呼吁。诗人对上帝说："圣徒们（伏都娃人）被屠杀了。他们很早就信奉了你，请把他们的呻吟记录在你的簿子上；他们是你的羔羊，而凶手们（即第六行中的'皮埃蒙人'，萨伏依公爵的军队）把他们屠杀在羊栏里，把母亲连同婴儿从悬崖上摔下来。殉难者的叹息就直达天庭。请您（上帝）把殉难者的血肉播种在意大利土地上，尽管暴虐的罗马教皇还统治着意大利。这些种子（殉难者的血肉）将生长为千百万人，千百万人懂得了您上帝的真理，就能拯救意大利使其免于教皇的暴政，从而免于巴比伦式的覆亡的不幸。"

原诗十四行中有十一行都以英语字母O的长音（即国际音标中的双元音[ou]）结束，构成了一种深沉的共鸣，可惜译文难以表达。

连婴孩摔下悬崖。他们的悲叹
从山谷传到山峰，再传到上天。
请把殉难者的血肉播种在意大利
全部国土上，尽管三重冠的暴君①
仍然统治着意大利；种子将繁衍，
变为千万人，理解了您的真谛，
他们将及早避开巴比伦式的厄运。

---

① 指罗马教皇，他头戴三重冠，以象征他对天界、地界、净界的权威。

我的失明①

我这样考虑到：未及半生，就已然
在黑暗广大的世界里失去了光明，
同时那不运用就等于死亡的才能②
对我已无用③，纵然我灵魂更愿
用它来侍奉造我的上帝，并奉献
我的真心，否则他回首斥训——
于是我呆问："上帝不给光，却要人
在白天工作？"——可是忍耐来阻拦
这怨言，答道："上帝不强迫人做工，
也不收回赐予；谁最能接受
他温和的约束，谁就侍奉得最好；
他威灵显赫，命千万天使飞跑，
奔过陆地和海洋，不稍停留——
只站着待命的人，也是在侍奉。"

---

① 弥尔顿于44岁时（1652年）全盲，直到66岁逝世，未曾恢复视觉。他在这首诗中说，他将用忍耐来抑制自己因失明而产生的焦虑和痛苦。
② "那不运用就等于死亡的才能"指文学创作的才能因目盲而不能施展。
③ "对我已无用"，并非如此，本诗即明证，而且诗人的巨著《失乐园》等都是在失明以后写出的。

致劳伦斯先生 ①

劳伦斯，你——贤父的孝子啊，
如今这田野潮湿，路途泥烂，
我们该何处相会，围在炉边，
消磨阴沉的日子，寻一点娱乐——
适宜于严寒季节的？时光就可
流逝得更顺畅，一直到西风呼唤
冻僵的大地苏醒；带崭新的衣衫
给那些自生自长的玫瑰、百合。
我们要品尝哪些佳肴和美酒，
富于雅典风味，还可以起身
去聆听琴韵美妙，或歌喉娴熟，
唱出意大利歌谣和不朽的名曲？
谁能够领略这种种悦乐情趣
而又不沉湎其中，谁就是聪明人。

---

① 这首诗表达了弥尔顿清教徒人生哲学的一面，他主张人生应当有一些娱乐或享受（有别于清教中极其严酷的教派），但必须是高尚典雅的，有一定限度的，在娱乐或享受中，必须保持清醒的头脑。

致西略克·斯金纳（第一首）①

西略克，你的外祖父高踞于不列颠

忒弥斯威严的席位上；别人在公庭

歪曲法律，他宣布律令，用书本

教我们法治，受到了热烈称赞；

你今天同我把深深的思索沉湎

在欢乐中吧，这不会带来悔恨；

让欧几里得和阿基米德安静，

瑞典人、法国人想干什么，也别管。

你及早学会衡量生活吧，该探到

走向真纯的善的最近道路；

其他事情由慈悲的苍天决定，

天意不赞成表面聪明的忧劳，

---

① 弥尔顿致西略克·斯金纳的十四行诗有两首，这是第一首。据伍德说，西略克·斯
金纳是"一个商人的儿子，机敏的年轻绅士和学者，弥尔顿的朋友"，另一些学
者则说，他是林肯郡一位乡绅的儿子。但有一点是肯定的，即他的外祖父是爱德
华·柯克爵士，有名的法官，曾在国王的特权问题上反对过詹姆士一世，编纂过
里特尔顿的关于"土地之使用"的著作。这首十四行诗大约写于 1655 年。

原诗韵式为：abba abba cde cde。译文保持了这个韵式。

那忧伤给日子以过分沉重的担负，
并抑制上帝送来的片刻欢欣。

致西略克·斯金纳（第二首）①

西略克，从外表看来，我双眼清亮，

没有瑕疵或污点，但已经三年

这双眼见不到光明，忘却了观看；

整年整年，再也不曾有太阳、

月亮、星辰、男人或女人的形象

照进我无用的眼球。但我不抱怨

上天的安排或旨意，也不稍减

信心和希冀。我忍耐而坚定，一往

而无前。你是问什么力量支持我？

是一种内心意识，为保卫自由，

为履行全欧议论的崇高职责，

我劳累过度，因而失明了，朋友。

---

① 此诗大约作于 1655 年。弥尔顿写给西略克·斯金纳两首十四行诗，这是第二首。
这首诗写于诗人失明（1652）后的第三年（1655），诗人失明以后仍然没有失去
对生活的理想，基调是积极向上的，与他另一首诗《我的失明》的调子有所不同。
最后一行中的"引导"只能指上帝。弥尔顿是虔诚的宗教徒，却能说出这样的话，
更显示出他对保卫自由（第十行）事业的无限忠诚。按弥尔顿目力素弱，因坚持
为保卫资产阶级革命、反对保皇势力而进行笔战，经常工作至深夜，终于失明。
　　原诗韵式为：abba abba cdc dcd。译文保持了这个韵式。

这意识引我从虚幻的尘世越过，

即使没更好的引导，虽失明，不内疚。

梦亡妻 ①

我恍若见到了爱妻的圣灵来归，
像来自坟茔的阿尔瑟蒂丝，由约夫
伟大的儿子还给她欢喜的丈夫，②
从死里抢救出，尽管她苍白、衰颓；
我的爱妻，洗净了产褥的污秽，
已经从古律洁身礼得到了救助，
这样，我确信自己清清楚楚，
充分地重见到天堂里她的清辉。
她一身素装，纯洁得像她的心地；
她面罩薄纱，可在我幻想的视觉，
那是她的爱、妩媚、贤德在闪熠，
这么亮，远胜别的脸，真叫人喜悦。③

---

① 弥尔顿于 1656 年娶了续弦夫人凯瑟琳·伍德柯克，二人十分恩爱。但结婚仅一年零三个月，凯瑟琳即死于产褥。诗人于爱妻去世后的第三年，写了这首著名的十四行诗。原诗的韵式是：abba abba cdc dcd。译文保持了这个韵式。
② 阿尔瑟蒂丝是希腊神话中的人物，她为救丈夫艾德密特斯免于死，自愿去死。刚死，就被大力士赫丘力斯从冥王那里抢救回来，送还给了她的丈夫。约夫是天帝宙斯的另一个名字，约夫的伟大的儿子即赫丘力斯。
③ 弥尔顿续弦时已经失明，未曾亲睹夫人的面貌，所以诗中说梦中见她面上罩着薄纱，但又清清楚楚地、毫无阻碍地见到了她那令人喜悦的面容。

但是啊，她正要俯身把我拥抱起，
我醒了，她去了，白天又带给我黑夜。

快乐的人

走开！可厌的"忧郁"，
你是刻耳柏罗斯[1]和"黑夜"所孕育，
坐在冥河边落寞的岩窟，
周围是可怕的形象、啸叫和鬼物！
去找个荒凉的巢穴，
任冥想的"黑暗"展开警戒的翅膀，
任夜鸟猫头鹰歌唱；
任乌木荫蔽，蹙额的巉岩垂挂，
怪石崚嶒如你的乱发，
去永远居住在辛梅里人[2]的荒野。

来吧！你美丽而自由的女神，
欧佛罗叙涅[3]是你天上的芳名，
人间称你为舒心的"欢喜"，

---

[1] 刻耳柏罗斯（Cerberus），希腊神话中守卫冥府的有三个头的猛犬。它的狗洞在冥河之滨。

[2] 辛梅里人（Cimmerii），希腊神话中的一种人，他们住在西方极远处，大洋的彼岸，永恒黑暗中。

[3] 欧佛罗叙涅（Euphrosyne），希腊神话中的美惠三女神（Graces）之一，代表喜悦。

爱神维纳斯，一胎生下你

还有你两个姐姐格雷斯①，

父亲是头戴藤冠的巴科斯②；

或者如某些歌人所吟唱，

泽费罗③清风吹拂，春意骀荡，

有一次，在五月早晨，他遇到

女神奥罗拉④，便同她嬉闹——

正当滴露的玫瑰花初放，

就上了蓝色紫罗兰花床，

使她怀上你，美丽的少女，

如此地活泼、健美、欢愉。

快来吧，仙女，请你带来

俏皮的笑话，青春的欢快，

奇想和妙语，嬉闹的诡计，

点头，招手，巧笑倩兮，

像赫柏⑤脸上常挂的笑颜，

爱在酒窝边长驻的粲然；

种种消遣嘲弄那"凄惶"，

笑弯腰身的阵阵哄堂。

---

① 格雷斯（Graces），即美惠三女神的共名。

② 巴科斯（Bacchus），酒神，头戴常春藤编成的冠冕。

③ 泽费罗（Zephyr），西风之神。英国是大西洋的岛国，在这里，西风不一定指秋风。

④ 奥罗拉（Aurora），黎明女神。

⑤ 赫柏（Hebe），青春女神，宙斯和赫拉所生，常给诸神送神食琼浆，其形象是一位少女，头戴花冠，手持金碗。

来吧，你快快踮脚前来，
带着轻盈奇幻的步态；
还要让你用右手挽住
甘美的"自由"那山林仙女；
假如你承认我对你尊敬，
喜神啊，那就允许我加盟，
跟她，也跟你生活在一起，
共享那无可指责的欣喜；
听云雀飞鸣，直上天阙，
悠扬的歌声，惊破残夜，
飞离高空的瞭望塔楼，
直到绚烂的朝霞涌流；
然后我抛却悲伤，来到
窗前，透过野蔷薇、藤条，
透过缠绕的忍冬花枝，
向晨光问好，向云雀致意；
此刻公鸡神气地打鸣，
驱散黑夜残留的暗影，
走到草垛边或谷仓的门口，
气昂昂踱在母鸡的前头；
常听到号角和猎犬的吠声
把还在酣睡的早晨唤醒，
从苍山半腰到高林丛树，
震荡着尖锐的回声处处。

有时散散步，不怕人见到，
沿着榆树篱，登上青山腰，
笔直地走向东方的大门，
东方正升起喷薄的日轮，
火焰的袍服，琥珀的光芒，
满天的霞彩都披上盛装；
这时候农夫在近处扶犁，
口哨声吹遍犁过的土地，
挤奶的姑娘快活地歌唱，
割草人在磨快镰刀的锋芒，
在山楂树下，在溪谷深处，
牧童们一一把故事讲述。
此刻我扫视周围的景色，
立即捕捉到新鲜的愉悦；
褐色的草场，灰色的休耕地，
啃草的羊群在四处漫移；
山岗裸露出光秃的胸脯，
上面栖息着含雨的云雾；
整洁的草地因雏菊而斑驳，
小溪流清浅，大河水宽阔；
山楼粉堞，影影绰绰，
在茂林秀木的中间出没，
也许有佳人在那里居住，
邻村的少年都向她注目。

附近有村舍，炊烟袅袅，

在两株古老的橡树间缭绕。

柯瑞东在此和瑟西斯碰面，①

共进他们鲜美的午餐，

一盘盘菜蔬，农家的饭食，

全都是菲丽斯用素手调制；②

然后她匆匆离开那房舍，

跟瑟丝蒂丽斯去捆扎稻禾；③

要是这时候季节还早，

她就上草地去堆放干草。

有时候牧人们兴高采烈，

邀请山地的村民来做客，

欢乐的钟声远近鸣响，

小提琴奏出愉快的乐章，

结对成双的少男和少女，

交错的树荫下，翩翩起舞；

儿童和老人都出来游戏，

享受这阳光灿烂的假日，

一直到长长的白昼退走，

再品尝香醇的栗色美酒，

一个个故事讲英雄业绩，

---

①②③ 这些都是古希腊和罗马牧歌中常见的牧人和牧女的名字。

或者讲麦布① 贪吃甜食；

女的讲麦布拧她，拉她去，

男的讲鬼火使他迷了路；

讲精灵② 服劳役汗流浃背，

挣一碗奶油填充肠胃。

一天夜里，离破晓还早，

他整夜用虚影连枷打稻，

胜过了十个白天的劳力，

这笨蛋精灵才躺下歇息，

茸毛的躯干靠炉火取暖，

占尽壁炉旁所剩的地盘；

填饱了肚子，他急忙出门，

趁公鸡还没有唤醒早晨。

故事讲完了，他们上了床，

微风催他们很快入梦乡。

我们来观赏有塔楼的城镇，③

嘈杂的人声，忙碌的人群，

勇士和贵族济济一堂，

衣着素雅，器宇轩昂，

明眸皓齿的闺秀淑女，

---

① 麦布（Mab），小妖精中的女王。

② 精灵（Goblin），是指传说中的"罗宾好人儿"（Robin Goodfellow），是居民家里的一种精灵，生性善良，在夜里为这家人干活，取得的报酬是这家人夜里放的一碗奶油。

③ 这里，当村民们进入睡乡后，诗人可能安静地坐下来阅读一些有关大城市的书本。

以美目示意来判定胜负，

他们斗智又斗勇以争取

大众瞩目的美人垂顾。

婚姻之神①也时时登场，

衣袍闪金，火炬明亮，

盛大的节日，豪宴，狂欢，

假面舞会，古装表演；

这都是年轻诗人在夏夜

溪畔做梦时见到的一切。

然后到大家爱去的剧院，

看琼生②博学的喜剧上演，

看莎翁美妙，幻想的孩童，

唱他的乡歌，野趣横生。③

为了抑制那咕人的忧郁，

让我听柔曼的吕底亚乐曲④，

再配上永远鲜活的诗句，

能渗入听者的灵魂深处，

---

① 婚姻之神，在希腊神话里名叫许墨奈俄斯（Hymenaeus），英语中称海门（Hymen）。传说是阿波罗和一位文艺女神所生之子，在造型上是一个少年，头戴鲜花环，手执火炬。

② 本·琼生（Ben Jonson，1572—1637），英国16世纪至17世纪诗人、剧作家、评论家，被认为是英国实际上的第一位"桂冠诗人"，长于讽刺喜剧。他喜欢在剧中炫耀博学。

③ 这是把莎士比亚同琼生相比较而言。琼生博学，莎士比亚懂一丁点儿拉丁文，不懂希腊文。这里，弥尔顿想到的可能是《皆大欢喜》或《仲夏夜之梦》。至于《里亚王》或《哈姆雷特》，就很少乡土气和野趣。

④ 吕底亚乐曲（Lydian airs），古希腊乐曲三种之一，其特点是柔曼婉约。

那曲调听起来荡气回肠，

连绵的甜美，顿挫抑扬，

激越奔腾，灵巧又纯熟，

歌喉婉转，曲径通幽，

一路上突破所有的关防，

和谐的灵魂终于释放；

连俄耳甫斯①此刻也会从

黄金般美好的梦中惊醒，

在铺满仙花②的床上抬头

聆听这乐曲，这绝妙的演奏

能感动冥王，使他的爱妻

再度得自由，回到他怀里。

假如你提供这些欢愉，

喜神啊，我愿意跟你共居。

---

① 俄耳甫斯（Orpheus），希腊神话中的歌手，是音乐和诗歌的发明者。阿波罗
赠他竖琴，缪斯教他弹奏。他的演奏能使草木点头，岩石移动，猛兽驯服。他为
救已死的妻子欧律狄刻（Eurydice），亲自到冥界，用琴声感动了地狱诸神，冥
王普鲁托（Pluto）答应放他的妻还阳，但有一个条件——他在冥界不能看她一眼。
俄耳甫斯在快出冥界时，忍不住看她一眼，她又被拉回冥府。
② 原文是厄吕西翁（Elysium）的花朵，厄吕西翁是希腊神话中英雄和好人死后
所住的极乐世界。

冥想的人

去吧，徒然骗人的"欢愉"，
"愚昧"的产儿，没有父亲的孽障！
把你所有的玩意儿全呈上
也难以使得坚定的心胸满意！
你可以住进懒散的脑袋，
幻想出愚蠢而花哨的种种造型，
光怪陆离，千姿百态，
像太阳光线里无数快活的微尘，
更像那飘忽的梦境在摇摆，
做睡神行列里反复无常的侍臣。

但是，欢迎你，神圣的女神！
无比庄严的"忧郁"，欢迎！
你仪容圣洁，光芒太强烈，
怕射伤世人敏感的眼睑，
你于是给我们柔弱的视觉
加上稳重的"智慧"的暗色，

但是这暗色，被认为尊贵，

可媲美门农王子的妹妹^①，

也像那埃塞俄比亚王后^②——

她夸耀自己美丽俊秀

超过海仙女，把她们得罪；

可是你出身远为高贵：

金发的威斯塔^③，在远古时代，

她跟萨土恩^④生下你来，

她本是萨土恩之女，那时候，

这样的结合不算丑陋；

朦胧的树荫下，枝叶扶疏，

伊达山^⑤隐秘的密林深处，

他时常在这里跟她幽会，

---

① 门农（Memnon），古希腊传说中的埃塞俄比亚王子，美貌异常。他在特洛伊战争中站在特洛伊一方参战。他有一个妹妹希美拉（Himera），也非常美丽，长相很像她的哥哥。

② 指卡西俄佩亚（Cassiopea），刻甫斯（Cepheus）之妻。她夸耀说她自己的美貌——或者根据流行更广的传说，夸耀她的女儿安德罗墨达（Andromeda）的美貌——超过了涅瑞伊得斯（Nereides），即海洋诸女神。因而得罪了她们，使海洋主神波塞冬（Poseidon）派海怪到岸上去劫掠这个国家，直到国王刻甫斯被迫把女儿锁在海边山岩上以献给海怪，后被英雄佩耳修斯（Perseus）救起。卡西俄佩亚死后化作星辰，即仙后星座。

③ 威斯塔（Vesta），罗马的灶神与火神，也叫家神。相当于希腊的赫斯提亚（Hestia）。她象征贞节。

④ 萨土恩（Saturn），希腊神话中一代老神提坦族诸神（Titans）的首领。他的儿子即把他打败而成为统治宇宙的新一代诸神的首领宙斯（Zeus）。萨土恩生女儿威斯塔，父女又结合为夫妻，那时还没有后来的伦理观念。

⑤ 伊达山（Ida），希腊南部克里特岛上的一座山。

那时还不用怕约夫^①作祟。

来吧，沉思的修女，你虔诚、

纯洁、清醒、坚贞、娴静，

全身裹一件暗色的袍服，

身后拖曳着庄严的裙裾，

一条深黑色透明的纱巾

披上你庄重的双肩正合身。

来吧，保持你往常的尊严，

要神态沉吟，步履平缓，

你仰面朝天，与诸天交接，

你灵魂在你的眼睛里欢跃；

请牢固坚持圣洁的情操

忘掉你自己，成一座石雕，

直到你忧伤地转移视线

牢牢地凝视着地上人间；

跟"和平""宁静"的联谊要保持，

斋戒时，跟诸神一同节食，

聆听缪斯^②们围成个圆圈

唱歌，绕着约夫的神坛；

还要添一份退隐的闲适，

到雅园秀苑，看赏心乐事——

---

① 约夫（Jove），即宙斯，萨土恩最小的儿子。后来他打败父亲萨土恩，取代天帝的高位。
② 缪斯（Muses），希腊神话中司文艺的诸女神。

但是首要的事情却是

请来那拍动金翅的天使

带领有火轮的宝座到此，

他的名字就叫作"沉思"①；

还有那"静寂"不许声音响，

除非夜莺能屈尊唱一唱，

夜莺那凄楚动听的歌喉

能舒展"黑夜"深锁的眉头，

辛西娅②收紧驭龙的丝缰，

缓行在常见的橡树顶上。

好鸟啊，你躲开愚蠢的喧嚷，

你的歌鸣最悦耳、最忧伤！

女歌手！我常到树林中去

追踪你，听你唱黄昏之曲；

我没找到你，就悄悄步行，

走上干爽而平坦的草坪，

抬头仰望那浪游的明月

正驾车驶近她最高的天阙，

仿佛她已经被引入迷途，

行经那浩茫无路的天宇，

她似乎常常低下头来，

---

① 参阅《圣经·旧约》中《以西结书》第十章，其中描述神秘的景象：一个宝座，有四个转动的轮子，四位天真美丽的小天使。对其中一位，弥尔顿命名为"沉思"。
② 辛西娅（Cynthia），希腊神话中的月亮和狩猎女神，即狄安娜或阿耳忒弥斯。

穿过白云，俯身徘徊。

我时常站在高坡平台上，

倾听那晚钟来自远方，

钟声震荡在大水之湄，

音调沉郁，凄恻低回；

假如天时不许我踟蹰，

我便另找个幽僻的去处，

屋内炉子里余火未熄，

火光暗淡，成一片荫翳；

对一切欢娱，都远远离开，

只有炉边的蟋蟀除外，

或者听更夫①催眠的咒语

在消灾祛祟，替家家祝福。

或让我在午夜时分举灯

从高塔放出孤傲的光明，

我时常倚塔观测熊星座，

研读赫耳墨斯的巨作②，

或唤醒柏拉图③的魂灵来阐述

是什么广阔的宇宙或疆土

---

① 那时英国的更夫夜间在街道上巡逻，高声报时（很少人备有时钟），还喃喃地说着咒语以驱除在夜间出没害人的鬼祟。

② 赫耳墨斯（Hermes），希腊神话中宙斯的传令使和诸神的使者，聪明伶俐，能制作并弹奏竖琴。他又是商人、贸易、利润的保护神，同时是天文学家和炼金术士的保护神。传说他是一批有关哲学和宗教的书籍的作者。据学者们推定，这批书实际上是公元3世纪至4世纪一群新柏拉图主义哲学家所撰写。

③ 柏拉图（Plato，公元前427年—公元前347年），古希腊著名哲学家。

包容着永生不朽的心灵，

那舍弃肉体皮囊的精神；

或请他讲解水与土、火与风，①

其中隐藏着什么精灵，

而这些精灵有何等神力

跟行星和元素和谐相契。

有时我阅读雄壮的悲剧，

看权杖和王袍来往急遽，

演出忒拜城，佩洛普斯族，②

或者神圣的特洛伊掌故③；

也让我偶尔看一下近代

有什么悲剧登上舞台。

可是，忧郁的贞女啊，愿你能

立即把缪秀斯④从卧室唤醒，

或命令俄耳甫斯的魂灵

随琴弦起伏而婉转歌吟，

这样的歌曲，叫冥王眼泪流，

---

① 古希腊人认为一切物质由四大元素即风、火、水、土组成。

② 忒拜城（Thebes），古埃及城市，新王国时代的首都，跨尼罗河中游两岸，是许多悲剧故事发生的地方。埃斯库勒斯的《七雄攻忒拜》、索福克勒斯的《俄狄浦斯王》的背景所在地。佩洛普斯（Pelops），小亚细亚的王子，宙斯之孙。他和他的后裔遭遇的悲剧连绵不断，是许多悲剧的主人公。阿特柔斯和他的儿子们，阿伽门农，墨涅拉俄斯，这些悲剧人物都是佩洛普斯的后裔。

③ 以特洛伊战争为题材的悲剧有欧里庇得斯的《特洛伊妇女》等等。

④ 缪秀斯（Musaeus），半神半人的诗人，与音乐家俄耳甫斯同一类型，一说现仅存一些作品的残篇归于他的名下。

叫冥府答应爱情的要求！

或唤起说故事人①，继续讲完

那故事，描述勇猛的坎宾斯汗②，

描述坎巴罗，阿尔加西夫，

讲讲谁娶了卡纳丝做媳妇③，

卡纳丝赢得了神戒指、魔镜；

讲讲那铜马有神奇的本领，

鞑靼王骑着它到处驰骋：

还要唤起其他的大诗人④，

他们曾唱过庄严的圣曲，

歌唱比武会，缴获的兵器，

唱出森林和瘆人的妖术，

歌里的弦外之音⑤要领悟。

夜啊！你挥洒青光看着我，

---

① 指乔叟（Chaucer，1343—1400），英国大诗人，被称为"英国诗歌之父"。
② 坎宾斯汗（Cambuscan），乔叟的名著《坎特伯雷故事》中第六组的《扈从的故事》，其中讲到鞑靼王坎宾斯汗。在乔叟笔下，成吉思汗或他的孙子忽必烈汗成了坎宾斯汗。坎宾斯汗有两个儿子，长子阿尔加西夫，次子坎巴罗，还有一个小女儿卡纳丝。故事讲一位勇士来到宫中，赠给坎宾斯汗一匹铜马作为礼物，骑上这铜马可随心所欲到任何地方去；又赠给公主卡纳丝一面魔镜和一只神奇的戒指。乔叟的这个故事只讲到一半就停止了。所以弥尔顿要求他继续讲完。
③ 乔叟的故事没讲完，究竟谁娶了公主卡纳丝，没有讲。弥尔顿希望乔叟继续讲，到底是谁娶了卡纳丝。
④ 指意大利诗人塔索（Tasso）、阿里奥斯托（Ariosto）、英国诗人斯宾塞（Spenser），他们都写过传奇叙事诗。
⑤ 指故事里蕴含的教训或讽喻，例如斯宾塞的《仙女王》。

直到素衣的"黎明"①喷薄,

她一如往常,不打扮,不梳妆,

随雅典少年②去打猎那样,

头上的鬓鬟在云中半掩,

任大风回旋奏响弦管,

等到那狂飙已经吹够,

也可以来一阵豪雨急骤,

雨将歇还落上窸窣的树叶,

听屋檐滴水一声声不歇。

这时候太阳升起来,放射

万丈光芒,女神啊! 请带我

到丛林深处荫蔽的小径,

看林神钟爱的松柏浓影,

或者参天的橡树高耸,

听不见叮叮砍伐的斧声,

不会使山林女神们受惊,

使她们离开神圣的幽境。

请把我藏在溪边隐蔽处,

不让鄙俗的眼睛来偷睹,

躲避开太阳刺眼的光芒,

---

① 黎明女神,在希腊神话中叫厄俄斯(Eos),在罗马神话中叫奥罗拉(Aurora)。她爱上几个青年,其中有刻法洛斯。

② 雅典少年(Attic Boy),指刻法洛斯(Cephalus),他是福客斯(Phocis)统治者的儿子。黎明女神厄俄斯爱上了他,在他出猎时追上他,但不能使他背弃他的妻子普罗克涅。

任腿沾花粉的蜜蜂来往，
唱着歌在花木丛中忙碌，
听条条溪涧潺潺低诉，
种种轻声成一片和音
引来轻如羽绒的睡神；
让睡神带来奇异的梦幻
如生动鲜活的画面展现，
在他的羽翼上流水般激溅，
轻轻地印上我的眼帘：
我醒来，有音乐无比美妙，
从上，从下，从四周涌到，
由林间无形的善心神灵
或精怪送来给凡人聆听。
但是我不会收起步履，
我走访沉静的教堂小区，
我爱那崇高的穹形屋顶，
古老的石柱，粗壮坚挺，
装饰着五彩故事的高窗，
放进宗教的幽暗微光。
这里有风琴响亮地奏鸣，
下面的唱诗班合唱和声，
虔诚的圣诗，清亮的颂歌，
在我的耳朵里美妙谐和，
使我销魂于狂喜极乐，

在我的眼前便出现天国。
但愿我能在衰老的晚年
找到一座宁静的修道院，
粗拙的袍服，生苔的小屋，
我坐在那里，专心研读
一个个星象在天上争辉，
一棵棵草木吸饮露水；
直到成熟的经验累积，
能获得类似先知的品质。

假如你提供这些佳趣，
"忧郁"啊，我愿意跟你共居。

失乐园

"不甘沉沦"（节选自第一卷）

唱吧，唱人类最初的破戒和那棵

禁树之果的偷尝给世界带来

注定的死亡，使千灾百难降临，

伊甸园丧失，直到那更伟大的人①

来挽救我们，使我们重登福地——

唱吧，天神缪斯②啊！您在神秘的

何烈③或西奈山巅确曾激励过

那牧羊人④，首先去教育上帝的选民

了解天与地在太初时期怎样从

混沌中涌现，也许你更加喜爱

---

① 指耶稣基督。原为圣子，上帝的化身，后下凡为人，被钉死在十字架上，为人类赎罪而殉道。

② 缪斯（Muse），希腊神话中的诗歌之神。弥尔顿按希腊史诗作者荷马和罗马史诗作者维吉尔的传统，在本诗开头阐明主题之后，即向缪斯呼吁赐予灵感。

③ 何烈（Oreb，即 Horeb），山名，即西奈山（Sinai），在西奈半岛。据《圣经》，摩西曾在此山上接受上帝的圣谕。

④ 指摩西（Moses），犹太人即以色列人的领袖。选民指上帝所特选的民族，即以色列人。

锡安山以及西罗亚溪水奔流①

经过上帝的圣殿，在那里我乞灵

于您，请助我完成大胆的歌诗②，

使它直上云霄，展翅翱翔于

爱奥尼高峰③，去追叙一段典故，

实现无人试过的诗文壮举。

圣灵④啊！主要是您在一切神殿前

钟爱正直的胸襟、纯洁的心灵，

请教导我吧，您知道一切，太初时

您便存在，您展开巨大的双翼，

鸽子般孵伏⑤于一片鸿蒙之上，

使之孕育成形：我内心暗昧，

请给我启蒙；我卑微，请提携扶持，

使我能抵达崇高主题的峰巅，

从而维护天国之永恒的真理，

向世人确示通向上帝的道路。

请先讲（天堂的胜境，地狱的深渊

都在您眼中），请先讲，是什么缘由

---

① 锡安山（Sion），在耶路撒冷。西罗亚（Siloa），溪水名，流经圣殿。

② 指本史诗《失乐园》。

③ 爱奥尼高峰（Aonian mount），又名赫利崆山，是太阳神阿波罗和九位缪斯所居之地。这里弥尔顿表示他要超过荷马和维吉尔等史诗作者。

④ 指缪斯。此处将缪斯与基督教圣父、圣子、圣灵三位一体之神合一。弥尔顿在这里呼吁圣灵给予诗的灵感。

⑤ 指开天辟地时圣灵如何出现。

诱惑了始祖双亲 ①——原本受上天
无比的宠爱，生活在福地，却敢于
破坏一项禁令 ② 而不做世界的主宰？
谁引诱他们俩从事罪恶的背叛？
是那条恶毒的蛇 ③，是他，由嫉妒
与复仇心理而煽起诡计，欺骗了
人类的母亲 ④；就在此时，傲上
使他和他的天军被逐出天国——
他曾依靠那一伙反叛的天神
而耀武扬威，在同伙中出人头地，
自信只要能反抗，就能与至尊者 ⑤
一决雌雄；他怀着勃勃的野心
窥视上帝的宝座和至高的威权，
在天堂傲慢地发动渎神的战争
而一无所获。全能的上帝从太空
把他扔下个头朝地，身裹烈焰，
燃烧着坠落，面向可怕的毁灭，
落入无底的深渊，在那里永羁，
锁于金刚石镣铐，受火刑煎熬——
敢于向全能者挑战的，落得如此。

---

① 指亚当与夏娃。
② 指偷吃禁果。
③ 魔王撒旦的化身。
④ 指夏娃。她受蛇的诱惑而偷食禁果。
⑤ 指上帝。下文中的全能者也指上帝。

他和他可怕的同伙坠落的时间，
按凡人计算正好是九个昼夜，
他们被击败，翻滚在烈焰的深窟，
虽不死，却比死更狼狈，但是厄运
赋予他更大的愤怒；现在他想到
失去的幸福和永无休止的苦刑，
便更受折磨；他睁开怨愤的双眼
四望，流露出巨大的痛苦和沮丧，
混杂着冷酷的傲慢，顽固的仇恨。
一霎时，他极尽天使的目力远眺，
只见到凄凉的困境，无垠的蛮荒：
围在四周的是令人惊骇的地牢，
如巨型火炉，可是那熊熊炉火
却不发光焰，只燃着一片暗昧，
可借以发现悲愁残酷的景象，
哀戚的地域，凄楚的暗影，绝非
和平与休憩的场所，希望到处有，
独不来此地，而痛苦无穷无尽，
不断增加，火焰的巨流滚滚，
饲以不竭的硫黄，永远在燃烧。
此地乃永远公正的上帝为叛徒
准备的栖所；牢狱被决定设在
外界的绝对黑暗中，他们的囹圄
远在上帝和天国的明光之外，

其距离是天极到中心①的三倍之遥。

此境与他们坠落前何等不同啊！

与他一起坠落的同伙，被卷在

风暴般火焰的洪流与狂飙中，

他即刻认清了；在他的身旁翻腾着

那位权力次于他、罪恶小于他、

长久以后知名于巴勒斯坦②的

别西卜③。此时，这住在天国被称作

撒旦④的首恶元凶，用豪言壮语

打破可怕的岑寂，对别西卜讲道：

"你——原是他！啊，怎样的坠落，

怎样的变化！你本在光明的乐土中，

身披非凡的光辉，比万千明星

更加灿烂！你跟我曾缔结同盟，

一心一德，共商大计，同样地

抱希望，冒风险，从事光荣的事业，

就这样一度联合，如今却一起

受苦难，遭灾厄；你看，从怎样的高峰

坠落到怎样的深坑，他⑤打出霹雳，

---

① 天极指天之极顶，中心指地。

② 《圣经》中的犹太国境。

③ 别西卜（Beelzebub），鬼王。《新约·马太福音》第十二章二十四节："他会赶鬼，无非是倚仗鬼王别西卜罢了。"

④ 撒旦（Satan），魔王。在希伯来文中"撒旦"意为"对手"。

⑤ 指上帝。

证明他强大：此前谁知道那可怕的
武器有这般威力？但无论武器，
无论强权胜利者的震怒，都不能
击倒我，使我忏悔或改变初衷，
尽管外表的辉煌失去，内心的坚定，
高度的蔑视，产生于真价遭贬抑，
激起我向最高权威一决雌雄。
率领无数披坚执锐的妖精，
联结成大军投入猛烈的战斗，
他们蔑视权威的统治而拥戴我，
反叛的力量向至高的强权挑战，
在天界旷原上打得难解难分，
动摇其宝座。吃败仗于我何损？
并没有失去一切：不屈的意志，
复仇的奋斗，绝不熄灭的憎恨，
永不归顺、永不臣服的勇气，
有什么力量比这更难以征服？
他的暴怒或威力决不能剥夺
我这份光荣。他方才还在血战中
饱受惊恐，怀疑统治的巩固，
若是我卑躬屈膝为求取宠幸，
拜倒于威武之下，这才叫卑鄙；
十足的丑行，比起这次沉沦来

更加可耻；靠天命，我的神之力 ①

以及纯净的素质决不会消亡；

这次大战的经历显示出我们

武器并不差，更具有先见之明，

我们要抱着必胜的信念，下决心

用武力，不厌诈，进行恒久的战争，

大敌当前，决无妥协的余地；

如今他取得胜利，喜形于色，

独揽大权，以暴政统治着天国。”

背叛的天使如是说，尽管痛苦，

却大声夸口，又不免绝望的折磨；

他那勇敢的同伙立即回答道：

“大王！各路军排座次以你为首，

率领身经百战的撒拉弗 ② 进击，

听从你指挥，在可怖的殊死搏斗中，

大无畏，威胁到永恒天帝的安全，

试一试他是否具有至高的威权，

无论他凭的是力量，机遇，或天数！

我目击并痛惜这次可悲的事件，

它以凄惨的覆没和可耻的失败

使我们失去天堂，所有的强手

沦于可怖的毁灭，处境卑下，

---

① 撒旦的过错在于要求取得神的地位。

② 撒拉弗（Seraph），天使之一种等级，比基路伯（Cherubim）高一级。

原有的神性和天仙气质沉落到
如此程度；但智力和精神依然
不可征服，元气会很快恢复，
尽管我们的光荣全熄灭，欢乐的
心绪在这儿被无尽的哀愁吞噬。
可是，他这位征服者（如今我只得
相信他万能，因为若非万能者
便不能击败我们这样的劲旅）
若是留下了我们的精气和实力，
为的正是使我们能承受痛苦，
以便满足他发泄报复的怒火，
或者做奴隶为他服更大的苦役，
凭战胜者权利，叫我们什么活都干，
在这里，地狱的中央，裹着火劳作，
或在这幽冥听他的差遣，是吗？
尽管我们感觉到体力不消减，
或生命长在，但却是为了能承受
永恒的苦刑，这样有什么好处？"
大魔首立即急切连声地回答：
"坠落的基路伯！显示怯懦是可悲的，
无论干，还是受苦，有一点很明确，
做好事压根儿不是我们的任务，
老作恶才是我们唯一的乐趣，
如针对我们敌手的高傲意志

进行反抗。假如由他的天意，
想从我们的邪恶中找出良善来，
我们必定要竭力破坏其目的，
再从行善中求得作恶的方法；
这可能屡屡得手，于是恐怕会
使他苦恼，只要我算准，再搅乱
他的心计，打掉他预定的目标。
但是，瞧！愤怒的胜利者已召唤
他那些为复仇而追击我们的使者
回到天国的大门，投向我们的
硫黄雹暴变得疲软了，那接受
我们从天国之峭崖向下坠落的
火焰狂浪，渐趋平静了，雷霆，
插着赤电和狂躁暴怒的翅膀，
大概也已经弹尽矢绝，此刻
不再在广袤无垠的地底吼叫。
让我们别错过机会——敌人不屑于
再战或余怒渐消而提供的机会。
看见吗？那旷野阴郁，荒芜又寂寥，
凄凉的不毛之地，漆黑无光，
只有那些幽微的余焰投出了
苍白可怕的闪烁！让我们去那里，
躲开这些烈火狂浪的颠簸，
去那里休息，只要那地方允许；

再集合我们备受磨难的溃军，

商讨我们今后该怎样有效地

向敌人进攻，该怎样弥补损失，

该怎样克服这次悲惨的灾难，

我们能希望得到怎样的援军，

不然，从绝望得出怎样的决策。"

撒旦对他身侧的伙伴如是说，

举头高出于火浪之上，两眼

炯炯发光，硕大的身躯和颀伟的

四肢伸展，俯卧在火海上面，

长百丈，在浪尖漂浮，巨型的体积，

如神话所称的魁梧巨灵提坦①，

曾经与约夫打过仗的大地之子，

或如旧时营巢穴居于塔苏斯的

布赖里奥斯或者泰丰，②再或如

海兽利维坦③，上帝创造的万类中

他最巨大，畅游在大海洪流里。

他有时偶尔在挪威海上小睡，

在夜里冒黑航行的小舟舵手

每把他当作岛屿（海员们如是说），

常常在他的鳞甲上抛下铁锚，

---

① 提坦（Titan），希腊神话中地母所生的老一代巨神。

② 布赖里奥斯（Briareos），希腊神话中的苍穹之神乌拉诺斯之子，百手巨怪。
泰丰（Typhon），提坦巨神族之一，曾在塔苏斯营巢而居，系百头蛇巨怪。

③ 利维坦（Leviathan），海中巨兽，即鲸。

靠在他身旁背风处停泊，而黑夜
包围着海洋，晨光却久盼迟来。
硕大颀伟的大魔首就这样横卧着，
锁在燃烧的火湖上；本来从这里
他不能起身或抬头，但是凭着
统领一切的天帝之意志和宽容，
他可以不受约束地施展阴谋，
于是他一再重复作恶，他原想
祸害他人，却落得自己给自己
罪上加罪，他怒气冲冲地见到
他的一切恶意反而带来了
无限的善意、恩惠和仁慈，施加于
他所引诱的人类，而自己却领受
三倍的崩溃、怒斥、复仇的倾泻。
他立即一跃而起，颀伟的体魄
跃出火湖；左右两侧的火焰
后退，斜吐火舌的尖锋，大浪
翻滚，中间留下个可怖的巨壑。
于是他展开两翅，腾空起飞，
升高，压在阴暗的空气上，使空气
感到异常的沉重；他终于降落于
一片干土，干土上燃烧着固体的
火焰，像湖中液体的火焰一样，
还呈现这样的颜色：一如地下的

烈风从佩洛拉①地岬吹裂而出的
一座小山，或者如轰鸣的埃特纳②
火山被吹崩的斜坡，其中被加油而
易燃的内脏孕育着烈火，随着
炽热的硫黄而蒸发，使风势加强，
留下了一片焦土，到处弥漫着
恶臭和毒雾；这是他倒霉脚跟的
歇息处。他和跟随着他的伙伴
欢庆自己逃脱了冥界的火海，
如神般，全靠自己恢复的体力，
而不凭借至高天神的容忍。
于是那失落的大天使说道："难道
这疆域，这土壤，这地带，就是我们
非得用天堂换来的？凄惨的幽晦
替代了天国的光明？罢了，因为他
如今是主宰，他发号施令，干什么
他都没错：最好是离他远远的，
他理应与同辈平等，但武力使他
凌驾于同辈③。再会吧，幸福的宝地，
愉悦长驻的乐土！欢迎啊，恐怖！
欢迎啊，幽冥！还有你，最深的地狱，

---

① 佩洛拉（Pelorus），地岬，在西西里岛东北角。
② 埃特纳（Etna），火山，在西西里岛东北角。
③ 撒旦认为按理他与上帝是同辈。

迎接你新的主人——他带来一种
不随时间和地点而改变的神智。
这神智独立自处，它内部可以
使天堂变地狱，或使地狱变天堂。
假如我没变，身处何地没关系！
我会是什么？只比他略逊一筹，
凭雷霆他才稍强些。至少在这里
我们有自由：全能者不是因嫉妒
而营造这块地，不会把我们赶走。
我们会稳坐江山，按我们选择，
尽管在地狱，做首领，能实现宏图：
统治地狱优胜于在天国服役。
但何故还让我们忠诚的朋友，
我们共遭劫难的同伴与伙友，
惊恐地躺在被人忘却的湖上？
何不叫他们跟我们分享这倒霉的
住所中他们的一份？何不再一次
召集旧部，向天国进军，试一试
能收复什么？于地狱又有何损失？"
撒旦如是说，别西卜对他这样
回答道："我们辉煌大军的统帅啊，
除了那全能者，你将无敌于天下！
他们一听到你的声音（这原是
恐怖险境中希冀的活力保证，

在极端困难中，混战的危急时刻，

进攻的紧要关头，经常听到的

最准确的号令），便立即恢复元气，

焕发出新的勇敢，尽管现如今

他们俯伏偃卧在火焰之湖上，

如我们方才也同样失魂落魄；

难怪啊，从险恶的高天一落万丈！"

他还没把话说完，那恶魔元凶

便走向岸沿；他那千钧重的盾牌，

由天火锻就，坚实，庞大，呈圆形，

背在背后；这具阔大浑圆的家伙

挂在他肩头如一轮圆月，其球面——

托斯卡纳大师在夜晚从费索里山巅，[①]

或者从瓦达诺[②]河谷，通过望远镜

观察时，发现那里有新的陆地、

河流、山岳，在她多斑的球面上。

魔首的长矛，与那从挪威山上伐下

可制成巨大旗舰之桅杆的高松

相比较，后者不过是一根短棒；

他手持长矛，支撑艰难的步伐，

---

① 托斯卡纳（Tuscany），位于意大利中部，佛罗伦萨为其首府。大师指伽利略，17 世纪意大利大科学家。他用望远镜发现许多天文现象。弥尔顿于 1638 年至 1639 年间游历意大利时访问过狱中的伽利略。费索里（Fesolè），佛罗伦萨东北的一座小山。

② 瓦达诺（Valdano），河谷，佛罗伦萨所在地。

走过燃烧的土地，不似在天界

蓝空上步履矫健；焦热的气候，

火焰的笼盖，烤得他疼痛难忍。

但是他咬牙忍住，他一直走到

火海的岸边才止步，招呼他的

形如天使却躺卧昏迷的众将官，

他们稠密得如瓦隆布罗萨①溪谷里

飘落于溪上的秋叶，谷上伊特鲁略②

浓荫如凉亭覆盖，或者如四散

飘荡的芦苇③，其时披甲的俄里翁④

带阵阵飓风猛扫红海岸，巨浪

吞没埃及王布西利和孟斐斯骑兵，⑤

埃及人背信弃义，恶狠狠追赶

曾寄寓歌珊⑥的民众，后者平安地

登岸，回头见埃及人浮尸海上，

车轮断裂——天使军就这样躺着，

密匝匝，失魂落魄，伏在火海上，

---

① 瓦隆布罗萨（Vallombrosa），溪谷，在佛罗伦萨附近。其上有树木，浓荫蔽天。弥尔顿曾于 1638 年访问过此地。

② 伊特鲁略（Etruria），意大利中西部古国。

③ 芦苇（sedge），红海的希伯来语义为"芦苇之湖"（由苏伊士湾顶端到地中海间有一连串的湖泊和沼泽）。

④ 俄里翁（Orion），希腊神话中的巨人猎手，死后被取至天上化为猎户星座。

⑤ 布西利（Busiris），埃及王法老。他自食其言，率军追击以色列人，结果被上帝用海浪淹死在红海中。孟斐斯（Memphis），古埃及首都，此处指埃及。布西利率军追击以色列人，结果全军覆没。参见《旧约·出埃及记》第十四章。

⑥ 歌珊（Goshen），埃及肥沃地区，以色列人出埃及前寄居之处。

为自己可怕的巨变而困惑不已。
他大呼，使整个空洞的地狱深处
隆隆回响："列位魔王，喽啰们，
天国的精英们！有过的一切失去了，
难道这惊人的变故真的能压服
不朽的精灵？难道你们在艰苦
奋战后选择此地来休憩，养息
疲惫的体力？你们在这里安卧，
觉得像天堂溪谷那样舒适吗？
你们这副狼狈的样子，要发誓
效忠于征服者？目前他正观看着
大天使小天使都在火海里翻滚，
戈矛和战旗四散狼藉，转瞬间
他那飞速的追兵会看准时机
从天国之门下降，来践踏如此
垂头丧气的我们，用阵阵霹雳
把我们轰击到地狱深渊的底部！
猛醒啊！奋起啊！否则就永远沉沦！"

理查德·拉夫莱斯

（Richard Lovelace，1617—1657）

　　理查德·拉夫莱斯是骑士派诗人。他出身显贵，且聪颖、英俊，被当时的人称为"人们见到的最为和蔼美丽的人"。他早年在牛津大学就读，很早就受到查理一世的宠爱。他在苏格兰为国王作过战。内战期间，他被投入监狱，出狱后又随同法军出战西班牙，作战中受了伤。狱中生活和战场奔波严重损坏了他的健康。他此后的生活贫困潦倒，死于贫民窟，年仅40岁。

　　作为"骑士派"诗人，拉夫莱斯看重荣誉，追求理想。他的诗多以爱情为主题，或表达对国王的效忠。在诗中他常常赞美女性、理想的爱情和荣誉。他对艺术也抱有浓厚的兴趣。"骑士派"诗歌往往表达细腻的情感，却不再有伊丽莎白时期爱情诗中新颖、自然的风格。但拉夫莱斯的情诗《出征前寄璐珈斯达》和《狱中寄阿尔霞》则感情真挚自然，细腻中透露出阳刚之气，受到人们的喜爱。

出征前寄璐珈斯达 [①]

亲爱的，别说我无情无义，
我离开你的心胸——
那无限宁静纯洁的圣地，
奔向干戈和战争。

是的，我正在追求新交，
那沙场阵前的敌人；
用更加坚决的忠心我拥抱
宝剑、战马、钢盾。

其实我这种用情不专一呀，
也正是你所赞许，
我不能专心一意地爱你呀，
假如我不更爱荣誉。

---

① 这首小诗可能是写给他的未婚妻的。璐珈斯达（Lucasta）据说出于他的未婚妻
露西·萨切维雷尔（Lucy Sacheverell）的名字。

出海前致璐珈斯达

如果说，我不在这里，
那就是，我已经离开你；
如果说，我已经远去，
那就是，你我都孤独；
那时，璐珈斯达，我能不能
请求狂风和恶浪给点儿温情？

纵然有海陆相隔，
我的盟誓和你的，
像两个分开的魂灵
掌握着无穷和永恒：
我们在至高的天穹相见，
不被觉察，像天使和天使会面。

我们就这样瞻望
今后的命运会怎样，
我们会遨游在天庭，
我们的嘴唇和眼睛
都会像升天的灵魂般自由
开口，各自把皮囊抛弃在身后！

狱中寄阿尔霞

爱情展开自由的翅膀
在我的牢狱里往来飞舞，
爱情把我圣洁的阿尔霞
带到铁窗前与我低诉；
她一头秀发任我缠结，
她一双明眸把我紧扣，
天上的神明逍遥欢悦，
不知道这种自由。

酒过三巡，溢满的金盏，
酒味醇厚，不掺河水，
我们啊，头戴玫瑰花冠，
让爱情之火燃烧在心扉，
把几多愁苦消融于酒杯，
为你我康健，纵情祝酒，
海里的游鱼畅饮无畏，
不知道这种自由。

像那囚禁在笼中的朱雀，
我用拔高的嗓门歌唱，
歌唱崇高、仁爱、欢悦，
颂扬国王的业绩辉煌；
我要用更高的嗓门称赞
国王的伟大啊，国王的仁厚，
张狂的大风卷起了巨澜，
不知道这种自由。

石墙关不住一个囚人，
铁栅锁不住一只笼鸟；
清白无辜而宁静的心境
把牢狱当作隐居的窝巢：
我的爱情啊无拘无束，
我的灵魂啊无虑无忧，
只有那遨游苍穹的天使
能享受这种自由！

亚伯拉罕·考利

（Abraham Cowley，1618—1667）

亚伯拉罕·考利曾在西敏寺学校和剑桥大学的三一学院就读。他很小就显露出诗才，15 岁时便出版了第一部诗集《诗的花絮》。因为受欢迎，两次再版，并收入了更多的作品。在大学时他给学生们写过喜剧并创作了不少抒情诗，后编入诗集《情人》，1647 年出版。1644 年，他离开牛津，前往巴黎，后供职于法国宫廷。1654 年返回英国。1656 年出版《诗集》。

考利的诗歌受到古希腊诗人品达颂诗的影响，也有贺拉斯的诗风。他的诗歌中充满了智性的比喻、敏捷巧妙的问答、丰富的想象、对偶的诗句以及双关语等等，这使得他的诗作寓意深刻而内涵丰富。约翰逊在他写的《考利传》中，就因考利诗歌中独特的奇想而称他和多恩等人的诗作为"玄学诗"。

饮

焦渴的泥土把雨水吸掉，
老是不够，张开了嘴巴还要；
花草树木从泥土里吸水，
能饮之不尽，便始终鲜美；
连海洋（人们寻思道，
海洋总不会需要饮料）
也吸吮千万条河流，
满满地要溢出杯口。
匆匆的太阳（人们也可以
从他醉红的酡颜上得悉）
把海水痛饮，直到喝光，
月亮和星星又喝掉太阳：
星月披自身的光芒欢舞畅饮，
他们喝酒作乐整夜地不停。
自然界不存在清醒的神仙，
然而到处是永恒的康健。
好吧，请斟满这只大酒樽，

斟满所有的杯子吧——请问：

大家都能喝，何以我就不能够？

告诉我，你们讲道德的朋友！

安德鲁·马弗尔

（Andrew Marvell，1621—1678）

  安德鲁·马弗尔是内战时期的政治家和文人，他在当时诗坛上的知名度并不高，诗作的数量也并不多，但他的诗融合了本·琼生的古典风格和多恩的玄学诗风，很有自己的特色。20世纪以来，他的诗由于艾略特的推崇受到人们的重视和赞赏，地位有了很大提高。

  马弗尔生于约克郡一牧师的家庭，曾就学于剑桥大学三一学院。内战期间，他曾游历法国、意大利、西班牙等地。1650—1652年，他在南安普顿费尔法克斯将军家做家庭教师，这段经历，对他的诗歌创作有所影响。他的思想倾向国会一边，曾写诗歌颂克伦威尔。1657年，他在政务院供职，担任共和国的拉丁文秘书，做当时已经失明的弥尔顿的助手。王政复辟后他当了议员，但仍保持清教思想，为弥尔顿辩护，并帮助他摆脱困境，设法使他出狱。

  马弗尔的诗歌题材较为广泛，从个人的思想、内心的情感，到宗教和政治，他的作品无不涉猎。爱情诗、讽刺诗、颂诗等等在他的笔下都有声有色，极富个性。这些作品一方面风格典雅，用词准确而讲究，语言清澈，形式工整而对称；另一方面，他诗歌中的比喻奇特而复杂，构思巧妙，充满智性，有些甚至是矛盾的，常能引起人们的深思和联想。他好用戏剧独白，揭示人物的思想和内心世界，这使得他的诗作在思想性和艺术性方面都对前人有所突破，带来了美学上的新意。它们既有伊丽莎白时代抒情诗歌颂爱情和自然的田园诗风，又有 18 世纪的新古典主义重说理的风格，起到了承前启后的作用。他的诗作，常常展示事物的矛盾对抗与不和谐，如自然与高雅，肉体与灵魂，创造与牺牲，等等。在他最为著名的《致怕羞的情人》一诗中，他描绘出肉体之爱同精神之爱的冲突以及克制的情感与飞逝的时间之间的矛盾，其中还表达出对现实世界的忧虑，有一定的象征意义。

致怕羞的情人

只要我们有足够的余地和时光，
你这怕羞就不算罪过了，姑娘。
我们可以坐着想，挑选哪条路
去消磨我们爱情的长昼于散步。
你呀，可以在印度的恒河旁边，
找到红宝石；我呢，可以埋怨，
在亨伯河①的激流旁埋怨。我可以
在洪水之前花十年工夫来爱你，
你可以拒绝爱我，要是你不愿意，
一直到犹太人改信宗教的时期②。
我的爱情，可以像草木一般，
长得比多少个帝国更大、更慢。
我可以花费一百年工夫来称道
你的眼睛，来观赏你的额角；
赞美你每一只乳房，花两百年光阴，
再用三万年来赞美你其他的部分；

---

① 亨伯河是流经诗人家乡赫尔镇的一条河。
② 据说犹太人将在历史记载的末尾改信基督教。

每一部分至少花一整个时代，
最后的时代才现出你的心来。
因为，姑娘，你配受这番盛意，
我也不愿用低点儿的程度来爱你。
但是，在我背后我永远听到
时间的飞车正在急急地来到：
我看见我们前面远远地横着
无边永恒的一片广袤荒漠。
将来，永远没人再找到你的美；
在你的大理石墓穴里也永远不会
再响起我的恋歌的回音：虫子们
将开始蛀蚀你长久保持的童贞，
你那古怪的自尊将化为土堆，
我的全部渴望也变作尘灰。
坟墓这地方确是隐秘而美好，
但我想总不会有人在那儿拥抱。
你瞧，姑娘，既然从你的皮肤上
显示出青春的色泽像晨露一样，
你热切的灵魂带着迫切的火花
从你的每一个毛孔里向外蒸发；
那么，就该让我们及时地游玩；
或者像一双发情的猛禽一般，
情愿一次吞食我们的时间，
免得被时间蚕食而逐渐软瘫。

让我们把自己拥有的一切甜蜜
和一切力量都碾进一只球里，
然后，通过生命的重重铁门，
再奋力一搏，攫取我们的欢欣；
这样，我们虽不能使太阳站定，
可我们却能够使太阳运转不停。

亨利·沃安

(Henry Vaughan，1621—1695)

亨利·沃安生于威尔士，深受威尔士文化的影响。早年他就读于牛津大学，毕业后返回威尔士，在巡回法庭做秘书，晚年做了医生。

沃安是"本·琼生之子"的成员。同时，他的诗歌也受到赫伯特的极大影响。他的诗作以宗教诗为主，主要的作品是 1650 年出版的诗集《闪耀的燧石》，表现他追求灵魂与精神返归上帝的愿望，期盼能在精神上与上帝接近，以至最终融合为一。诗歌中也有个人情感的表露和对人生的思索。《圣经》中的意象处处可见，并被赋予象征的意义。

他诗歌中有些韵律直接来自赫伯特的作品，有些在诗的开始就引用赫伯特的诗句。但是，沃安的诗歌多运用长句，而且结构松散自由，有威尔士方言的特色，常用邻韵和头韵，并有很多叠加的比喻。诗中也表现了对大自然和乡村景色的敏锐观察和强烈感受，这些形成了他独特的风格。

和 平

我的灵魂啊！有一片乡邦，
比星空更远，
长翅的卫士在站岗，
他英勇善战：
那地方没有危险和噪音，
宝座上微笑着和平。
那位在马槽里诞生的至尊
俯视着美丽的众生。
他是你朋友，仁蔼慈祥
（醒来啊，我的灵魂！）
曾带着纯洁的爱心而下降，
为了你而在此消泯。
假如你能够前往那儿去，
那儿将长出和平的花朵，
那花朵永远也不会凋枯，
是你的堡垒，你的安乐。
快离开愚昧的芸芸一群；

谁也不能保护你安宁，
只有那永不变易的至尊——
是你的上帝、生命、救星。

约翰·德莱顿

(John Dryden, 1631—1700)

  约翰·德莱顿是17世纪后40年的重要文人，对当时的社会文化中最为重大的事件或思潮，对政治、宗教、哲学、艺术等，他都发表自己的主张。他写诗歌、戏剧、散文、评论，并翻译希腊文和拉丁文的著作。他的论著《论戏剧诗》开创了英国文论批评的传统，他因此被誉为"英国文论批评之父"。文学史上称这一时期为"德莱顿时代"。

  德莱顿的父母支持国会而反对国王。他小时受到很好的教育，先入西敏学校读书，然后进了剑桥大学三一学院，接受严格的古典文化教育。王政复辟时期查理二世返英登基，他拥戴国王。

  德莱顿在1670年被封为"桂冠诗人"。他早期的诗歌很少抒发个人情感，而总是关注时代，诗歌的主题都是当时人们所共同关心的问题——国王加冕、军事胜利、政治危机、伦敦大火等等，如《奇异的年代》《纪念护国公逝世的英雄诗》等。这一时期较为成功的作品有《亚历山大的宴会》和《颂歌，为圣赛西莉亚节而作，一六八七年》。诗歌创作的后期，他转而写讽刺诗，主要作品为政治讽刺诗《阿伯沙龙和阿基托弗尔》。

  德莱顿的诗多用英雄双行体写成，他能娴熟地运用这一诗体，或抒情，或雄辩，或叙事。经他在各类诗歌中的广泛应用，这一诗体成为18世纪诗歌中最为盛行的诗歌形式，直接影响了蒲柏的诗歌创作。

快乐的一分钟

不，可怜的创痛的心，别试图改变；
还是忍受着痛苦，别离开她身边。
我眼睛多欢喜，见她如此有魅力，
我可以死在她身边，不能没她而呼吸。
她见我憔悴，发出轻柔的长吁，
这会偿付我痛苦的代价而有余。
当心，冷酷的美人啊，你对我微笑，
你那慈悲的一瞧会把我毁掉。

爱神为我储存着快乐的一分钟，
她给我苦痛，会结束我的苦痛；
从此不再有不快的日子来到，
年代也会在不知不觉中溜掉：
丘比特会守门，使我们更加欢快，
把抓人的时间和死亡关在门外：
时间和死亡会离开，飞去时这样说，
爱神找到了方法，用死替代活。

颂歌，为圣赛西莉亚节而作，一六八七年 [①]

从和谐的乐音，从天国和谐的乐音

开始了整个宇宙的构成：

当初大自然还处在一大堆

互相冲突的微粒下面，

还不能把她的头儿抬起来，

从高处传来了悦耳的嗓音，

起来，不如死人的你们！

于是冷和热，干燥和湿润，

都按序跃上各自的方位，

服从于音乐的无上权威。

从和谐的乐音，从天国和谐的乐音

开始了整个宇宙的构成：

---

① 圣赛西莉亚（？—230？），罗马的基督教女殉教者。据说她发明了风琴，能
吸引一位天使从天而降来倾听她弹奏。因拒绝崇拜罗马诸神而被斩首。后来她被
尊崇为保护音乐的圣徒。英国诗人乔叟在《坎特伯雷故事》中《第二个尼姑的故事》
里讲了关于她的故事。1863 年在伦敦成立了一个音乐团体，每年 11 月 22 日为纪
念她的殉难日即圣赛西莉亚节，演奏一次专门为节日谱写的大合唱曲。1687 年诗
人德莱顿为此节日写了《颂歌，为圣赛西莉亚节而作，一六八七年》。1697 年，
德莱顿又为此节日写了颂歌《亚历山大的宴会》。诗人蒲柏于 1708 年为此节日写
了颂歌，但没有在节日公演。

从和谐的乐音到和谐的乐音，

通过一切音符的全部流程，

把整个音域归结为"人"。

哪一种热情不能随音乐消长？

一旦犹八把龟壳琴奏响，①

他的兄弟们便环立静听，

惊叹不起，竟匍匐在地上，

虔诚地膜拜这天国的乐音。

他们想：至少有一个神灵

藏身在空心的弦琴里，这样，

那琴声才如此甜美，悠扬。

哪一种热情不能随音乐消长？

号角嘹亮的高音

催我们拔刀出鞘，

尖厉愤怒的角声

是誓死作战的警号。

鼓声咚咚，咚咚，咚咚，

如雷鸣发出号召：

"听啊，敌人已来到！

撤退太晚了，冲啊，向前冲！"

---

① 《圣经·旧约·创世记》第四章第二十一节："犹八是弹琴、吹笛的人的祖师。"又，据希腊神话，宙斯和迈亚之子赫耳墨斯，在山洞的入口处杀死了一只大乌龟，在龟壳上安几根羊肠作弦，制成了世界上第一架里拉琴。所以英语中"龟壳"又是古希腊里拉琴的别称。

泣诉般婉转的笛曲
以袅袅弱音透露
恋人绝望的痛苦，
他们的哀歌由诗琴鸣啭低诉。

尖声的小提琴直抒
他们嫉妒的痛楚和绝望，
义愤填膺，怒火满腔，
创痛深切，激情高昂，
为了那倨傲的美女。

但是啊！哪一种艺术能教导，
哪一种人的声音能比得了
这神圣风琴的歌赞？
这音调激起圣洁的爱情，
这乐曲高高地飞向上天，
去改善天使的合唱声。

俄耳甫斯能够使野兽臣服，
使树木拔出自己的根须
跟着里拉琴走去，
可赛西莉亚创造了更辉煌的奇迹：
当她把发声的气流注入了风琴，
有一位天使听见了，顿时现身——

把人间错当作天庭！

大合唱

凭借着神圣歌曲的力量
众天体开始运行，
对天上的一切生灵歌唱
伟大造物者的丰功。

等到那可怕的最后时节
来把这崩裂的场面吞灭，
号角就会在高空吹响，
死者将复生，生者将死亡，
音乐把天宇离析成原样。

查尔斯·塞德利

（Charles Sedley，1639—1701）

查尔斯·塞德利是诗人与剧作家。其父是一位男爵，塞德利继承了这一爵位。他曾在牛津大学就读过，但未得到学位便离开了。

塞德利才智过人，举止文雅，但他在伦敦曾有过一阵放荡的生活。此后，他成为活跃的国会发言人，并资助过当时的一些文人。塞德利和德莱顿是好友。他创作过悲剧、喜剧和抒情诗。他的诗歌于1702年收入《塞德利文集》中。塞德利的戏剧受到当时法国剧作家莫里哀的影响较大。有的批评家认为，德莱顿的《论戏剧诗》中，为英国剧作家模仿法国戏剧辩护的里西迪厄斯的原型就是塞德利。塞德利还与他人合作翻译了法国新古典主义剧作家高乃依的剧作《庞贝》。

给赛丽亚

不，赛丽亚，我并不比别人
更为正直或忠诚，
像别人一样，我随时会变心，
如果我的心不安宁。

可是我的每一个思念
把我和你本人捆紧；①
只有你的容颜我要看，
只有你的心我要亲。

女性的一切值得称赞的，
我发现全在你一身——
全部女性只出了一个
美丽而温柔的人。

为什么我还要追求别的，
去尝试新的爱情？
变心本身给不了我什么，
我就易于忠贞。

---

① 仅指你本人，而不是你的地位、财产等等。

18世纪

柯莱·西柏

（Colley Cibber，1671—1757）

柯莱·西柏是英国18世纪的诗人、演员、剧作家。1730年，他被英国王室任命为"桂冠诗人"。

西柏创作和改编了不少剧本。他的《粗心的丈夫》被评论家德瑞克评为"不仅是英语喜剧而且是任何语言喜剧中的最佳之作"。他改编莎士比亚的《理查三世》和莫里哀的《伪君子》，均获得成功。他的剧作对18世纪英国戏剧，尤其是感伤喜剧，做出了显著贡献。他也写诗。这里选的《盲孩》，由于刻画盲童心理的细致和对残疾者充满同情而成为名篇。

盲　孩

你们说的"光"，是什么东西，
我永远不可能感觉出来；
你们能够"看"，是什么福气，
请告诉我这可怜的盲孩！

你们讲到了种种奇景，
你们说太阳光辉灿烂；
我感到他温暖，可他怎么能
把世界分出黑夜和白天？

这会儿我玩耍，待会儿我睡觉，
这样分我的白天和夜晚；
假如我老是醒着，睡不着，
我觉得那就是白天没完。

我听见你们一次又一次
为我的不幸而叹息：唉……

可我完全能忍受这损失——
损失是什么我并不明白。

别让我永远得不到的东西
把我愉快的心情破坏：
我歌唱，我就是快乐君王，
尽管我是个可怜的盲孩。

安布罗斯·菲力普斯

（Ambrose Philips，1674—1749）

安布罗斯·菲力普斯是 18 世纪英国诗人，年轻时求学于剑桥大学圣约翰学院。1712 年，他出版《痛苦的母亲》，是法国剧作家拉辛的剧本《安德洛马克》的成功改编本。他的《致多塞特伯爵书》再现了丹麦的冰雪风光，令人难忘。他为儿童写的诗，多用扬抑格，如 *Dimply damsel，sweetly smiling*（一重一轻，先重后轻），模仿幼儿牙牙学语的口吻，但符合儿童的吟诵习惯。这使他得了一个绰号"婆婆妈妈诗人"。但是，约翰逊认为这些儿童诗是他最令人愉快的作品。这里选的一首《致夏洛蒂·普尔滕尼》，原作就是典型的扬抑格（也可叫重轻格）诗作。

致夏洛蒂·普尔滕尼

及时开的花，漂亮的女孩，
幸福的爹妈心尖的爱，
在每个清晨，每个良夜，
你总是爹妈渴望的愉悦，
睡着，醒着，自由自在，
毫无机巧，却招人喜爱；
咿呀说话，健康，欢欣，
讲些个并不连贯的事情，
唱多少歌子，全走了调，
又说又唱，没完没了；
单纯的幼女，天真无邪，
把一片童心向外倾泻，
你无拘无束，随心随意，
不知道邪恶是什么东西，
一派纯真，不懂得羞赧，
就像红雀在矮树林间
跟随着红雀妈妈的歌声，

调整自己纤细的嗓音；
咿呀唱出你小小的欢愉，
调皮地变换着一件件玩具，
又像金翅鸟迎来五月，
轻捷地飞向鲜花嫩叶；
要是累了就愉快地歇息，
仿佛红雀休憩在窝里——
这一切是你今天的好运道，
这一切到时候会被忘掉：
匆匆的时间将为你准备好
别的欢乐和别的烦恼；
你将来在你的女儿身上
会看到她同你多么相像。

艾萨克·瓦茨

（Isaac Watts，1674—1748）

艾萨克·瓦茨 1674 年生于南安普顿郡，父亲信奉非英国国教的基督教新教，并两次因他的宗教观点受到监禁。瓦茨从小受到良好的古典文学教育，成年后成为一名基督教新教牧师、神学家。他一生创作了大量的赞美诗，也写过一些品达体的颂诗和素体诗。他的赞美诗流传很广，被誉为"英国的赞美诗之父"。许多赞美诗至今仍在传唱，并被翻译成多种文字。

1715 年，他出版了《给孩子们的圣歌》，在当时很有影响。他把宗教中的仁爱精神和美好的道德美育寓于童趣和孩子的想象中，收到了好的效果，受到孩子的欢迎。比如，他那首著名的《小小的蜜蜂》就赞美了爱劳动、整天忙碌的小蜜蜂，以此来鼓励孩子积极而充实地生活。他的儿童诗对布莱克有一定影响，在《爱丽丝漫游仙境》中处处可见对他的赞美诗的效仿。

懒　汉

懒汉在说话，听他抱怨道：
"你叫醒我太早，我还要睡觉！"
像门在铰链上转动，在床上
他转过头颅、腰身和肩膀。

"再躺一分钟，再睡三十秒"；
把大好光阴白白浪费掉；
起床后就坐着，空着两只手，
无聊地站着，或四处闲走。

我经过他家的菜园，见到
荆棘丛生，遍地是荒草；
他身上穿的成了破布条，
照旧乱花钱，最后去乞讨。

我去看望他，总是希望
他能够努力学好，向上；

他对我谈空想，谈吃谈喝；
他不读《圣经》，更不爱思索。

我对自己说："我上了一课。"
他是镜子，像在警告我。
感谢朋友们对我关心，
教我爱劳动，读书上进。

小小的蜜蜂

小小的蜜蜂啊，多么忙碌！
整天不停地做工——
从千朵万朵鲜花里采蜜，
不放松每一分钟！

她多么精巧地修筑了蜂巢！
蜂蜡也砌得精密！
她勤劳劳动，让巢里贮满了
她精心酿造的蜂蜜。
无论是苦干还是巧干，
我同样忙碌不停：
撒旦也叫道，别忘了去捣蛋，
别让两只手闲空！

愿我早年岁月都用来
读书、干活和游戏，
这样子我终于可以做到
每天都过得有意义。

亚历山大·蒲柏

（Alexander Pope，1688—1744）

亚历山大·蒲柏是 18 世纪新古典主义的代表诗人。他从小体弱多病，没有受到过学校里的正规教育。但他天资聪慧，早熟，且勤奋好学，大量阅读各种书籍，这种自学培养了他独立的思考能力和智性。十几岁时，蒲柏就创作了相当成熟的作品，开始发表诗作。他早年著名的作品是用英雄双行体写成的《批评论》。其中讲到文学批评应有高雅的趣味，要符合新古典主义的理论原则，如重说理，重节制，重法则，等等。这部作品虽遭到众多攻击，但受到著名批评家艾迪森的高度评价，影响广泛。此外，他还创作了《夺发记》《埃洛莎致阿贝拉》《论人》《群愚史诗》《仿贺拉斯之作》等等。

蒲柏的作品精心雕琢，技巧圆熟，对英雄双行体的运用达到了很高的成就。这一形式对他来说不是束缚，而是一种舒展和自由的解放。他的诗在 18 世纪广为流行，模仿者很多。浪漫主义诗风兴起之后，他作品中的典雅风格遭到抵制。但 20 世纪以来，他的地位重新被抬高。他在诗歌中常常探讨矛盾与悖论，并思考骄傲、欲望、愚钝等等对人生的影响，欢喜与悲伤常交织在一起。他将智性的思考、道德的说教全融入细微的语调与节奏之中。最近对蒲柏的研究则更加注重他诗中的创造与想象的激情。

幽居颂

他真快乐，把关注和希望
放在几亩祖传的田里，
满足于在他自己的土地上
吸故乡的空气。

牛给他奶，羊给他衣裳，
田地给他提供面包；
林木在夏天给他遮太阳，
到冬天给燃料。

真幸福，他漫不经意地让
一刻刻，一天天，一年年溜走，
心态平和，身体也健康，
白天没忧愁，
夜晚是酣眠；读书和休息
相互交替；愉快地消遣，
返璞归真，那天真带沉思

最使人喜欢。

让我这样默默地生活；
死的时候也没人哀伤；
悄悄地离去，没墓碑道破
我长眠的地方。

西敏寺牛顿墓志铭 [1]

自然和自然的法则在黑夜隐藏，

上帝说，让牛顿出世！世界一片光。[2]

① 牛顿（Newton，1643—1727），英国物理学家，建立经典力学基础的"牛顿运动定律"，发现万有引力定律；在光学、数学、天文学方面都做出巨大贡献，启动了人类对宇宙的新认识。西敏寺（又译威斯特敏斯特大教堂），在伦敦，牛顿墓在其内。

② 参阅《圣经·旧约·创世记》第一章："大地混沌，没有秩序。怒涛澎湃的海洋被黑暗笼罩着。上帝之灵运行在水面上。上帝说，要有光！光就出现。"

汉普顿宫①

紧挨永远顶戴着鲜花的草地，
依傍自豪于塔楼屹立的泰晤士，
耸峙着一座建筑物，宏伟壮丽，
就以近邻汉普顿做它的名字。
英国政治家经常在这里敲定
推翻外国的暴君，本国的女神；
在这里，令三邦臣服的伟大安娜②
有时候听政议事，有时候喝茶。
英雄和佳丽常到这儿来聚会，
稍稍尝一尝宫廷里快乐的滋味；
时时都可以得益于不休的喋喋：
谁举行舞会，上次谁向谁干谒，
有人称颂不列颠女王的荣耀，
有人描述印度式屏风的美妙；

---

① 这是蒲柏的长诗《劫发记》第三章开头两段。写宫廷社交，带讽刺意味。
② 三邦指英格兰、苏格兰、爱尔兰（或代以威尔士）。安娜（Anna）即英国女
王安妮（Anne，1665—1714），1702—1714年在位，是斯图亚特王朝最后一代君主，
多病且才智有限，主要依靠大臣治理朝政。

还有人阐明动作、容貌和眼睛；
每一种言辞消灭掉一种好名声。
吸鼻烟，扇扇子，乘空隙插入谈话，
唱歌，哈哈笑，做媚眼，以及其他。

托马斯·格雷

（Thomas Gray，1716—1771）

托马斯·格雷是 18 世纪一位有影响的诗人。他年轻时曾在伊顿公学就读，后在剑桥大学学习，对历史、艺术、自然风光都有浓厚的兴趣。他写诗并不刻意发表，40 岁时就不再进行创作，转而研究诗歌史、语言、音乐、植物学、古玩和建筑史等，并在大学中做现代史教授。格雷生性内向而羞涩，却很博学，且兴趣爱好广泛。

格雷创作的诗歌作品数量不多，生前仅发表过十四首诗。然而，他在当时的声誉却非常高，被认为仅次于弥尔顿，而且被授以"桂冠诗人"的称号，不过他自己拒绝了。以如此少量的诗作赢得如此高的声誉，这在诗歌史上是罕见的。尽管作品很少，格雷在诗歌史上的地位却是牢固的。评论家们认为，格雷的作品《墓畔哀歌》既有古典诗歌的典雅风范，又有抒情和感伤的情调，代表了新古典主义诗歌的传统，并预示了浪漫主义诗潮的到来。这篇作品开创了英国诗歌中的"墓园派"诗歌。对格雷的新近研究表明，格雷的博学与对各学科的涉猎使得他的作品感情深沉而复杂，用词准确有力，具有多样化的特色；认为他连接了新古典主义诗歌和浪漫主义诗歌的看法虽然正确，但也不能反映他诗作的各个方面。

墓畔哀歌

晚钟响了，为逝去的白昼报丧，
牛群哞哞叫，慢慢地绕过草原，①
疲惫的农夫蹒跚在回家的路上，
把整个世界留给了我和夜晚。

眼前的景色消融于苍茫的暮霭，
天地之间充盈着庄严的宁静，
只有甲虫们嗡嗡叫，飞去绕来，
铃声昏沉，催眠了远方的羊群。

还有在常春藤披盖的高塔那里，
阴郁的夜枭向月亮发出怨诉，
说有人随意走近它秘密的住地，
扰乱了它的古老幽僻的领土。

---

① 牛群走向何处？对这个问题，英国学者们有过讨论。一种不言而喻的回答是：牛走回牛栏去过夜。但问题是在夏天（下面第七行中出现"甲虫"说明在夏天），牛群常常露天过夜。有证据表明，在英国的某些地方，任何情况下都是下午五点钟把牛驱赶到栏内挤奶，然后让它们回到草原去，它们一见草原便哞哞叫。

粗壮的榆树和紫杉的浓荫下面，
荒芜的草皮一堆连一堆隆起，
小村里简朴的先辈在这里安眠，
各自永远在窄坑中安放了身体。

芬芳的清早，轻风活泼的呼叫，
茅草屋檐下，燕子的呢喃多话，
公鸡的打鸣，引发回声的羊角号
难唤醒他们起身于长眠的矮榻①。

对他们来说，不再有炉火点燃，
黄昏里不再有主妇为家务操心；
没儿女咬着舌迎接爸爸的回转，
或爬到膝上去分享妒羡的亲吻。

他们曾多次开镰叫庄稼倒卧，
他们破开了硬土，犁出了垄沟；
赶牲口下地，他们是多么快乐！
叫树木折腰，他们挥动着斧头！

愿"雄心"别讥笑他们有效的勤奋、
家常的娱乐、默默无闻的天数，

----

① 指坟墓，也暗示穷人家低矮的床铺。

愿"富贵"别带着倨傲的微笑聆听
穷人们简短质朴的生平记录。①

门阀纹章的夸耀，权势的威风，
美色和财富提供的一切享受，
到头来总是那无可逃避的时辰，
荣华的道路条条都通向坟头。

自鸣得意者，别怪罪这些村民——
"怀念"没有在坟头放上纪念品，
没让教堂的走道和雕花的拱顶
包容赞美歌洪亮颂词的共鸣。

生动的胸像，刻着传略的骨灰瓮，
岂能把元气追回来，重返躯壳？
"荣誉"的声音能敦促尸骸复生？
"谄媚"能说服死神冷酷的心窍？

也许就在这荒无人烟的地方
埋葬着一度孕育过圣火的心灵；
那双手，也许能掌握帝国的权杖，

---

① 本诗为英国文学中的杰作之一。据黄杲炘提供的资料，本诗中三分之二以上的诗节或诗句被列入第二版《牛津名句词典》（一译《牛津引用语词典》）。本节是其中之一。

或者会弹奏出令人迷醉的琴声。

但"知识"从来没有对他们展示

蕴藏着历史积累的丰富典籍；

冷酷的"贫穷"压折了凌云的壮志，

冻结了他们心中灵泉的流溢。

多少颗宝珠含着莹洁的光彩

沉埋在幽冥莫测的海底深处；

多少枝鲜花开放而无人理睬，

向荒漠空间浪掷了缤纷芳馥。

在这里也许埋着个汉普登^①村汉，

曾挺身而出，反抗本地的霸主，

或者沉默的弥尔顿^②，名不见经传，

或克伦威尔^③，不曾陷国家于屠戮。

想赢得恭听的议员们热烈鼓掌，

---

① 约翰·汉普登（John Hampden, 1594—1643），英国国会领袖之一，税务专家，曾在下院激烈反对国王查理一世擅自征税。英国内战中指挥埃奇希文战役（1642），翌年在同王军作战时负重伤而逝。

② 约翰·弥尔顿（John Milton, 1608—1674），英国大诗人。他曾全力支持克伦威尔的革命。

③ 奥利弗·克伦威尔（Oliver Cromwell, 1599—1658），英国政治家，独立派领袖，内战时率领国会军战胜王党军队，处死国王查理一世，成立共和国，任英格兰、苏格兰、爱尔兰护国公。王政复辟后，人们把内战的罪责加在他头上。

对痛苦和毁灭的威胁加以蔑视，

把富庶播撒到整个含笑的乡邦，

叫国人都来阅读他们的历史 ①——

他们的命运不让：既不让美德

充分地发展，也不叫罪恶滋长；

不允许通过屠杀而登上王座，

从而对人类把仁慈的大门关上；

不允许掩盖良心承受的巨创，

不允许隐藏天真纯朴的羞惭，

不许拿缪斯的圣火点燃熏香

去塞满供奉"骄奢""淫逸"的神龛。

远离着疯狂尘世的尔虞我诈，

他们的意志清醒，决不入歧途；

沿着人生的幽静从容的山洼，

他们默默地走着自己的道路。

可为了使这些骨殖免受轻侮，

旁边还是有粗拙的墓碑竖立，

点缀着蹩脚的诗文、走样的雕塑，

请求过往的路人送一声叹息。

---

① 指叫国人都明白他们的政绩。

浅陌的诗人拼写的姓名、年份
弥补了空缺的赫赫名声和挽词；
碑上还留下不少《圣经》的引文，
教导着乡野贤士怎样对待死。

是啊，谁愿被沉默的"遗忘"掳去，
永远舍弃这亦喜亦忧的平生，
离开这风和日丽的温馨地域，
而不恋恋不舍地回头望一程？

将离的灵魂依恋着深情的胸脯，
欲闭的眼睛需要真诚的泪水；
即使从坟里也响起"天性"的高呼，
他们的烈焰点燃着我们的尘灰①。

至于你②，挂念着这些无名的死者，
用诗行陈述他们质朴的事迹；
假如，凭个人偶然的深沉思索，
另一位诗人来询问你的遭际——

或许有一位白发乡下人会讲，

---

① 按基督教义，尘灰（或尘土）即肉体。
② 指诗人自己。

"在黎明时刻我们见到他时常
急匆匆走去把露珠拂落在一旁，
踏上高高的草场去迎接朝阳。

　　"那边有一株摇摆的老树山毛榉，
它奇形怪状的根株纠结着隆起，
午时在树脚他躺下慵倦的身躯，
凝视着旁边潺潺流过的清溪。

　　"他漫步到林边，笑着，像是在嘲讪，
他自言自语，抒发着奇思异想，
有时他神情沮丧，似孤立无援，
有时他困于失恋，或狂于忧伤。

　　"有一天早上，在他常去的山巅，
杜鹃前，他爱的树下，不见他影踪；
第二天早上，无论是沿着溪涧，
上草地，过树林，仍不见他的音容。

　　"第三天，我们见到了送葬的队伍
唱哀歌，抬着他缓缓地走向教堂——
那边有碑铭，傍着古老的山楂树，
你识字，就请你上前读读那诗行。"

墓　铭

这里有一位青年头枕着大地，^①
他从未受到"财富"和"名声"的青睐；
"知识"却没有小看他卑微的门第，
"忧郁"选中他，给予特殊的宠爱。

他待人慷慨大方，他秉性真率，
上天也给他同样慷慨的报酬；
对"苦难"，他给予全部所有：一掬泪；
从上天他得了全部所求：好朋友。

再不用试图去表彰他的功德，
也别从黑穴里把他的弱点揭开，
（两者都在颤抖的希望^②中歇着）
那黑穴就是天父和上帝的胸怀。

---

① 作者于 1742 年开始写这首诗，那时他 26 岁。当时没有发表。他不断修改，到
1751 年匿名发表时，作者已到中年。
② 基督教义认为，在世界末日，要举行最后的审判，那时死者都得从坟墓里起
身接受审判。

淹死在金鱼缸里的爱猫

在一只高高瓷缸的表面，
中国的工艺，彩釉鲜艳，
盛开着蓝色的花朵，
一只雌猫，端庄幽娴——
沉静的赛狸玛，趴在缸沿，
凝视着下面的湖波。

敏感的尾巴，表露愉快，
圆脸漂亮，胡须雪白，
脚掌如丝绒柔软，
外衣可以同龟甲媲美，
两耳似黑玉，两眼如翡翠，
她见了就呜呜赞叹。

她凝神注视，只见下面
有两个水中精灵出现，
像天使在自由翱翔：

鳞片形成推罗紫^①铠甲，

紫铠看上去富丽豪华，

还透出闪闪金光。

不幸的美女看得出了神：

胡须先一探，再把爪子伸，

充满热切的心愿，

她想去抓住猎物，没成功——

哪个女人见黄金不心动？

哪只猫见鱼不嘴馋？

孟浪的小姐！她目不转睛，

一再伸爪子，一再躬身，

全不知下面是深渊——

命运这凶神坐一旁微笑——

脚爪子闪失，被缸沿滑倒；

她一头栽进了波澜！

她八次从水里冒出半身，

喵喵叫喊，求各路水神

快快地前来相救——

---

① 推罗（Tyre）是古腓尼基国一地名，以出产染料闻名。推罗紫是古推罗人用海贝为原料制成的染料，极名贵。

海豚没来，海仙不露面，①
苏珊和狠心的汤姆没听见——
是宠儿，怎会有朋友！

还没受骗的美人啊，醒醒，
要懂得一失足就成千古恨，
要大胆更要细心：
使人目眩心迷的诱惑
并非都可以合法取得，
闪光的不都是黄金！

---

① 古希腊弹唱诗人阿利昂航海时被舟子抛入海中，海豚迷恋他的音乐，救他上岸。
海仙指海神涅柔斯和多里斯的女儿，名叫涅丽德。

威廉·柯林斯

（William Collins，1721—1759）

威廉·柯林斯是 18 世纪的诗人，他的诗歌作品却对 19 世纪的浪漫派诗歌产生了一定的影响。

他生于萨塞克斯郡，父亲是一位殷实的制帽商，曾做过当地的镇长。柯林斯曾在温彻斯特和牛津学习，在大学时就发表了充满丰富的比喻和异域风格的诗《波斯人牧歌集》。大学毕业后，他移居伦敦，在那里结识了一些文人，如詹姆斯·汤姆逊和约翰逊等。他从事文学创作开始时不很成功，许多计划都未能实施。1746 年，他发表了诗集《颂诗》，其中包括著名的《黄昏颂》《勇敢的人怎样入眠》和其他几首颂诗，受到当时人们的赞赏，对后世产生了一定影响。他生前最后发表的作品是为汤姆逊的死写的颂诗。之后，他的忧郁症愈来愈严重，直至去世。

他的诗歌中有着非凡的想象力和强烈的抒情色彩，具有一种神圣而充满幻觉的诗风，后来受到诗人，尤其是浪漫派诗人的赞赏。他同托马斯·格雷一起被认为是 18 世纪后期对诗歌产生重要影响的诗人。年轻时的柯尔律治喜爱柯林斯的诗作。哈兹列特说："他刺中了读者的脑海，给读者留下了永不磨灭的思想和情感的痕迹。"

颂歌：作于一七四六年 ^①

勇士们睡着了！沉入了安眠，
带着全国人祝福的心愿！
春神以冰凉的手指沾着露，
回来装饰这神圣的泥土，
她就要布置起这片草地，
比幻想踏过的更加美丽。

仙子的手把丧钟敲响，
无形的精灵把挽歌低唱：
荣誉来到了，是白发的旅人，
来祝福这覆盖他们的草坪；
自由将赶来，为他们哀哭，
做个隐士，在这里居住。

---

① 本诗的历史背景是，1745 年 5 月法军击败英、荷、奥地利联军；1745 年 9 月
和 1746 年 1 月 "少僭位者" 查理·爱德华（詹姆士二世长孙）击败英军。

奥利弗·哥尔德斯密斯

（Oliver Goldsmith，1730—1774）

奥利弗·哥尔德斯密斯是 18 世纪的小说家、诗人和剧作家。他生于爱尔兰，曾在都柏林的三一学院就读。他具有多方面的才能，但生活无度，好挥霍。毕业后他转而学医，后去瑞典、意大利、法国等地游历。回到英国之后，他开始行医。

哥尔德斯密斯早年的生活并不得意。一个偶然的机会，他结识了当时很有影响的《评论月刊》的编者拉尔夫·格里斐斯，经后者的指点开始了文学生涯。此后的十五年间，哥尔德斯密斯十分多产，创作了大量的有关历史的散文、见闻录、小说、诗歌和两部喜剧作品。哥尔德斯密斯的作品语言清新易懂，适合读者的趣味，因而很受读者的欢迎。对于他的作品，评论者有褒有贬，当时的评论家鲍斯威尔批评他是一位头脑敏捷但思想浅薄的作家，约翰逊则认识到他作品中丰富的想象和宽厚的人性。

他的诗歌作品有《旅行者》和挽歌《荒村》。后者描写乡村的生活和自然景色，语言淳朴自然，描写生动，意象丰富，音韵和谐。

哀悼一条疯狗的死

世界上男女老少全都来，
侧耳听我把歌唱，
如果你发觉这歌短得怪，
是因为它本来就不长。

在伊斯林顿住着一位好先生，
提起他，人人会说道，
说是每当他祈求神灵，
他总是虔诚得不得了。

他的心地善良又温柔，
让朋友和敌人都舒坦；
每天他自己穿衣的时候，
等于给没衣人披衣衫。

人们在城里发现一条狗——
城里的狗啊多的是，

有小狗，猎狗，好狗和恶狗，
还有劣种的狗崽子。

这狗和先生开始很友好；
有一回他们俩怄气，
这狗便疯了，把先生狠咬，
为达到自己的目的。

远远近近，在四处街头，
惊讶的街坊们奔跑，
骂狗疯狂，把狗诅咒。
它竟把好先生乱咬。

在每个虔诚的基督徒眼中，
受伤人疼痛又伤心；
他们都咒骂那狗发了疯，
还断定先生会丧命。

但一个奇迹很快便出现，
表明谣传露了底；
先生从伤病中彻底复原，
倒是那狗断了气。

（屠笛、屠岸译）

歌

可爱的女子甘愿做蠢事，
发觉受了骗，已经太晚——
什么妙方能缓解愁思？
什么良策能洗去罪愆？

若是要遮盖她的罪名，
让她的羞耻躲开众人，
使她的情人悔恨，痛心，
只有一个方法：去自尽。

威廉·考伯

（William Cowper，1731—1800）

威廉·考伯是 18 世纪的诗人，但他的诗风却接近浪漫派的风格。他的作品属于浪漫派诗歌之前的感伤主义诗歌。

考伯曾入西敏寺学校就读，学习法律，后做了律师。他曾翻译过荷马史诗及希腊、罗马、法国诗人的作品。他的讽刺诗多用双韵体写成，包括《席间闲话》《真理》《规劝》《希望》《慈悲》等，内容丰富。《任务》是他的主要作品，由素体诗写成，表达了诗人对人生，对自然和宇宙的感想。诗人赞美大自然，赞美自由，同情人们为自由而斗争。有人认为，考伯的诗风和后来的浪漫派诗人华兹华斯的诗风相近。考伯不同意蒲柏的新古典主义体诗法，认为那只是优雅圆润的诗律的表现，而他要抛弃当时的诗歌中流行的才智，表现感觉和心智。他的诗歌富于变化，充满了道德感。他曾说："给我一行富于意义的有力而粗犷的诗句，而不要一首悦耳的诗，那诗中除了用油腻的圆滑来取悦人们之外什么也没有。"

狗和睡莲

中午，树荫浓，微风和煦，
拂过静静的河浪，
我抛开读书写作的思虑，
沿着乌斯河徜徉。

我的长毛狗，犬类精英，
血统纯净门第高——
（是两位仪态万方的美人
为我把它搜罗到）

嬉闹着隐没在旗帜和芦苇里，
一会儿又突现在眼前，
他越过草地去追逐燕子，
奔跑得飞快如箭。

季节到了：乌斯河水面上
出现了新开的睡莲；

花儿的艳丽我专心观赏，
想采到一朵在手边。

我用藤杖远远地拨来
一朵，快靠近岸沿；
战利品即将到手，可是唉！
又从我手边漂远。

乖儿狗注意我失败的苦恼，
一脸专注的思索，
他心存疑团，小狗的头脑
想弄清事态的经过。

用清脆有力的一声喷喷，
我驱散他的思想，
然后我走开，长时间沿着
弯曲的河水徜徉。

我停止漫步，转身回返，
乖儿狗跑在前头：
看准了漂浮的一团睡莲，
他纵身跳进水流。

我见他衔着那朵嫩蕊，

急匆匆游过来迎上
我的快步，他立即把宝贝
在我的脚前安放。

我一见便呆了，"世界，"我惊叫，
"该知道这桩事件；
我的狗使优秀人类的骄傲
受到了一次挑战！

"可是我更要提醒自己
履行应尽的本分，
学你的果断，向造我的上帝
献出我一片爱心。"

给一位少女

蜿蜒地流过林地的小溪，
是贞洁少女的适当标记——
沉静而圣洁，她悄悄前行，
远离这世上喧闹的人群：
她以温和却饱满的力量，
专心地朝着既定的方向；
她做的一切，挺优雅，有用处，
到哪儿总替人又被人祝福；
她胸怀纯洁，溪水般透明，
她脸上反映着天国的安宁。

安妮·利蒂提娅·巴博尔德

(Anne Letitia Barbauld，1743—1825)

安妮·利蒂提娅·巴博尔德是 18 世纪一位多才多艺的女诗人，她也做过教师，撰写评论文章，编辑诗集和散文，这在当时的社会中是很了不起的。

巴博尔德生于一个文人家庭，父亲是语言学和文学教授，她自小受到良好的语言学和文学方面的培养和熏陶。她广泛阅读各种书籍，掌握了希腊文、拉丁文、法文和意大利文。1773 年，她出版了诗集，同年又与弟弟一起出版了散文杂集。结婚后，她与丈夫一起开办了一所男校。同时她在杂志上发表诗作，并出版了一系列有关宗教、教育和政治的小册子。她主持编辑了影响广泛的诗歌散文选《女发言者》和五十卷的《英国小说家》。

巴博尔德的诗歌主题广泛，形式多样，包括赞美诗、颂诗、讽刺诗、幽默诗、挽歌、性格特写、歌谣、歌谜等等。

生 命

生命！我不知道你是谁；

只知道咱俩终究要分离；

可咱俩在何时，何地，怎样初会，

我承认，这对我至今是个谜。

生命！咱俩相处已长久，

一同经历过晴朗和阴霾的气候；

亲爱的朋友分离时总不免伤悲——

也许要叹口气，洒点泪；

——偷偷地走吧，不用给预兆，

选择你自己的行期，

不用道"晚安"——在那更光明的天国里，

对我说"早上好"。①

---

① 本诗原有三十行，诗选家帕尔格雷夫删去中间的十八行，留下首尾，保存了
精华。译者即据此译出。

威廉·琼斯

（William Jones，1746—1794）

　　威廉·琼斯是一位东方学者和法官，于 1783 年起在印度的加尔各答高级法院做法官，直至去世。他对梵文很有研究，曾将印度文学介绍给欧洲。他翻译的印度文学作品《沙恭达罗》等至今为人所称颂。他对东方文学和文化的多方引介对浪漫派诗人拜伦、骚赛等都产生了重要影响。

警句诗

初生的婴儿在母亲的膝上哭泣，
人们微笑着在他的四周环立；
他就活下去，一直到最后一息，
他微笑而去，任别人在四周哭泣。

安妮·林赛

（Anne Lindsay，1750—1825）

　　安妮·林赛，苏格兰女诗人，日记作家，婚后随夫姓，被称作安妮·巴纳德夫人。她曾随丈夫一起去南非，并在那里写下了大量的日记。1924年，由费厄布里奇编辑出版了《安妮·巴纳德夫人在南非开普顿，1792—1802》，为了解英国人首次踏上南非开普顿提供了宝贵的资料。1771年，她创作了著名的歌谣《老柔宾·格瑞》，受到广泛欢迎，但直到她去世前两年才被人承认为该歌谣的作者。她丈夫去世之后，安妮·林赛返回英国，与妹妹一道在伦敦创办了文学沙龙。

老柔宾·格瑞

羊群入了羊栏，老牛回了家，
整个世界进入了安静的夜晚，
我心中的悲哀变成一阵阵泪雨，
而我的丈夫正熟睡在我的身边。

年轻的吉美爱我，要我做新娘；
他只有一克朗，此外什么也没有：
为了把克朗变金镑，他航海去了；
克朗变金镑是为了我的缘由。

他走了只不过两个星期光景，
爹折断了胳膊，我家的牛被偷走；
妈又生了病，而我的吉美在海上——
老柔宾·格瑞来求婚了，就在这时候。

爹不能干活了，妈也不能纺纱了；
我日夜劳动，也养不活我的父母；

老柔宾·格瑞供养了他们，含泪说：
"珍妮，嫁我吧，为了你爹妈的缘故！"

我心里说"不"，我巴望吉美回来；
可是风刮得猛啊，船已经遇难；
他的船破了——吉美怎么会不死呢？
我为什么还活着哭呢？天哪，天！

爹竭力劝我，妈虽然不说什么，
却注视着我，我的心快要破碎：
爹妈做了主，尽管我的心在海上；
他就成了我丈夫——老柔宾·格瑞。

我做了他妻子不过四星期光景，
有一天我悲伤地坐在门口的石头上，
我看见了吉美的水魂，我不信是他——
可他说："我回家娶你来了，姑娘！"

我们俩哭成了泪人儿，说了许多话；
我们只吻了一次，我求他离开：
我啊，不如死了好，又不像要死；
为什么我说这种话？天哪，唉！

我活着像个幽灵，也不想织布；

我不敢想念吉美，那将是罪过；

唉！让我努力做一个好妻子吧，

因为啊，老柔宾·格瑞待我不错。

托马斯·查特顿

（Thomas Chatterton，1752—1770）

托马斯·查特顿是英国诗歌史上最短命的天才。他冒充 15 世纪诗人罗利写出"罗利诗篇"，其中有不少精彩的传奇故事。他的这些诗作虽是伪托，却充分显示出他的才华。他还写有讽刺诗和歌剧。终因穷愁潦倒，在绝望中自杀，卒年 18 岁。他被看作英国浪漫主义诗歌的先驱之一，成为英国浪漫主义诗人们心目中的英雄。

歌

按着我的回旋调唱曲啊，
为我流下苦咸的泪水；
不要在假日再度跳舞啊，
就像那不断奔腾的河水：
我的情郎已死去，
进入了他的坟墓，
在柳树荫下沉睡。

他的头发黑似冬夜，
他的皮肤白如夏雪，
他的脸红似晨曦烨烨，
他如今冰冷地躺在墓穴；
我的情郎已死去，
进入了他的坟墓，
在柳树荫下沉睡。

他说起话来如歌鸫鸣唱，

他跳起舞来迅疾如思想，
他击鼓熟练，舞棒顽强，
啊，他躺在柳荫的下方！
我的情郎已死去，
进入了他的坟墓，
在柳树荫下沉睡。

听！渡鸦拍动着翅膀
在布满蔷薇的山谷飞翔；
听！报凶的鸱鸮高唱，
给多少噩梦传送不祥；
我的情郎已死去，
进入了他的坟墓，
在柳树荫下沉睡。

看！白月在夜空徘徊；
我的情郎的尸衣更白：
比黎明时分的天色更白，
比傍晚时分的白云更白；
我的情郎已死去，
进入了他的坟墓，
在柳树荫下沉睡。

这里把一束枯萎的花朵

放在我真爱的情郎坟头；
少女遭到冷酷的灾祸，
没任何圣徒能够挽救：
我的情郎已死去，
进入了他的坟墓，
在柳树荫下沉睡。

我亲手把蔷薇拢住，叫蔷薇
长在他圣洁遗体的周围：
小妖啊仙子，点亮灯辉，
我身子永远在这儿相陪；
我的情郎已死去，
进入了他的坟墓，
在柳树荫下沉睡。

威廉·罗斯柯

（William Roscoe，1753—1831）

　　威廉·罗斯柯，英国历史学家、作家、艺术品收藏家、律师、植物学家。1777 年，他首次出版了他的诗作，此后又出版了各类数量相当可观的作品，包括诗歌、传记、法学和植物学著作等等。《梅迪奇家族洛伦佐的一生》（1795）是他最主要的一部传记文学作品，对意大利文学和文化在英国的传播起到了积极的作用。1787—1788 年间，他创作了长诗《非洲之错》，批判奴隶制，并撰写了小册子《论非洲的奴隶贸易》（1788），成为当时的废奴主义者。1806 年，他出版了《蝴蝶的舞会和蚱蜢的宴会》，被认为是儿童诗中的经典作品，产生了极为广泛的影响。

蝴蝶的舞会

来啊，拿起帽子，赶快去，别迟了！
蝴蝶的舞会、蝈蝈的宴会开始了！
牛虻吹喇叭，招呼大伙儿参加，
这里要掀起狂欢，等你的大驾。

在一片平整的草地上，挨着森林，
矗立着大橡树，它已有千年树龄，
看啊，大地的儿女，空中的居民，
都赶到橡树的下面来欢度黄昏。

瞎眼的甲虫来了，穿一身黑衣，
背上还驮着他的好朋友：蚂蚁；
接着是蚊子和蜻蜓，先后驾到，
带来了亲戚：穿绿袍、黄衣，戴蓝帽。

飞蛾来了，披一身柔软的绒毛；
大胡蜂来了，穿着黄褐色外套，

把他的伙伴黄蜂也带进队列，
他们保证斜倚在螯刺上过夜。

狡猾的小小榛睡鼠爬出洞口，
带他的盲兄弟鼹鼠来赴宴喝酒；
触角出壳的蜗牛姗姗来到，
他来自远方，离此地三尺之遥。

蘑菇恰好是圆桌，阔叶草一片
正好当桌布，已经铺上了桌面；
桌上有种种美食，配众客胃口，
蜜蜂送来了蜜汁，最美的珍馐。

青蛙占一个角落，他明智，庄严，
摆着蹲坐的姿势，抬头望天；
松鼠高兴地观看宴客们作乐，
坐着把枝上垂下的松球咬破。

蜘蛛出来了，他的手灵巧无比，
正在绷紧的丝线上施展绝技，
吊在丝网上，从这端攀向那端，
忽然像箭离弓弦，他猛扑向前。

正扑到中央，啊，真叫人惊吓！

可怜的家伙刹那间从丝上跌下；
没落到地面，靠手爪紧紧抓牢
丝线的末端，他悬在半空逍遥。

后面，蝈蝈来了，一挺又一跳，
他的腿很长，他的翅膀很短小；
他只蹦跳了三下，便无影无踪，
却整夜唱起歌来把自然赞颂。

蜗牛迈着威严的脚步向前，
他答应宾客，可以做小步舞舞伴；
大家笑了，他只好缩回脑瓜，
退到他的小屋里，在床上趴下。

黄昏渐渐消逝了，夜幕笼罩，
更夫萤火虫带着明灯来到；
趁着亮光，让我们赶快回家走，
没有值夜人为咱守候在门口。

乔治·克拉布

（George Crabbe，1754—1832）

　　乔治·克拉布，诗人，出生于萨福克郡奥尔德堡，父亲是收盐税的税务官。他早年在本村学医，行医。1780 年，他到伦敦去从事写作，受到从政的文学家埃德蒙·伯克的赏识和提携，发表诗作《村庄》（1783），获得了诗名。后来在外地当上牧师。1807 年，他出版了一本诗集，包括他的旧作和新作，诗作中有《堂区教徒登记簿》，表现了他写叙事诗的才能。1810 年出版诗作《市镇》，由 24 封信组成，讲述英国乡镇生活的故事。1814 年，他受命担任特罗布里奇教区牧师。1819 年出版叙事诗《厅堂故事集》。1832 年逝世于特罗布里奇。克拉布是司各特的朋友。他的诗作受到华兹华斯、拜伦等大诗人的称赞。他死后，人们发现许多他生前未发表的作品，后来被整理出版。

　　克拉布笔下的农村，不是如哥尔德斯密斯等诗人所写的那样，是一片纯朴、和平、美好的田园风光，而是充满了贫困、挣扎和苦难的现实世界。由于他对现实的无情揭露，他的诗就有别于其他诗人的田园诗。在诗歌形式上，他采取蒲柏惯用的英雄双行体，做到了得心应手。

农　夫

高尚的农夫艾萨克·阿希福死了。
他生性高尚，他蔑视一切卑劣，
他心地真诚，他的灵魂纯洁。
面对任何人，艾萨克无所畏惧；
任何人责难，艾萨克从容对付；
他不做愧心事，不怕受委屈；
真诚，唯有真诚，是他的本色；
每当他赞许别人认真的想法时，
他看来总是很高兴，怀着善意；
他总是真心诚意地祝福家人，
他要求严格，心中却充满深情；
别人高兴，他就在一旁笑着看，
给别人零花，自己却不要一分钱；
得好处，将来要付出代价，他不干；
他拒绝作乐，假如今后要哀叹；
对道德高尚的朋友，他胸怀磊落，
绝不会痛苦地燃起妒忌的毒火；

（穷人命苦啊！想起邻人的好运道，
自己脆弱的心灵就插上了刀！）
他没有丝毫斯多葛派的傲慢，
他爱得热烈，心地好，待人慈善。
当他的幼儿夭亡，他的老街坊
想说些伤感情的话，我看他怎样——
眼泪静静地流下他起皱的脸，
表明了哀怜，胜过了万语千言。
如果他骄傲，那不是俗人的骄傲，
俗人们动机不良，把伟人嘲笑；
不炫耀有学问，尽管学者承认，
只要命运给青睐，他定能学成。
不自夸农活干得好，我们却知道
没人超过他，能跟他匹敌的也少，
如果他灵魂里真的有那种气度，
那就是傲气凌然地拒绝受辱；
这骄傲，美名远扬，凭德行才享有，
坚强的男儿在正直的辛劳中练就；
力量的骄傲，保卫着祖国的海疆，
全体英国人为此而夸耀，赞赏；
这骄傲，有生命，任何诽谤打不倒，
它是崇高的感情，误称作"骄傲"。

19世纪

威廉·布莱克

（William Blake，1757—1827）

　　威廉·布莱克是浪漫主义早期的重要诗人兼画家。他的父亲是在伦敦开服装店的小商人，家贫。布莱克的一生靠刻制版画为生。他生前以版画家的身份为人们所知，他的诗歌在当时默默无闻，并没有受到人们的重视。对布莱克诗歌的发现和研究主要是在 20 世纪，尤其是在 50 年代之后有一个热潮。这说明，布莱克的诗歌思想和诗歌艺术更多地与 20 世纪的诗歌美学倾向有相呼应之处，具有独特的审美价值。

　　由于是一位画家，布莱克对事物的形象有着天然的敏感。这种敏感也反映在他的诗歌创作中。新古典主义的诗歌强调抽象的理性，而布莱克的诗歌则一反刻板的理性说教，将形象甚至是视觉效果带入诗歌之中，使诗歌产生了新鲜生动的美学意境。他常常给自己的诗歌配上一幅幅图画，诗与画的相互衬托，相互交融，使他的诗歌更具意象的丰富性。然而，布莱克的诗歌并不缺乏深刻的思考。正相反，他的诗歌中充满了对理性，对科学，对宗教，对民主等的思索与探讨。他用鲜明的形象、富于激情的想象力以及敏锐的直觉来反叛理性主义和科学主义的权威。他热切地向往法国革命的民主思想，对下层人民的处境十分同情，对社会现实的丑恶，教会的腐败和虚伪给予了无情的揭露和批判。

但布莱克又是具有强烈的宗教信念的。他也将这场思想意识的变革与宗教的情感联系起来。他始终在思索上帝与人间现世的关联，认为人间的善与恶，革命与反革命，等等，都是正义的神与恶魔之间的争斗在现世的反映。事实上，布莱克的宗教思想是矛盾而复杂的。他相信宗教的力量和上帝的存在，并力图建立一个庞大、复杂而神秘的宗教体系，创作了一系列相关的诗歌。然而，布莱克在内心深处又是反体系的，是依赖于感官直觉的，这就使他的宗教情感和艺术思想产生了一定的矛盾，也使他的这部分诗歌充满了浓厚的神秘与象征的色彩。这方面较为成功的作品有充满智性与哲理的《天堂与地狱的婚姻》等。

然而，布莱克的诗歌最为引人注目的是他那些意象鲜明丰富、语言简单清新、风格淳朴自然的抒情短诗。《天真之歌》与《经验之歌》中的短诗成为众多选家的必选之作。它们一扫新古典主义的教条规范，抒发热爱生活、向往理想的真情实感。前者想象丰富，极具灵性，诗人用一颗赤子之心来观察这个大千世界，并表达对人生、对世界的感受与思索。尽管形式类似歌谣，看似简单，但其中的情感真挚动人。后者往往与前者相呼应、相对照，思想深刻，发人深省。

近年来的英国浪漫主义诗歌研究者，充分肯定了布莱克诗歌中的艺术特质及宗教文化对浪漫主义诗歌运动的影响。

扫烟囱的小孩（一）

我妈妈死的时候，我还挺小，
我爸爸卖了我，那时候我几乎不会叫，
不会叫"扫烟，扫烟，扫烟啊，扫！"
我现在扫你们烟囱，在灰堆里睡觉。

有个小汤姆·达克，鬈头发，像羊毛，
把他的头发剃掉的时候，他哭叫。
我说："汤姆，别叫唤，你的头剃光了，
煤灰就不能把你的银发弄脏了。"

他安静下来，就在那天晚上，
汤姆睡着了，见到了这样的景象：
狄克，乔，奈德，贾克……千万个
扫烟囱小孩被关进了黑棺材，加了锁。

来了位天使，拿着把发光的钥匙，
他打开棺材，放出了所有的孩子。

他们到草地上，又跳又跑又笑嚷，
到河里洗了澡，太阳下浑身闪亮光。

光身子，白皮肤，把口袋全都扔下，
孩子们升到云头，在风里玩耍。
天使说："你只要做个好孩子，汤姆，
上帝就做你的父亲，你永远幸福。"

汤姆醒了，我们起身在黑暗中，
拿起口袋，拿起扫帚去上工。
早上冷，汤姆却感到温暖又快乐，
有道是，只要尽本分，不必怕灾祸。

扫烟囱的小孩（二）

大雪天里有个乌黑的小东西，
"扫烟，扫烟！"他叫得惨惨凄凄！
"告诉我，你的爸爸妈妈在哪里？"
"他们都上了教堂，在祷告上帝。

"因为在家乡我总是欢欢喜喜，
就是在冬天雪地里我也爱笑；
他们便给我穿上这倒霉的丧衣，
还教我唱起这支凄凉的歌调。

"因为我总是高兴，又唱歌又跳舞，
他们自以为对我没给过损伤，
就跑去赞美上帝、神父和君主——
他们拿我们的痛苦来建造天堂。"

小男孩迷路了

父亲，父亲，你上哪儿去？
你别迈这么快的步。
父亲，对你的孩子说话呀，
要不然我会迷了路。

夜更暗了，父亲不见了，
孩子沾湿了夜露。
深陷进淤泥，孩子在哭泣；
烟雾向四面飘去。

小男孩找到了

小男孩迷失在荒凉的泥沼地里，
一线游荡的亮光给他指引，
他开始哭喊，可上帝在旁边，
穿一身白衣出现，像他的父亲。

他吻了孩子，挽着他的手
把他带给了他的母亲，
她凄惨愁苦，曾踏遍荒谷，
哭泣着把她的孩子找寻。

摇篮歌

睡吧，睡吧，漂亮的宝贝，
整夜在欢乐的梦乡酣睡；
睡吧，睡吧，在你的梦里，
小小的悲哀坐着哭泣。

可爱的宝贝，在你的脸上，
我看到有一种温柔的渴望。
秘密的快乐，秘密的微笑，
小小的狡黠，婴儿的机巧。

当我爱抚你柔软的脚和手，
好像有早晨的微笑偷偷
爬上你的脸，爬上你的胸，
小小的心啊就在你胸中。

啊，在你熟睡的心底，
有多少聪慧，有多少伶俐！

等到你小小的心儿苏醒，
可怕的黑夜就迎来黎明。

保姆的歌

听到草地上孩子们叫，
听到山头上孩子们笑，
我的心中，充满安宁，
世间万物一片静悄悄。

孩子们回家吧，太阳落山了，
夜晚的露水正来临。
来来，已经玩够，咱们得走，
等明朝天边太阳升。

不不，让我们玩，白天还没完，
我们不睡觉，不睡觉。
你看蓝天上，小鸟在飞翔，
还有羊群在满山跑。

好吧好吧再玩一回，直到天全黑，
再回家去上眠床。

小家伙们又跳又叫又是笑，
笑声在所有的山头来回响。

欢笑的歌

苍翠的树林在笑，一声声欢乐，
小溪泛起涟漪，欢笑着流过，
轻风同我们喜悦的智慧一起笑，
青山也在笑不停，一阵阵喧闹。

草地在笑，笑出了满眼鲜绿，
蝈蝈在笑，笑进了一片欢愉，
玛丽、苏珊、艾米莉她们姊儿仨
张开可爱的小圆嘴，唱着"哈哈哈"！

树荫下彩羽的鸟儿们送来欢笑，
我们的桌上摆满了核桃和樱桃，
来吧，来跟我一起过愉快的生活，
一齐唱"哈哈哈"，无比动听的歌。

荡着回声的草地

太阳升起，
满天欢喜；
快乐的钟声敲响，
迎接春光；
云雀和画眉，
林中的鸟类，
围着快乐的钟响
唱得更加嘹亮，
这时候我们游戏
在荡着回声的草地。

老约翰，白发满头，
笑着赶走了忧愁，
坐在橡树下面
老人们中间。
他们笑看我们玩耍，
他们都这样说话：

"当我们还是男孩女孩，
欢度童年时代，
我们也这样游戏
在荡着回声的草地。"
孩子们乏了，
再不能玩耍了；
太阳落山，
我们停止了游玩。
多少小妹妹小弟弟
绕着妈妈的双膝，
像小鸟归巢，
准备睡觉。
再不见孩子们游戏
在越来越暗的草地。

牧　童

牧童的运气多么美好，
从早到晚他四处来去；
他整天随着羊群转悠，
他满口说着赞美的话语。

他听见羊羔天真的叫唤，
他听见母羊亲切的回应，
他守护着，羊群就平安无事，
羊群知道牧童离它们很近。

鲜　花

快乐的快乐的麻雀
在丛丛绿叶下飞翔；
一朵幸福的鲜花
看见你飞去像利箭，
寻找你窄小的摇篮，
靠近我的胸膛。

可爱的可爱的红雀
在丛丛绿叶下哀伤；
一朵幸福的鲜花
听见你在呜咽，呜咽，
可爱的可爱的红雀
靠近我的胸膛。

百合花

腼腆的玫瑰花有刺无情；
温顺的绵羊有角吓人。
百合花白皙，充盈着爱的欢喜，
没刺没角玷污她光辉的美丽。

（方谷绣、屠岸译）

春　天

把笛子吹起！
现在它无声无息。
白天夜晚
鸟儿们喜欢。
有一只夜莺
在山谷深深，
天上的云雀
满心喜悦，
欢天喜地，迎接新年到。

小小的男孩
无比欢快。
小小的女孩
玲珑可爱。
公鸡喔喔叫，
你也叫声高。
愉快的嗓音，

婴儿的闹声，
欢天喜地，迎接新年到。

小小的羊羔，
这里有我在，
走过来舔舐
我白白的脖子。
你的毛柔软，
让我牵一牵。
你的脸娇嫩，
让我吻一吻。
欢天喜地，我们迎接新年到。

小小黑男孩

我母亲在南方的旷野生下我，
我是黑的，可是啊！我灵魂洁白；
英国的孩子有天使般白的肤色；
但我是黑的，像被剥夺了光彩。

我母亲在树荫下面教育我，
坐下来，趁白昼的热气还没来到，
她把我抱在她的膝上，吻着我，
她指着东方，开口对我说道：
看太阳升起，那儿居住着上帝，
他发出光芒，他放出热的辐射。
花草树木、野兽和人类早晨起
就受到安慰，到中午获得欢乐。

我们在大地上占有一小块空间，
我们好学着承受爱的光束，
这些黑身体和这个晒黑的脸

只是朵乌云，像是阴凉的林木。

当我们的灵魂学会了忍受炎热，
乌云会消失，我们会听到他的嗓音，
说："亲爱的宝贝，从林木中出来吧，
围着我的金帐篷像羔羊般欢欣。"

我母亲对我这样讲并且吻了我，
我对英国小孩子也这样讲说。
我从乌云里而他从白云里摆脱，
就围着上帝的帐篷像羔羊般快乐。

我给他遮阴，直到他受得住炎热，
我乐意在我们父亲的膝上倚着。
我将站起来把他的银发摩挲，
我愿意像他，于是他也将爱我。

（方谷绣、屠岸译）

"天真之歌"序诗

我吹着笛子走下荒谷,
吹着非常快乐的曲调,
我看见云端里有个小孩,
他笑着对我开口说道:
"你吹一支羔羊的歌儿!"
我就高高兴兴地吹奏。
"吹笛人,把歌儿再吹一遍!"
我再吹,他听得眼泪直流。

"放下笛子,那快乐的笛子;
把快乐的歌儿唱出歌喉!"
我引吭高唱那快乐的歌儿,
他听着,欢喜得眼泪直流。

"吹笛人,坐下来动手写吧,
写在书上,叫大家来念。"
他就在我的眼前消失了,

我采了一支空心的芦管——

我做了一支土气的笔，
我拿笔蘸着清澈的水滴，
写下了我那快乐的歌儿，
叫每个孩子听了都欢喜。

天真的预兆

一粒砂中见世界，
一朵野花里见宇宙，
你掌中握住无限，
一瞬间握住永久。

婴儿欢喜

"我没有名字；
生下来只两天。"
——我唤你什么呢？
"我很快乐，
我的名字叫'欢喜'。"
愿你有甜蜜的欢喜！

可爱的欢喜！
甜蜜的欢喜才两天；
我叫你甜蜜的欢喜；
你确实笑了；
我始终唱着，
愿你有甜蜜的欢喜！

爱的秘密

永远不要对你爱人说出来，
爱情是永远不能说明的；
要知道温和的风移动着，
总是静静地，无形地。

我对我爱人说了，说了，
倾诉了我整个的心怀，
我发抖，发冷，剧烈地恐惧——
啊！她竟然走开！

一位漫游者飘然而来，
在她离开我之后不久，
只是静静地，无形地，
叹一声，他把她带走。

羔　羊

小羔羊，谁造你的？
你可知道谁造你的？
谁给你生命，谁把你喂养——
在溪水边，在草地上；
还给你好看的衣裳，
最最细腻的，柔软又光亮，
还给你这么个软嗓音，
叫所有的山谷都喜欢听？
小羔羊，谁造你的？
你可知道谁造你的？

小羔羊，我告诉你吧，
小羔羊，我告诉你吧：
他①的名字跟你的一样，
因为他称自己为羔羊；
他是既温良又和蔼，

---

① 这首诗中的"他"指上帝。

他成了一个小小孩。

我是小孩，你是羔羊，

我们的名字跟他的一样。

小羔羊，上帝保佑你啊，

小羔羊，上帝保佑你啊。

毒　树

我对朋友发怒，
对他说了，怒气就消除。
我对仇人发火，
不对他说，火气就加多。

我日夜怀着恐惧
用眼泪浇那火气；
我又晒它，用微笑
和温软骗人的技巧。

于是它日夜生长，
结出只苹果发着光；
我仇人看见它闪熠，
他知道那果子是我的——

等黑夜隐蔽了苍天，
他偷进了我的果园；
早晨，我高兴地见到他
僵挺在那棵树底下。

伦　敦

我穿过每条出租的街道，
挨近出租的泰晤士河边，
我见到每个相遇的过客
脸上都显出痛苦与疲倦。

从每个人的每一声呼号，
从每个婴儿的每一声惊叫，
从每个嗓音，从每条禁令，
我都能听到心造的镣铐。

扫烟囱孩子的声声叫喊
震惊了每一座变黑的教堂，
不幸的士兵发出的哀叹
变成鲜血淌下了宫墙。

最是那午夜的街头，我听见
雏妓的诅咒从口中喷射，
耗竭了新生婴儿的眼泪，
用瘟疫使婚车变成枢车。

苍　蝇

小小的苍蝇，
你夏天的游戏，
我无意中挥手
把它抹去。

难道我不是
像你这样的苍蝇?
难道你不是
像我这样的人?

我这样跳舞，
饮酒并且歌唱，
直到有一只盲目的手
抹去我的翅膀。

假如思想是生命，
是呼吸，是力量，

而思想的匮乏

就是死亡——

那么我就是

一只快乐的苍蝇，

无论我是生者

还是亡魂。

老 虎

老虎！老虎！烈火般辉煌，
燃烧在黑夜里森林的中央，
什么样天神的手腕或眼神
能锻出你一身骇人的对称？

是什么遥远的荒海或昊天
烧成你这双眼珠的烈焰？
凭什么翅膀他敢于腾达？
什么手敢把这火焰猛抓？

什么样臂力，什么样手段
拗出你五脏六腑的肌腱？
你心的搏动已开始拍打，
你一双手脚有多么可怕！

什么样铁锤？什么样链条？
什么样熔炉里炼你的大脑？

什么样铁砧？什么样手掌？
狠抓住这全部恐怖和惊惶？

等群星抛下所有的金箭，
星星的珠泪洒遍了苍天，
他可会笑着观看这工程？
他造羊，是否把你也造成？

老虎！老虎！烈火般辉煌，
燃烧在黑夜里森林的中央，
什么样天神的手腕或眼神
敢锻出你一身骇人的对称？

玛丽·伊丽莎白·罗宾孙

(Mary Elizabeth Robinson，1758—1800)

　　玛丽·伊丽莎白·罗宾孙是18世纪后半期英国女诗人、作家、演员，娘家姓达比。1774年嫁与托马斯·罗宾孙为妻。1779年成为威尔士亲王的情妇。1775年出版诗集。18世纪90年代出版一系列作品，其中有十四行诗集《萨福与法翁》（1796），小说《凡曾札》（1792）、《自然的女儿》（1799）。她的诗歌作品受到湖畔派诗人柯尔律治的称赞。她的《抒情故事集》（1800）深受华兹华斯和柯尔律治的《抒情歌谣集》的影响。她去世后，她的女儿编辑出版了她的《回忆和遗诗》（1801）及《诗歌作品集》（1806）。由于品德上有问题，她的作品在她死后失去了不少读者。但自20世纪90年代以来，她的诗歌的生命力和灵敏的社会意识重新吸引了许多读者。

伦敦，一个夏季的早晨

谁没有经历过——一个夏季的早晨，
在嘈杂的伦敦，闷热的雾气中，醒来
听繁忙的市声？灼热的人行道上，
脏污的扫烟囱男孩，一脸煤黑，
一身破烂，放开嗓门叫："扫烟啦！"
唤醒懒睡的女仆。大门的旁边，
牛奶桶碰撞作响，小铃声叮当
宣告清道夫干活了，这时，整条街
被蒙在专横的尘雾中。四轮马车，
篷车，大车开始喧闹起来；
马口铁器皿店，嘈杂的旅行箱作坊，
磨刀匠，箍桶匠，尖叫的软木塞切割机，
出售水果的手推车，蔬菜摊贩的
吊胃口的吆喝，充塞在大街小巷。
一家家商店开门做不同的生意
清水洒过的人行道使每个过客
都感到脚底阴凉。在私宅门口，

健壮的女佣不停地挥动拖把，
惹恼了机敏的艺徒或漂亮的姑娘——
她拿着帽盒快捷地走过。太阳
把煌煌焰彩投向反光的窗玻璃，
只有帆布的窗篷向多彩的商品
投阴影。在美人竭诚微笑的店里，
漂亮的少女穿着整洁的服装，
安静地坐着，街上的过客透过
橱窗向里面窥视每一个美女。
美味的酥油饼抓住嗡嗡昆虫的
微细的眼睛，而粘满黏液的罗网
正等着俘获它们。点灯的工人
爬上轻便的梯子，敏捷又大胆，
把只剩一半的灯油灌满；他脚下，
酒肆的侍者在大声吵架。沿着
灼热的人行道，兜售旧衣的商人
单调地吆喝着，斜着眼睛察看
可以做生意的地段。于是，那袋子
狡猾地打开了，一套破旧的衣服
（有时候，是那卑劣的败家子从家里
偷来的宝贝）即以一半的代价
沉入轻信的心灵深处。搬运工
扛着重物走过炎热的大道，

穷困的诗人从繁忙的梦境醒来

描绘这夏季的早晨。

罗伯特·彭斯

（Robert Burns，1759—1796）

罗伯特·彭斯是苏格兰最伟大的诗人，是苏格兰民族的骄傲。他的诗集反映了苏格兰民族对自由的向往，对生命的执着，表现出他们积极高昂、无拘无束的奔放情感。正由于他诗歌中表现出的民族倾向和他真实的内心情感的流露，他被认为是 19 世纪英国浪漫主义诗歌的先驱。

彭斯生于苏格兰农民的家庭，十几岁时就在田间劳动，一生保持着农民本色。他自幼爱好民歌，很早就熟悉普通农民的语言和生活，并曾游历苏格兰高地。他的诗歌来自真实的农民生活，来自普通人和他发自心底的感受。这样的真情使得他的诗从一开始就远离了 18 世纪的新古典主义的诗歌传统，一扫陈腐刻板的雕琢痕迹和文人气息。彭斯对普通农民的接近使他的头脑里具有一种天然的民主精神。他对美国独立战争和当时的法国革命都抱有很高的热情。他的诗赞美淳朴高尚的爱情，宣扬自由、平等、博爱的民主思想，诗的风格和内容在当时都是独特而新鲜的，给沉闷的诗坛带来一股清新之气。他被当时的人们誉为"自然的天才"。

尽管彭斯家境贫寒，很少受到正规教育，但他勤奋好学，阅读了许多有关文学、宗教、哲学政治等方面的书籍，而这种自我教育又恰恰使得他能够不受任何束缚地自由思考，并将他对人生的思索，对理想政治的追求，对未来社会的展望，对强权的批判，对狭隘的宗教礼仪的嘲弄，等等，都融于苏格兰的民歌传统之中。因此，他对新古典主义的背离是他的艺术思想的自觉体现，也是他追求革命的民主思想和苏格兰民族精神的体现，而非出于完全的天然本能。他的很多诗，最好的诗，都是用苏格兰民歌体写成的。他的抒情诗语言自然质朴，生动活泼，优美而轻松，有很强的节奏感，许多都可以配上乐曲而传唱。《一朵红红的玫瑰》《我的心啊在高原》等作品，对苏格兰方言和民歌形式运用自如，充分发扬了苏格兰民间文学的口语风格和音乐性。他的讽刺诗写得尤具特色，内容深刻，语言锋利，刻画入木三分，写来或酣畅淋漓或慷慨激昂。

彭斯继承并发扬了苏格兰民歌传统，使得他的诗歌在当今的浪漫主义诗歌研究领域获得了相当重要的地位。在1993年出版的《新牛津浪漫主义时期诗歌》的序中，批评家认为彭斯对苏格兰民歌传统的多方传承，特别是讽刺与口语化风格，对浪漫主义诗歌的发展产生了重要影响。

彭斯除创作诗歌外还收集整理了大批苏格兰民歌，使许多即将失传的民歌得以保存。

我的心啊在高原

再会了，北国；再会了，高原；
勇武的故乡，才德的家园！
我虽然到处流浪，到处漂泊，
那高原的山岗，我将爱至永远！

我的心不在这里，我的心在高原，
我的心在高原——向鹿儿追赶，
追着野生的大鹿，还赶着马鹿，
我的心在高原，虽然我走得遥远！

再会了，盖满着白雪的高山，
再会了，翠绿的溪谷，草滩，
再会了，倒挂的野树，森林，
再会了，喧闹的激流，山泉。

我的心不在这里，我的心在高原，
我的心在高原——向鹿儿追赶，
追着野生的大鹿，还赶着马鹿，
我的心在高原，不论我走得多远！

玛丽·莫里森

玛丽呀，愿你出现在窗口，
我们约定的时刻已来到！
我只要看到你倩笑和回眸，
守财奴的珍宝就成了烂草；
我愿意愉快地承受苦恼，
一天又一天做苦工，累死人，
只要能得到无价的酬报——
可爱的姑娘玛丽·莫里森。

昨晚，在灯火辉煌的大厅，
舞步随琴弦颤动而蹁跹，
可是我坐着，眼不见耳不闻，
我的心直飞向你的身边。
尽管这个俏，那个像天仙，
还有那全城拜倒的美人，
我叹了一口气，对她们开言：
"你们都不是玛丽·莫里森。"

玛丽呀，有人甘心为你死，
你忍心让他不得安宁？
玛丽呀，他的错误只是爱你，
你忍心撕碎他一片爱心？
你即使不用爱回报爱情，
至少该给我一点儿怜悯；
一颗心冷若冰霜，不可能
属于可爱的玛丽·莫里森。

玫瑰花蕾

一

玫瑰花蕾，陪伴我步行，
走过庄稼包围的小径，
它轻轻弯下带刺的花梗，
在露珠晶莹的早晨。
黎明的薄雾还没有消散，
它展开灿烂深红的一片，
深深地低头，沾露珠几点，
它闻到早晨的清芬。

二

一只红雀，在灌木丛中，
痴痴地伏在巢里不动，
清凉的露珠滴在前胸，
在透出微光的早晨。
她很快会见到一窝雏鸟，
那是林中的欢悦和骄傲，

带露珠的绿叶间，新生命来到，
唤醒一天的早晨。

三

你啊，年轻美丽的好鸟，
你弦乐悠扬，嗓音美妙，
会满怀慈爱，细心照料，
关注你幼小的早晨。
你年轻欢快的花蕾甜香，
在白天放出艳丽的光芒，
祝福你双亲黄昏的慈光——
它们守望过你的早晨。

（屠笛、屠岸译）

可怜的母羊梅莉的挽歌

写诗哀悼，写文章哀悼，
让眼泪沿着鼻侧往下掉；
诗人的厄运终究难逃，
要挽救，已经迟了！
最大的悲痛，最后一遭；
可怜的梅莉死了！

不是因为丢失了钱币，
才流出悲哀愁苦的泪滴，
才叫诗人把丧服穿起，
悲哀地把头低了；
是因为失去了朋友，邻居——
可怜的梅莉死了。

梅莉曾跟着他走遍全村，
半英里外就能把他认准；
一见到他就柔声叫鸣，

向他奔过去了；
再忠诚的朋友无处可寻，
如今梅莉死了。

我知道梅莉是通情的母羊，
她一举一动都得体大方：
她从不踩破篱笆围墙
去把东西偷吃了。
诗人不出门，孤独凄凉，
因为梅莉死了。

有时从幽谷他漫步登山，
梅莉的崽子是梅莉的活翻版，
跑过来向着他咩咩叫唤，
讨一点面包吃了；
他的泪珠儿滚滚不断，
因为梅莉死了。

梅莉可不是荒原的野种羊——
粗糙的毛，难看的模样；
她祖先是从特威德河对岸远方
用船运到这儿的；
再也剪不到羊毛这样漂亮，
因为梅莉死了。

诅咒那首先起恶念的家伙，
他竟想出了可怕的绳索！
好心人见了都张口结舌，
几乎要吓死了；
罗宾的帽子上有黑纱戴着，
因为梅莉死了。

啊，杜恩河畔的诗人们！
请你们在艾尔①把风笛奏鸣！
来配合罗宾芦笛的清音！
齐奏悲歌哀诗吧！
他的心永远告别了欢欣！
他的梅莉死了！

---

① 诗人彭斯的故乡。

约翰·安得森

约翰·安得森，我爱的约翰，
想当年你我初会，
你一头美发像黑色羽毛，
你天庭饱满生辉；
如今你眉毛稀疏，约翰，
你头发银亮雪白；
祝福你晶莹如霜的白头啊，
约翰·安得森，我爱。

约翰·安得森，我爱的约翰，
咱一同登上了山岳；
约翰，你我一同度过了
许多欢快的岁月：
如今咱俩要踉跄下山了，
让我们搀扶着下来，
然后一同长眠在山脚下，
约翰·安得森，我爱。

长久的友谊

谁说可以忘掉老朋友，
可以不放在心里？
谁说可以忘掉老朋友，
忘掉长久的友谊？

为了长久的友谊，好朋友，
为了长久的友谊，
咱俩干一杯祝贺的美酒，
为了长久的友谊！

你自会掏出酒钱，老朋友，
我自会支付酒账，
咱俩干一杯祝贺的美酒，
为友谊山高水长。

咱俩曾奔跑在山间林旁，
把雏菊野花采遍；

咱俩在各地困顿流浪，
送走了悠长的时间。

咱俩在小河里蹚水笑嚷，
从清早玩到午时，
后来你与我相隔着重洋，
让悠长的时光流逝。

为了长久的友谊，好朋友，
为了长久的友谊，
咱俩干一杯祝贺的美酒，
为了长久的友谊！

我给你我的手，请把你的手
也给我，忠实的伙友！
咱俩痛饮祝福的美酒，
为友谊天长地久。

一朵红红的玫瑰

我爱人像朵红红的玫瑰啊，
六月里鲜花初放；
我爱人像支悦耳的乐曲啊，
奏得美妙而悠扬。

你美丽极了，可爱的姑娘，
我对你深深爱恋；
我将永远爱你啊，亲爱的，
一直到海洋枯干。

一直到所有的海洋枯干啊，
到阳光融化了岩石；
我仍然永远爱你啊，亲爱的，
只要生命不消逝。

多多保重吧，我唯一的爱人！
我跟你分别片时；
我会回来的，我的爱人啊，
哪怕千万里奔驰！

冬河岸

秀美的冬河沿岸的鲜花啊，
竟长得这样好看！
小鸟啊，怎么有兴致唱歌，
而我却满心忧烦！

你叫我心碎，美丽的鸟啊，
你在树枝上歌吟；
你使我想起快乐的往日——
我爱人还没有变心。

你叫我心碎，美丽的鸟啊，
你伴着爱侣歌吟；
我也曾这样坐着吟唱过，
不知道自己的命运。

我常在秀美的冬河边漫步，
看忍冬交缠生长，

小鸟都歌唱自己的爱情，
我也曾为爱情歌唱。

我曾高兴地从多刺的枝上
摘下一朵玫瑰花；
我那负心人偷去了花朵，
把刺儿给我留下。

致田鼠

（1785 年 11 月，她在巢里被犁翻出，有感）

光滑、畏缩、胆怯的小动物，
你啊，心里可充满了恐怖！
你不用急急忙忙地逃避，
一头向前冲过去！
我不会拿这把犁铧当凶器，
在后面把你追逐！

人的称霸，真使我歉疚，
割断了自然界相互的交流，
显然有一种恶意的存在，
使你一见我这个人——
你可怜的朋友，同样的凡胎，
便大吃一惊，慌了神！

我并不怀疑，你有时会偷，
这算啥？你得活，可怜的小兽！

一捆麦子里偷个把穗头，
这要求不算过多，
剩下的，我有幸足够享受，
不计较你拿去几颗！

你那小窝啊，已经被捣毁！
破墙壁经不起风儿一吹！
要造个新居却没有支撑，
连青草也难以找到！
阴郁的十二月即将来临，
冷风会凄厉地呼啸！

你见到田野荒芜，肃杀，
沉闷的冬季飞速地到达，
原指望在这里居住，一心想
舒服地躲过风暴，
没想到冷酷的犁铧一声响，
安乐窝彻底毁掉！

这小小一窝黄叶和残株，
你辛苦衔来，费多少功夫！
被扫地出门，功夫全白费，
丧失了安身的住房！
你怎样去抵挡严冬的雨雪

和寒冷彻骨的冰霜!

但是,鼠啊!你并不孤单,
并不是只有你前景黯然:
无论鼠或人,美好的愿望
往往是一场空欢喜,
留下的只有痛苦和悲伤,
哪儿有想要的福气。

跟我比一比,你还算幸运!
你只是在此刻遇到了不幸,
但是啊!我抬眼向过去回顾,
那全是惨淡与悲凉!
我向前瞻望,虽然不清楚,
猜得到,那总是恐慌!

玛丽·兰姆

(Mary Lamb，1764—1847)

玛丽·兰姆是查尔斯·兰姆的姐姐。她小时受过一些教育。玛丽的一生是不幸的。她因精神失常，于1796年的12月杀死了自己的母亲，并将一把叉子刺入父亲的额头。家庭的悲剧和自己的精神疾病给她带来极大痛苦。然而，她又是十分幸运的，因为她有一个理解她、体贴她、为了她而终身未娶的弟弟查尔斯。她在犯病时曾一度被送进精神病院，父亲去世后她便一直跟随查尔斯生活。他们在一起的大多数日子是十分愉快的。查尔斯的朋友们常到他们的家中聚会，其中有哈兹列特、李·亨特、胡德和华兹华斯一家等。哈兹列特曾说玛丽是他所认识的精神最健全的女人。这些聚会给她的生活带来了极大快乐。

玛丽自幼爱好文学，在这方面有着高度的敏感。她同弟弟查尔斯一起写了《莎士比亚戏剧故事集》（1807）。1809年，她发表了《雷塞斯特太太学校》和《给孩子们的诗》。她的书信在当时也受到人们的喜爱。

小孩和蛇

每天早上，母亲用面包
和牛奶把亨利喂得饱饱。
一天，这孩子拿着早餐
吃着，在潺潺的溪水旁边。
母亲允许他随便行走。
亨利就每天获得自由
走远。一天他母亲听到
他说起一只美丽的灰鸟。
他说，这只鸟儿真漂亮，
每天来跟他把早餐共享；
鸟儿爱他，也爱他的牛奶，
鸟身像丝绸，柔滑可爱。
——第二天早上她紧跟着亨利，
细心地注视着孩子端起
丰盛的早餐穿行过草地。
啊，她多么恐惧，焦急——
她突然瞧见这孩子拿着

面包和牛奶走近一条蛇！
他在草地上把宴席摆开，
挨着这可怕的客人坐下来；
那家伙正等着主人请客；
他们俩就开始一同吃喝。
深情的母亲！别喊叫，当心啊，
别发出一丁点声音，留神啊——
只要发出一丁点响声，
狡猾的蛇就会受惊——
假如他听到轻微的声响，
毒牙就会把孩子咬伤。
——不出声，不动，屏息凝神，
她只是在树荫底下站定。
她一声不响；很快看到
孩子举起了一把小勺，
朝蛇的头上轻轻叩打，
一点不害怕；接着又说话，
像是对亲密的伙伴言谈：
"灰头，回到你自己的一边。"
那蛇仿佛受到了责难，
看样子像要爬回另一边；
可是一会儿蛇又挨近，
母亲又听见孩子的叫声，
他拍拍蛇头："走远点，去！

灰头，我的话你要记住。"
危险过去了！她看见孩子
（转危为安，谢天谢地！）
站起身来对蛇说"再见"；
说"咱俩用过了早餐，
明儿个早上我会再来"；
——然后，他连蹦带跳地跑开。

（方谷绣、屠岸译）

詹姆斯·霍格

（James Hogg，1770—1835）

詹姆斯·霍格出生于苏格兰艾特里克森林，早年以牧羊为业。他开始写作生涯后，以"艾特里克森林牧羊人"知名。他的诗歌才能为司各特所发现。他把自己的作品《苏格兰边陲的吟游诗人》送给司各特，从此二人结为知己。1807 年，霍格出版《山林诗人》。1810 年，他移居爱丁堡。1815 年出版《女王在守候》，遂以诗人身份知名。他结识了拜伦、华兹华斯等文学界人士。此后他出版了《太阳的历程》（1815）和《苏格兰的英王詹姆士二世追随者残余》（1819）等，并不断发表散文作品。他最重要的作品是《一位被证明无罪的罪犯的回忆和自白》。1834 年，他出版《司各特传》。霍格去世后，华兹华斯写了一首诗《詹姆斯·霍格之死》以纪念他。《男孩的歌》是他早年森林生活的印记。

男孩的歌

哪里有深水潭，清亮的池塘，
哪里有鳟鱼睡得正香，
朝河流上游走，越过牧场，
就是我和比利要去的地方。

哪里有黑鸟把新歌唱起来，
哪里有可爱的山楂花盛开，
有雏鸟鸣叫着四散飞翔，
就是我和比利要去的地方。

哪里有收割人割庄稼最干净，
哪里有干草堆高高的一片青，
去跟踪小蜜蜂回归蜂房，
就是我和比利要去的地方。

哪里有榛树坡陡峭险峻，
哪里有阴影藏得深深，

哪里有胡桃纷纷落地上，
就是我和比利要去的地方。

为什么男孩们游戏的时候
要把可爱的小女孩都赶走，
还相互逗弄，殴打得厉害，
这事儿我永远说不明白。

可这事我明白，我喜欢游戏，
闯进干草堆，穿过芳草地，
朝河流上游走，越过牧场，
就是我和比利要去的地方。

威廉·华兹华斯

（William Wordsworth，1770—1850）

威廉·华兹华斯是英国浪漫主义大诗人，是"湖畔派"的主要代表。他在《抒情歌谣集》序中提出的诗歌主张，对改变 18 世纪的新古典主义诗风、开创浪漫主义诗歌运动起到了重要的推动作用，他被认为是英国浪漫派诗歌及其理论的创始人。他的诗歌对此后英国诗歌的发展走向产生了巨大影响。

华兹华斯生于英国中部的考克茅斯，位于风景秀丽的湖区。诗人小时候就在湖区附近的霍克斯海德寄宿学校就读。他深爱那里美丽的自然风光，性情深受大自然的陶冶。同时他也了解生活在那里的普通农民，对他们充满同情。1787 年，诗人进入剑桥大学的圣约翰学院，但反感那里刻板的教学模式，怀恋向往大自然。此间，他曾随同好友游历阿尔卑斯山。

大学期间的华兹华斯受到法国大革命思想的影响，憧憬启蒙运动所主张的自由、平等、博爱，并于 1790 年和 1792 年两次前往法国，亲身体验那里的革命热潮。但是，他的思想在革命的后期产生了转变。由于革命愈发残酷，英法两国又爆发了战争，国内的民主思潮受挫，物价飞涨，人民生活困苦，等等，华兹华斯对他早年所抱有的对革命的理想产生反思和疑虑。他开始转向自然，探讨自然与人生的关系，到自然中去寻求人生的真谛，写出了大量充满民主意识和深刻思想的优秀诗篇。以前国内的华兹华斯研究者认为他背离了法国革命的思想，遁迹于自然山水而逃避人生，因此认为他思想消极保守，甚至是"反动的浪漫主义"，这是错误的。事实上，华兹华斯对法国的革命进行反思并转向自然山水并非逃避人生，恰恰相反，这是他一心寻找真正的人生，探索人性的开始。他认为人只有在自然中才能获得真正的人性，获得爱心，获得理想、高尚的生命源泉，获得精神上的升华与近乎神明般的灵性，这是对人生的关注与介入，绝非逃避。他对生活的热爱，对生命的渴望，对普通人民的同情，也不能等同于中国的老庄思想。

在《抒情歌谣集》序中，华兹华斯对诗歌内容、风格、艺术形式以及诗歌的作用和诗人的作用等等，一一进行了阐述，这篇序被认为是浪漫主义诗歌的宣言。如他提出，好诗必须是强烈情感的自然流露，诗歌要写普通人的日常生活，诗歌语言须是朴素、生动而真实的语言，诗歌是"人与人之间的谈话"，等等。这些思想一反18世纪新古典主义的"诗歌辞藻"和刻板的诗风，扭转了形式主义和感伤情调给诗歌造成的矫揉造作之弊，给当时的诗坛带来清新自然的气息。

华兹华斯创作了大量感情真挚，语言朴实无华，同时思想深刻，内涵丰富并充满哲理的优秀诗篇，成功地实践了他的理论主张。重要的诗作除《抒情歌谣集》外，还有长诗《序曲》《远游》等。《序曲》记录了他的思想成长的过程。他笔下的自然时而恬静优美，时而神秘而变化莫测，它能给人带来思考，以及精神与情感上的慰藉，同时自然万物也正是因为人的存在、人性的存在而具有了活力。他的诗感情真挚动人，语言朴实而意境深远。在许多诗中他都描写了普通人的生活和他们的情感，抒情与叙事相结合，有的富有戏剧性，表现出他的叙事才能。他的诗歌既有慷慨昂扬的激情勃发与震荡，又有寂静幽远的含蓄与沉思，将觉醒的个性意识与超凡脱俗的神圣情感融合在一起，使人遐想，令人回味。

1843 年，华兹华斯被授予"桂冠诗人"的称号。诗人晚期作品数量虽不少，但大多平庸，只偶尔有佳作。但这并不影响他作为大诗人的地位。

阿丽丝·费尔①
——贫　穷

车夫用可惊的速度赶车，
威胁的乌云已侵没月亮；
我们疾驰的时候，我耳朵
听到了一种撼人的声响。

我一次又一次听见那声音，
像风儿吹往许多方向；
它似乎在跟着马车前进，
我听见那声音老不变样。

最后我把马车夫喊住；
他立刻动手拉紧了马缰，
可是，听不到喊叫或哀哭，
也再听不到这一类声响。

---

① 这首诗是作者应友人格雷厄姆之请于1802年3月写的。诗中所述乃格雷厄姆所遇的实事，"我"即格雷厄姆。阿丽丝·费尔是小姑娘的真实姓名。

于是马车夫再挥起鞭子，
马又在雨中疾驰向前方；
可是狂风中那声音又起，
我让马车夫再停下车辆。

随即我从马车上跨下来，
说："哪来这可怜的哀唤？"
这时我发现一个小女孩
独自坐在车厢的后面。

她高声哭着，十分哀切，
"我的外套！"她不说别的话，
她纯洁的心儿像快要碎裂；
接着，她从座位上跳下。

"怎么啦，孩子？"她哽咽着讲，
"看这儿！"我看见，绞在车轮中，
一件风雨剥蚀的破衣裳，
像园中稻草人，还在摆动。

在车轴和轮辐中间轧牢，
那衣服一下子不能拉起；
可我们合力拉出了外套，

真是一件可怜的破衣！

“路上这样的寂寞凄苦，
今晚你要去哪儿，小孩？”
她半粗野地回答：“德勒姆①。”
“那么就跟我到车厢里来。”

毫不理睬一切的劝慰，
这女孩坐着，让人可怜，
她抽噎不止，她的伤悲
似乎永远、永远没完。

“你家在德勒姆住吗，小孩？”
她暂时抑止了自己的哀伤，
说：“我叫阿丽丝·费尔。
我没有爹呀，我也没有娘。
我是德勒姆人，先生。”
她那念头好像又要
塞住她的心，她更加伤心，
全为了那件破烂的外套！

马车继续向前飞奔；
终点近了，她坐在我旁边，

———————————
① 英国东北部德勒姆郡的首府。

好像失去了唯一的亲朋，
她老是哭着，不听人劝。

我们在旅店门口停住；
我讲了阿丽丝和她的悲哀；
我把一笔钱交给店主，
请他去买一件新的外套来。

"去挑一件灰色呢子衣，
一件最能保暖的新外套！"
第一天，小孤儿阿丽丝，
啊，她变得多么骄傲！

露西·格雷

——孤　寂

我多次听说过露西·格雷；
只一回，我经过野外，
天刚亮，一个偶然的机会，
我见过这孤独的女孩。

露西没伙伴，也没友朋；
她住在广阔的草原上，
——自古以来最可爱的生灵啊，
生长在人间的门旁！

你仍然可见到野兔在绿草中，
可见到小鹿在游玩；
但露西·格雷甜蜜的面孔，
却永远不会再看见。

"今儿夜晚将有暴风雨——
你得到镇上去一次；
带盏提灯去给你妈照着路
走过那雪地，孩子！"

"这个嘛，我挺愿意去，爸爸！
现在还没到下半天——
教堂的钟声刚打了两下，
月亮还远在那边！"

这时候她父亲举起弯刀，
把捆柴的绳箍劈开；
他勤奋干活；露西随后
把提灯拿了起来。

山上的小鹿不比她更欢悦：
一路上她动作顽皮，
踢着那粉末似的白雪，
雪片像烟雾般扬起。

想不到，暴风雪提前来临，
她踉跄着下山又上岗；
露西爬过了不少山岭，

但永远没到达镇上。

整整一夜，可怜的爹娘
出门到处去喊叫；
但没有形迹也没有声响
来给他们做引导。

到拂晓，他们登上了一条
俯瞰这旷野的山梁；
他们见到了一座木桥，
在离家二百米的地方。

他们流泪了——回家去，哭叫：
"让我们在天国重逢！"
——忽然，她的母亲觉察到
雪地上有露西的脚踪。

他们从险峻的山坡走下，
追随着小小的足迹；
穿过那破损的山楂篱笆，
沿着长长的石壁。

然后跨过开阔的野地，
脚印依然如前；

他们追踪着，决不让它丢失，
终于到达桥边。

继续追踪着一个个脚印，
他们从积雪的岸边
一直追到桥板的中心，
脚印便不再看见！

——然而有人说，直到今日，
她仍是活着的孩童；
你可以看见可爱的露西
在那寂寞的旷野中。

她遨游着越过平坦和崎岖，
永远不回头张望；
还唱着一支寂寞的歌曲，
歌声在风中鸣响。

我们是七个

——单纯的孩子，
呼吸得愉快安详，
感到生命充沛在四肢，
怎知道什么是死亡？

我遇到一个农家小姑娘，
她说，她今年八岁；
她的头发纷披在头上——
一卷卷，一绺绺丝穗。

她带着乡土和林野的气味，
衣服也十分土气；
她眼睛可美了，非常地美；
——她的美使我欣喜。

"小姑娘，你们一共有几个——
几个姊妹兄弟？"

"几个？一共七个。"她说，
看着我，有点儿惊奇。

"他们在哪儿？请你告诉我。"
她回答："我们七个人，
当中有两个在康韦住着，
两个在海上航行。

"还有我姊姊和哥哥两个人
躺在教堂的墓地；
坟场边，小屋里，离他们挺近，
我跟妈住在一起。"

"你说两个在康韦住着，
两个在海上远航，
可你们总共有七个！——你说说，
这怎么可能，好姑娘！"

"我们男孩儿女孩儿共七个，"
小姑娘这样回答，
"有两个在教堂墓地里躺着，
在墓地的树荫底下。"

"小姑娘，你会跑会蹦，

你的手脚多灵活；
那两个已经躺在坟墓中，
你们只剩下五个。”

"坟头草青青，一眼看得清，"
小姑娘这样开言，
"离我家门前，十二步多一点，①
两座坟紧紧相连。

"在那儿我时常织我的长袜
把手帕儿四边缝合；
在那儿我时常就地坐下，
为哥哥姊姊唱歌。

"先生，只等太阳落山后，
在晴朗明亮的黄昏天，
我总是拿起小粥碗往前走，
到他们身边吃晚饭。

"琪恩姊姊头一个离去；
她躺着哼叫不休，
上帝不让她再受痛苦；

---

① 原诗各节韵式均为交韵，即 abab（第一行与第三行押脚韵，第二行与第四行押脚韵），此节是例外，第一行与第三行不押韵，却在行内押韵。译文依之。

她就一去不回头。

"她让人家安放在墓地；
当青草干枯的时候，
我哥哥约翰跟我游戏，
在姊姊坟墓四周。

"等到地上下满了白雪，
我可以奔跑溜滑，
约翰哥哥也只好离别，
在姊姊身旁躺下。"

"两个已经在天国，"我说，
"那你们还剩几个？"
小姑娘回答我不假思索：
"先生，我们是七个。"

"可他们死了，那两个死了！
他们的灵魂在天国！"
我的话全是白费唇舌；
小姑娘仍然坚持这样说：
"不，我们是七个！"

给雏菊

在这个大千世界里，既然
我无事可做，没什么可看，
雏菊啊！我又来和你闲谈，
你听我谈话最相宜，
你啊，大自然平凡的产儿，
心地谦逊，面容朴实，
却又带点儿优美雅致——
爱心给你的赠礼！

我常在缀满花朵的草地，
悠闲地坐着，用比喻做游戏，
用无拘无束的各类标记——
由你引起的联想；
我给你起了多少个亲昵、
无谓的名字，称赞你，责备你，
这是我来了兴致，老脾气——
而我正对着你凝望。

娴静的修女，举止谦卑；
活泼的侍女，在爱神的官闱；
天真无邪的少女，因而被
种种诱惑所愚弄；
头戴宝石金冠的女王，
衣衫单薄，饿瘦的儿郎，
这些是给你的名称，好像
对你全都挺适用。

小小的赛克洛①，独眼圆睁，
正发出威胁，公然抗命——
这想法出现，只有一瞬，
怪念头一闪而逝，
那形象会消失，可是，看！
一面盾，银盾的金饰鼓鼓圆，
自己张开，庇护着厮杀间
无比勇敢的小仙子。

我看见你在远处亮晶晶——
你变成一颗漂亮的小星星，
虽然不如天上的一群群

---

① 赛克洛（Cyclops），即库克罗普斯，希腊神话中西西里岛的独眼巨人，一只
眼生在前额正中。

星辰那样灿烂！
仍然像颗星，羽冠在闪烁，
你亭亭玉立，安闲自若——
谁要是呵斥你，但愿这家伙
永远得不到平安！

可爱的花儿！梦幻的遐思
过去了，我终于用这个名字 ①
呼唤你，而且要永远坚持，
安静可爱的生灵！
阳光下，大气中，你跟我同呼吸，
请一如往常，给我以欣喜，
让我分享你温良的心地，
这样来医治我的心！

① 指上一行的"可爱的花儿"。

给布谷鸟

快乐的新客啊！我听见了你的歌，
我听见了就感到欢欣；
布谷啊！我可以称你为鸟吗，
还只是个流荡的声音？

如今，我正躺在草地上，
听见了你双重的叫唤①；
那好像越过了重重的山岗，
同时临近又遥远。

虽然你只向山中幽邃
絮语着阳光和花朵，
你却给我带来了一个
如梦似幻的传说。

欢迎再欢迎啊，春天的宠儿！

---

① 布谷鸟叫声为"咕咕"，故曰"双重"。

我感到你仿佛不是鸟，
你只是一团看不见的灵气，
一声叫，一种奥妙。

那声音，当我还是个学童，
我就听见过；那歌唱
促使我向灌木、树林和天空
百遍千遍地张望。

为了寻找你，我浪游在野外，
穿越过树林和绿原；
你始终是一个希望，一种爱，
被渴求，却永远不见。

此刻，我依然可以听到你；
可以在野地上躺下来
听你唱歌，直到我再一次
回到那黄金的时代。

吉祥鸟啊！我们漫步的大地
如今看上去又好像
成为仙境了，空灵幻异，
这正好是你的家乡！

露西抒情诗 ①

一

我经历过奇怪的激情：
我也敢于说出——
可是只向着情人的耳根——
有一次我遇到的事故。

我爱人一天天看上去鲜艳得
像六月里开放的玫瑰花，
我绕道走向她的茅舍，
在黄昏，在月亮光下。

越过广阔的草原，我眼睛

---

① 这五首以露西为内容的抒情诗，作于1799年至1801年间，是诗人最著名的代表作的一部分。露西是一个天真、美丽的农家女孩，不幸早夭。有人说露西实无其人，有人说确有其人，是华兹华斯幼年时的好友，诗人对她倾注了终生不渝的感情。柯尔律治曾说其中的一首《沉睡锁住了我的灵魂》写的是华兹华斯的妹妹多萝西。华兹华斯不以写感情浓烈的爱情诗闻名。这五首怀念露西的组诗，则以清丽、深沉并富有哲理见长，成为英国诗歌中脍炙人口的名篇。

向月亮紧紧盯住；
我的马加快步子，走近
我十分珍爱的小路。

现在到达了果树园；接着
我们又登上山径；
下沉的月亮向露西的茅舍
挨近而又挨近。

我沉入一片可爱的梦乡，
大自然最温柔的恩物！
而我始终把眼睛朝向
下沉的月亮盯住。

我的马继续举步向前，
一蹄又一蹄，不停下；
这时，朝茅舍屋顶的后面，
那月亮突然沉下。

多么愚蠢而任性的想法
会潜入情郎的头脑！
我对自己喊："哦，天哪！
只怕露西会死掉！"

二

她住在没人到的幽径，
鸽泉① 的近旁，
一个没有人赞美，少有人
钟爱的姑娘。

一朵紫罗兰，一半隐蔽
在苔石旁边！
美得像粒星，且只有这一粒
闪耀在高天。

她默默无闻，很少人知道
露西啊已经夭亡；
她躺在坟里了，可我呢，噢，
只觉得天地变了样！

三

我曾经漫游在陌生的人群里，
在海外的国度旅行；
英格兰啊！到那时我才知悉
我对你有怎样的深情。

---

① 指鸽河（Dove River，即达芙河，在英国中部达比郡）的源头。

已经过去了，那忧郁的梦
我不会再向你告别；
因为，我似乎感到我的心
爱你啊越来越深切。

在你的山峦中我感受到了
我所渴望的喜欢；
我爱恋的她呀，也摇着纺车
在你英国的炉边。

你的晨昏照亮又隐藏了
露西游戏的亭榭；
而露西的眼睛最后眺望的
也是你英国的绿野。

四

她生长在阳光和雨水中三载了；
大自然于是说："没比她更可爱的
花朵在泥土里茁长；
我要把这孩子领给我自家；
她该是我的，我将使她
成为我自己的女郎。

"对我的这个亲人，我自己
同时是法则和动力；跟我一起，
这女孩，在平原和山岩，
在林地和树荫，在地上和天上，
将感到有一种俯视的力量
来抑制或者点燃。

"她将如小鹿一样会游戏，
会欢喜得发疯般跳过草地，
或者跃上山岭；
她会有芬芳温馨的呼吸，
她会有属于静止的无生物的
沉默以及和平。

"浮云将把自己的风度
借给她；杨柳将为她弯曲；
就连在暴风雨的运动里，
她也不会看不见优美——
优美用静默的交感，就会
塑成这姑娘的形体。

"夜半的星星对她将十分
亲近；她将把耳朵靠近
许多隐蔽的地方

去倾听任性地跳圆舞的小溪，
从潺潺的水声中诞生的美丽
将走进她的脸庞。

"欢乐的生气勃勃的情操
将使她达到健美的身高，
使她的处女胸扩展；
我要把这些思想给露西，
既然她和我生活在一起，
在这快乐的深山。"

大自然说了——工作已完成——
露西太快地奔完了路程！
她逝去了，留给我这荒原，
这平静，以及静寂的烟岚；
还有对曾经有过而永远
不再有的情景的忆念。

五

沉睡锁住了我的灵魂；
我不再有人类的忧惧；
她好像物化了，不再感应
尘世岁月的抚触。

她不再有力气，也不能行动；
什么也听不见看不见；
她跟着地球每日的行踪，
随岩石和草木旋转。

水　仙

我踽踽独行，像一朵孤云
高高地飘过深谷和山巅，
突然，我见到眼前一大群、
一大片金光灿灿的水仙，
在树荫之下，在湖波之旁，
随微风不断地舞蹈，跳荡。

花儿绵延着，有如那太空
银河里无数星光璀璨，
这一片鲜花伸展向无穷，
一路沿着那水湾的边缘；
我一瞥就见到了千百万朵
在欢舞之中把头儿颠簸。

旁边的水浪也在欢舞，
花儿却远胜快活的湖波；
有一群如此欢悦的伴侣，

诗人怎能不无比快乐！
我望着，望着，而极少领悟
这景象给了我怎样的财富。

因为，我时常倚卧在榻上，
愁思冥想，或惘然若失，
水仙就照亮我内心的眼睛，
这是孤独时欢乐的极致；
于是我的心就充满愉快，
和水仙一同舞蹈了起来。

廷腾寺^①

五年过去了，五个夏季，和五个

漫长的悠悠冬季！我再次听到

河水^②，从山上源头滚滚流出来，

发出内陆河流温柔的潺潺声。

我再次见到陡峭高耸的悬崖

使荒野幽僻的自在风物熔铸于

更加弃绝尘寰的思想意绪中；

使地上景色和宁谧苍穹连起来。

这一天终于来到了，我再次休憩

在这里、西克莫^③幽暗的荫下，观看

① 本诗原题全译应为《旅途中重游瓦伊河岸，作于廷腾寺上游数英里处的诗行》，一般简称为《廷腾寺》。廷腾寺是已经倾圮的中世纪寺院，位于英格兰西南部蒙茅斯郡瓦伊河畔。华兹华斯曾于 1793 年 8 月来此游览；五年后的 1798 年 7 月，华兹华斯偕妹妹多萝西旧地重游，写出这篇名作。华兹华斯后来提及此诗时写道："我的诗没有一首写于这种心情中，没有比这次心情更愉快、更值得回味的了。我渡过瓦伊河，离开廷腾寺时开始动笔，历经四五天的漫游，和妹妹在一起，恰在傍晚进入布里斯托尔时写完。到达布里斯托尔之前，诗中没有一行改动，全诗各部分尚未定稿。"
② 指瓦伊河，英国主要河流之一，发源于威尔士，在廷腾以南入海。
③ 《圣经》中的桑树。

村前的片片土地，果树小丘，
在这个季节，果子还没有成熟，
果树披一身翠绿的颜色，隐没在
矮树和丛林中间。我再次看见
灌木树篱，几乎说不上是树篱，
欢闹的细树枝乱窜；一片片牧场，
绿色延伸到门前；袅袅的炊烟
向上升起，静静地，从树林中间！
凭一些捉摸不定的征兆，烟也许
来自林中流浪的无屋居民们，
或来自隐者的洞穴，穴中火堆旁
隐者独坐着。

这样美丽的景象，
经过多年的阔别，对我并没有
仿佛对盲人那样，失去吸引力：
我时常在陋室独处，受到城镇
喧嚣的干扰，就感谢那美景慰我于
疲惫的时刻，赋予我甜美的激情，
渗入到血脉，引发心房的颤动；
甚至直穿透我的清纯的灵性，
使之回复到安宁——同时召回了
已经忘却的欢愉。这些，或许
产生过并非微不足道的影响

施加于善良人①无比美好的年华，

使他发善心、爱心，做几件无名的、

被人忘却的小事。而且我确信

美景还曾授予我另一件更加

崇高的礼物：那就是圣洁的心态。

这种心态，使人生之谜的负担，

使不可思议、无法索解的尘世

导致的困倦和重压得到缓解

而豁然开朗——在安详圣洁的心态里，

柔情领我们向前去，温馨而和蔼，

直到这肉体似乎停止了呼吸，

甚至于体内血液的循环流动

也几乎终止了，躯壳沉入了昏睡，

我们却成为飞动的灵魂：万类的

和谐与喜悦激起深沉的力量，

赋予我们以清明澄澈的目力，

而得以洞察生命的本质。

难道说

这只是空洞的信念？不啊，多少次

在黑夜阴沉，在白天郁郁寡欢，

乱象纷呈；徒然无益的烦恼

和骚动、尘世间焦躁不安的病热

使我的心脏悸动，下坠，这时候，

---

① 指作者自己。

多少次，我潜思默想而转向你啊，
你穿越葱郁森林而漫流的瓦伊河！
我的灵魂多少次向你飞去啊！

如今，思维闪光的余烬又燃起，
多少次追念，隐约朦胧地辨认，
稍微带点儿困惑，有几分伤感，
印入心灵的图景重新活起来；
如今我站在这里，不仅感受到
目前的欢悦，而且欣喜地得悉：
此刻已经存贮着未来年月的
生机和养料。我敢于如此期望——
尽管，毫无疑问地，我已不同于
初到山野的旧我；当年① 我如同
一只小鹿，奔跃于崇山峻岭间，
欢跳过深涧的岸坡，幽僻的清溪，
听凭自然的安排：仿佛是对于
所爱事物的追求，却更像逃离
可怕事物的阴影。因为自然
（我的童年岁月里粗拙的欢欣、
小兽般快乐的动作已一去不返）
是我一切的一切——我无法描写
我那时的模样。轰响的飞瀑急湍

① 指五年前作者 23 岁时。

时时热恋般萦绕在我的心头，
高山，悬岩，浓荫幽邃的深林，
多姿多彩，形影交叠，都成为
我的乐趣；那种感受，那种爱，
完全没必要由想象提供另外的
旖旎妩媚，也无须从视觉以外
借来些逸兴雅致——那年代远去了，
一切令人心疼目眩的欢乐
和狂喜如今都已经消逝。对此
我并不抱怨或茫然若失；另一些
收获随之而来了；我相信损失
会得到丰盈的补偿。我已经懂得
怎样去观察自然，不再像是个
没有思想的少年；我经常聆听
这肃穆而又哀伤的人生乐曲，
不粗陋，不刺耳，却有足够的力量
来纯化心灵，驯化天性。我感到
某种神性的存在，以崇高思想
蕴含的喜悦惊动我；我更庄严地
感觉到某种渗透深情的品质，
寄寓于落日的霞光，浑圆的海洋，
寄寓于清新的空气，蔚蓝的天空，
同时寄寓于人类的心灵之中：
一种意向，一种精神，推动着

一切思维的主体和思维的对象，
在天地万物间运转。于是我依然
故我，深爱着草原和森林，深爱着
高山险峰，深爱着葱郁大地上
呈现的一切，深爱着耳目所接的
大千世界的一切——包括视听
初步的感知和一半的创造①；我深感
欣慰于能从自然和感官的语言中
找到我纯真企望的支柱，认知
我的心灵的保姆、导师、守护神，
我全部精神本真的魂灵。

即便
我不曾受过这样的陶冶化育，
我的天生的活力也不会衰退：
因为有你陪伴我，在这片风光
优美的河边，你啊，亲爱的伙伴②，
最亲最爱的伙伴！从你的嗓音
我听到我昔日心灵的语言，从你那
天然闪射的目光中，我又重温
早年的欢乐。哦！再看你一会儿，
从你的音容看到我过去的自己，

① 诗人认为，感官不仅客观地接受也能主观地感知，因此是一半的创造。
② 指诗人的妹妹多萝西。

亲爱的妹妹！这就是我的祈愿，

因为我确信自然决不会亏待

爱她的心灵；她① 具有特殊的功能，

会引导我们穿越一生的岁月，

从欢乐到达欢乐；她能够渗透

我们内心的智能，能够让我们

沉浸在美境和静境中，用崇高思想

哺育我们，因此，詈骂和诽谤，

粗暴的指责，利己狂徒的讥嘲，

不怀好意的问候，以及一切

日常生活中枯燥乏味的交往，

都不能压服我们，也不能打乱

我们由衷的信念：我们见到的

万物都受惠于天赐。那么，让月亮

洒光照亮你独自款步的身影；

再让山岭间带着薄雾的轻风

一阵阵向你吹拂；今后的岁月里，

当这些心醉神迷的狂喜成熟为

一种恬静的怡悦，当你的心胸

成为一切良辰美景的邸宅，

你的记忆里寓居着无数美妙而

和谐的弦管鸣奏；哦！那时候，

假如孤寂或恐惧、痛苦或悲伤

① 指自然。

攫住你，你就会想到我，给你带来
温婉的欢悦，愈合创伤的思念，
和我的这些劝勉的诗行！也许，
有一天我离开尘世，再不能听到
你的声音，不能见到你天然的
目光里逝去的华彩——那时候，你仍然
会记得我们并肩站立在这条
怡情悦性的溪河边，会记得
我始终是个自然崇拜者，不倦地
来此地向自然朝圣，对她的钦慕
越来越热烈——哦！极端深沉、
极端圣洁的爱啊！你不会忘记，
经过了远方浪迹，多年阔别，
我觉得这些峭岩，参天的林木，
葱郁的牧野，更加亲切可爱了——
因它们自身，也由于你的缘故！

孤独的割禾姑娘

看她啊，一个人在那边田野上，
那孤独的苏格兰高地女孩！
她独自收割，又独自歌唱；
停下吧，或悄悄走开！①
她自己捆起割下的谷子，
又唱着一支悲凉的曲子；
听啊！这山谷如此深沉，
也都溢满了她的歌声。

没夜莺能唱出比这更为
亲切的歌音去安慰阿拉伯
沙漠里树荫深处的一队队
困顿疲惫的旅客；
春天有声声杜鹃的清歌
打破了无边大海的沉默，

---

① 这里跟第一、二行同一口吻，是对第三者说话，请他停下来听，或走开，不要打搅女孩的歌唱。

响彻遥远的赫布里岛群①，
也没有这样地撼动人心。

谁能告诉我她唱的内容？
也许那悲哀的歌声是咏唱
往昔的不幸，旧时的伤痛，
古代人征战在沙场？
或只是更为平凡的辞章，
诉说着今天普通的家常？
常有的忧虑、损失或痛苦，
从前有，今后也不会消除？

这姑娘唱的是什么且不管，
她似乎要永远唱她的歌谣；
我见她一面唱歌一面干，
她弯腰挥动着镰刀。
我凝神伫立，静听她歌唱，
后来，我举步登上了山岗，
那已经不再听见的音乐
还响在我心头长久不绝。

———————

① 指苏格兰西面大西洋中的赫布里底群岛，分内赫布里底群岛和外赫布里底群岛，由大小数百个岛屿组成。

未访的雅罗河 ①

从斯特灵城堡 ②，我们看见
曲折的福斯河自由奔腾，
我们在克莱德河、泰河岸漫步，
又沿着特威德河旅行；
我们到达克洛文福的时候，
我"可爱的伙伴"③这样说：
"不管怎么样，我们该转身
去看看雅罗河斜坡。"

"让雅罗居民在赛尔柯克城
做完了买卖生意
就回到自己的雅罗河边，

---

① 华兹华斯崇尚想象中的美，亦即心灵中的美。这首诗抒写的是，诗人认为想象
中的风光胜过真情实景，它给诗人的心灵带来慰藉，作于 1803 年，被收入 1807
年出版的诗集中。
② 斯特灵城堡，以及下面提到的福斯河、克莱德河、泰河、克洛文福、雅罗河、
塞尔柯克城、特威德河、伽拉河、里德河、德莱堡、逖维谷、勃恩坊牧场、圣玛丽湖，
都是苏格兰的城堡名、河名、城名、湖名、地名。
③ 指诗人的妹妹多萝西。

姑娘们都回到家里！
让苍鹭在雅罗河岸啄食，
让兔子掘洞，蹲卧，
我们沿特威德河道顺流下，
不要去访问雅罗河。

"伽拉河水，里德河滩
就在我们的前方，
还有德莱堡，红雀在城边
跟特威德河水合唱；
还有逦维谷，经过犁耙
变得生机活泼；
为什么要花有用的一天
前去寻访雅罗河？

"雅罗不就是条河，没树荫，
在暗的山谷间流淌？
同样的地方有千千万万个，
值得你衷心向往。"
这些话像是贬低和轻蔑，
我的亲人一声喟叹，
看着我，心想我讲雅罗河
竟用这样的语言！

我说："雅罗河流域绿葱葱，
雅罗河流得挺舒畅！
山岩上挂的圆果真正美，
也只好让它自己长。
越过山径和开阔的大溪，
我们要游遍苏格兰，
可是，尽管近，我们也不要
转身去雅罗河滩。

"让家养母牛和公牛共享
勃恩坊牧场的鲜草；
让圣玛丽湖上的天鹅
和倒影双双浮飘！
我们不去看它们，今天
或明天我们都不去；
只要在心中有条雅罗河，
我们就心满意足。

"只能如此：不去看雅罗河！
否则我们会懊悔，
我们已经有自己的想象，
为什么要把它拆毁？
可爱的伙伴啊，长期酝酿的
珍贵的梦境要保住！

一旦去看了，尽管美，那将是
另一片雅罗河谷！

"假如忧虑随冰霜到来，
漫游被看作愚蠢——
我们不愿到户外去活动，
而且心情郁闷；
生活单调，情绪也低落；
这想法会缓解伤悲：
大地上还有这样的景色——
雅罗河风光明媚！"

访雅罗河 [1]

这就是雅罗河？——是这条河流，

我的幻想所珍爱，

忠实地珍爱的？是醒时的梦境，

消失的影像不再来？

愿吟游诗人的竖琴临近，

奏出愉快的乐曲，

打破岑寂的气氛！那静默

使我的心灵忧郁。

怎么？一条银色的河，

自由地蜿蜒流奔，

过去从没有如许青山

抚慰我这双眼睛。

看得见圣玛丽湖水深深，

她是如此地欢欣，

---

① 本诗作于 1814 年 9 月，华兹华斯与友人霍格（Hogg）访雅罗河之后，次年发表。在本诗中，诗人把目睹的雅罗河风光与想象中的雅罗河风光（见前面华兹华斯《未访的雅罗河》一诗）作比较，认为可以匹敌。

周围的山峰没一座被遗漏，
镜子里全都有倒影。

蓝天覆盖着雅罗河谷，
只有朝阳的周围
辐射着珍珠一般的亮色，
温柔而朦胧的光辉；
希望的黎明！这晨光排除
一切无益的沮丧；
虽然这里也可以允许
做些深沉的回想。

著名的雅罗河谷之花 ①
流血的地方在哪里？
也许他就在那块有牛羊
吃草的岗丘上安息：
这儿晶莹澄澈的水潭
像早晨一样静悄悄，
怕水怪会三次从潭底登岸，
发出阴郁的警告。

---

① 获得"雅罗河之花"称号的不是男性，而是 16 世纪的一个名叫玛丽·司各特的姑娘。华兹华斯在这里一定是想到了汉密尔顿在《雅罗河堤岸》一诗中所歌唱的那个"躺在雅罗河岸流血"的青年。

那支歌多美，歌唱恋人们

常常去相会，相爱，

小径引他们走进树丛，

树丛把他们覆盖；

爱心使诗歌变得圣洁，

用悲哀的力量，诗歌

描绘爱情的坚强不屈；①

作证啊，可怜的雅罗河！

以前在我痴情的想象中，

你显得那样美丽，

此刻日光下你的真容，

可以同想象匹敌：

你的周围是一片娇妍，

一种神圣的柔媚，

和林花谢后万树的幽趣，

田园间一片凄美。②

离开了这里，河谷间展现

茂密高大的林丛，

雅罗河迂回地在那耕过的

---

① 洛甘的诗《雅罗河堤岸》写一个哀婉的故事，歌颂了爱情的坚贞。

② 这一节诗把昔日想象中的雅罗河和今日眼见的雅罗河作一比较，认为真容可以与想象匹敌。

壮伟山野里流动；

看哪！高大的树丛里升起

古老的颓垣残壁，

那是边境故事里有名的

纽瓦克城堡遗迹。①

美景迎接着童年的新蕾，

嬉戏的少年来游荡，

成年人来享受健壮的乐趣，

老年人来消磨时光！

那茅舍像是幸福的小屋，

温柔的思想在这里

受庇护，纯洁的爱的雏儿

在这里相互偎依。

多么美妙啊，在这秋天

来采摘山林的野果，

来给亲人②的前额戴上

盛开的石楠花朵！

我要是给自己编个花冠呢？

这并非不近人情；

---

① 边境指苏格兰与英格兰分界处。纽瓦克城堡（Newark's Towers）在雅罗河边，
塞尔柯克城西面五英里处，司各特在《最后的吟游诗人之歌》中描写的地方。
② 指诗人的妹妹多萝西。

冷静的山岭也戴上银帽
去迎接严冬的来临。

不只凭视觉，我见到亲爱的
雅罗河，我已经得到你；
想象的光芒永不灭，那晴辉
在你的上空闪熠！
你永远年轻的水流持续着
活泼欢愉的旅程；
我口中能按着你的节奏
发出快乐的歌声。

雾气围绕着群山徘徊，
融化开，很快就消亡；
我也活不久——悲哀的想法！
我要驱逐这思想，
但是我知道，无论我到哪里，
雅罗河！你真实的身形
将跟我同在，使我欢悦，
安慰我悲哀的心灵。

虹 彩①

每当我看见天上的虹彩，
我的心就欢跃激荡；
我生命开始的时候是这样，
现在成人了，我也是这样，
将来我老了，也不会更改，
否则，就让我死亡！
儿童乃是成人的父亲，②
在我的有生之年，我希望
永远怀着赤子的虔诚。

---

① 原诗无题。此题为译者所加。
② 弥尔顿《失乐园》第四卷："童年展示成人，正如早晨展示白天。"华兹华
斯此句可能是从这里得到启示。

游戏的小猫

看啊，墙头的小猫咪
正在跟落叶做游戏，
老树上枯叶往下掉，
一片、两片、三片飘，
飘过宁静的冷空气，
在晴朗美丽的晨光里。

看小猫怎样跳过去，
缩又伸，乱抓，扑上去；
一个虎步，侧半身，
终于抓住了战利品。
抓住又立刻放它走，
然后再一次抓到手。

她抓住三片又四张
跟印度魔术师一个样；
技巧熟练快如神，

表演精彩功夫深；

可要是群众来围观，

小猫哟，你会怎么办？

（屠岸、方谷绣译）

给一个女孩

——写在她的照相簿上

坚持小小的服务是真正的服务。
聪明人！别藐视任何谦卑的友伴；
雏菊投下自己的影子来保护
流连的露珠，免得被太阳晒干。

（方谷绣、屠岸译）

"那是个美丽的傍晚" [1]

那是个美丽的傍晚，安静，清澈，

神圣的时光，静如修女一样，

屏息着在崇奉礼赞；阔大的太阳

正在一片宁谧中逐渐沉落；

苍天的安详慈悲君临着大海：

听啊！那伟大的生命 [2] 始终清醒，

用他那永恒的律动发出了一阵阵

轰雷一般的声音——千古不改。

跟我同行的孩子 [3] 啊，亲爱的女孩

假如你仿佛还没有接触到圣念，

你的天性不因此而不够崇高：

你整年都躺在亚伯拉罕 [4] 的胸怀，

你在神庙的内殿里崇拜，礼赞，

上帝在你的身边，我们却不知道。

---

[1] 1802 年作于法国加莱。

[2] 指大海。

[3] 指华兹华斯与他的法国情人安奈特·伐隆所生的女儿卡罗琳。

[4] 希伯来人的始祖，见《圣经·创世记》。"亚伯拉罕的胸怀"指天堂，见《新约·路加福音》第十六章。

伦敦，一八〇二年 ①

弥尔顿！你啊，应该生活在今天，
英国需要你：她是个死水湾；无奈
圣坛，宝剑，笔杆，还有那炉台，②
厅堂上以及闺阁里英雄的灵源
都已经丧失了它们内心的欢忭——
那英国的古传统。我们自私，狭隘；③
啊！扶我们起身啊，回到这儿来；
给我们以美德，自由，力量，风范！

你的灵魂像一颗星，独居在远处，
你有一种声音，宏大如海洋，
纯洁如明净的天空，庄严，豪放；

---

① 这首诗在某些诗选中被冠以《给弥尔顿》的题目。其实这里的原题更能说明诗人写这首诗时所处的历史环境。这首十四行诗把当时的英国比作淤积着死水的沼泽，说英国人（第六行中的"我们"）自私狭隘，全然缺乏高瞻远瞩的气概。诗人怀念弥尔顿的革命时代，希望弥尔顿重新回到英国人中间来，唤醒人们，像法国人那样进行一场革命。
② "圣坛，宝剑，笔杆"，分别指教士，军人，作家。"炉台"，指家庭。
③ 第四至六行，"厅堂"指骑士所在之地，"闺阁"为贵妇所居之处；中古时代，骑士之风盛行。这里是说，当时（1802年）的英国已不是古时英雄气概的英国了。

你这样走过生命的普通道路，

带着愉快的虔敬；同时，你的心

也曾承担过那最为卑微的责任。①

---

① 第十三、十四行意思是，你（弥尔顿）虽然气魄宏伟，精神高尚，然而你的
心仍然担负着平凡的工作，卑微的责任。

在西敏寺桥上 ①

大地不会显出更美的气象：
只有灵魂迟钝的人才看不见
这么庄严动人的伟大场面；
这座城池如今把美丽的晨光 ②
当衣服穿上了：宁静而又开敞，
教堂，剧场，船舶，穹楼和塔尖
全都袒卧在大地上，面对着苍天，
沐浴在无烟的清气中，灿烂辉煌。
初阳的光辉浸润着岩谷，峰顶，
也决不比这更美；我也从没
看见或感到过这么深沉的安宁！
河水顺着自由意志向前推：
亲爱的上帝！万户似都未醒；
这颗伟大的心脏啊，正在沉睡！

---

① 这首诗据说是诗人 1802 年 9 月 3 日赴法国时 "在马车顶上" 写下的。西敏寺桥是伦敦的一座大桥，横跨泰晤士河。
② 第四行 "这座城池" 和第十四行 "伟大的心脏" 都是指伦敦。

哀威尼斯共和国的灭亡 [1]

她一度拥有辉煌的东方疆域，

她曾安全地守卫着西方土地；

威尼斯的价值从未衰落贬低，

威尼斯，自由之神的亭亭长女。[2]

她是一座少女城，自由，明丽；

不惑于权术，更不屈服于武力；

她要为自己选择伴侣，于是

同永世长存的海洋结为夫妻。[3]

---

[1] 本诗约作于 1802 年，初次发表于 1807 年华兹华斯出版的诗集中。威尼斯于公元 997 年成为独立国家，很快富裕强盛起来。13 世纪威尼斯买下地中海上的克利特岛，15 世纪征服塞普鲁斯和希腊部分领土。威尼斯拥有一支强大的海军，曾与热内亚、土耳其和其他商业劲敌多次交战。1797 年法国拿破仑·波拿巴占领威尼斯，并根据《坎坡·福米奥条约》，将其部分领土划归奥地利，其余部分划归新建立的内阿尔卑斯共和国。至此，威尼斯共和国亡。原诗韵式为：abba acca ded ede。译文韵式为：abba bccb ded ede。

[2] 公元 452 年，意大利北部城镇居民为避匈奴帝国国王阿提拉的入侵，纷纷逃往亚德里亚海西北岸边一百多个小岛组成的威尼斯定居。由于勤奋和环境安定，他们奠定了未来共和国的基础。威尼斯被称为"自由之神的长女"即由此而来。

[3] 公元 998 年威尼斯总督清除了北亚德里亚海的海盗，为庆祝胜利，每年耶稣升天节由总督投一枚金戒指入海中，以表示威尼斯与亚德里亚海结为夫妻，也借此表示威尼斯是亚德里亚海的保护者。约从 1170 年开始，这种象征性的婚礼成为盛大的庆典。

无奈啊：她已经见到光荣变暗淡，
见到她国力衰竭，尊号丧失——
我们遗憾地给予沉痛的悼念……
她漫长的生命终于临到末日：
我们是人啊，无疑会深深地哀叹
她过去的伟大像烟一样消逝。

作于某古堡 ^①

堕落的道格拉斯！不肖的勋爵啊！^②

他鬼迷心窍，竟这样喜欢蹂躏，

爱好破坏，（为了这个，他已经

声名扫地）他居然这样发话：

铲平高耸的建筑群，推倒在地下，

把历史悠久的古树林化为灰烬，

使这里满目疮痍，只剩下一顶

古老的穹窿，连同那几座尖塔！

多少人心里为古树的命运悲叹，

旅人痛苦地驻足凝视这浩劫，

可是大自然仿佛不注意这一切：

隐蔽的山谷，幽邃的曲径，水湾，

---

① 此诗作于 1803 年 9 月 18 日，初次发表于 1807 年华兹华斯出版的诗集中。题中的"某古堡"指尼德帕斯堡，在苏格兰旧时的皮布尔斯郡。该堡当时为昆斯伯里公爵所有。原诗韵式为：abba abba cde dec。译文韵式为：abba abba cdd cee。

② 威廉·道格拉斯（William Douglas, 1724—1810），为第四代昆斯伯里公爵，称"勋爵"不太合适。他是一位放荡的贵族，曾大力赞助修建赛马场和拳击场。据说他卖光了自己在苏格兰的庄园来为他的私生女办嫁妆。

重重晴峦，特威德河水悠悠，
宁静翠绿的牧场，仍然长留。

"修女不嫌弃修道院房窄屋低" ①

修女不嫌弃修道院房窄屋低，

隐士满足于仅能容身的蜗房，

学者爱方寸斗室以骋驰冥想，

少女摇纺车，织工操作织布机——

都高高兴兴；蜜蜂拍翅向花丛里，

可以飞越弗内斯 ② 最高的山岗，

却在毛地黄 ③ 花丛上嗡嗡低唱：

我们生在这世间似在蹲监狱，

其实何尝坐过牢；对于我来说，

思绪纷繁时，把自己限在十四行

小块园地上耕耘是一种悦乐；

可喜的该是有（肯定有）一些心灵

---

① 这首十四行诗是作者对十四行体的礼赞，他认为篇幅虽小，却可以用以抒发各种不同的情怀，并让人得到慰藉。

② 弗内斯山在英格兰北部兰开夏郡。

③ 毛地黄，亦称洋地黄，初夏开花，花冠钟状唇形，上唇紫红色，下唇内部白色，有紫色斑点，原产于欧洲西部。

因自由过多而感到重压，于是从
十四行得到慰藉，正如我一样。

"尘世给我们以重负"①

尘世给我们以重负，或迟或速，

取得又挥霍，我们把精力耗尽；

很少见到大自然对我们招引，

我们放弃了心灵，被利索捆住！

大海把她的胸膛向月亮袒露，

风儿渴求着号叫在每一个时辰，

现在却像沉睡的花朵般宁静；

同这，这一切，我们都格格不入，

无动于衷——上帝啊！我毋宁愿意

做个异教徒，哺育于古老的信条；

这样，我就能站在舒畅的草地，

看种种奇景而不再感到寂寥；

---

① 这首诗初次发表在 1807 年华兹华斯出版的诗集中。诗中表述了诗人厌恶尘世的名利，向往大自然的心情。诗人向上帝表示宁愿做异教徒，以便更接近自然，这种心态对基督教徒来说是异乎寻常的。

就能看到普罗透斯^①从海中升起，

听到特莱顿^②吹响带花环的号角。

① 普罗透斯（Proteus），古典神话中的海中能预言的老人，他照料海神涅普图恩的海豹群。他有本领能随心所欲变化成种种形状，这点颇似中国神话中的孙悟空。

② 特莱顿（Triton）：海神涅普图恩与安斐特里特所生的儿子。他总是被描写为人鱼，腰以上是人，以下是鱼。在他的父亲的指令下，他能吹奏一种大的螺旋形贝壳以止息海上的风浪。华兹华斯的这一行诗脱胎于斯宾塞的诗句："特莱顿把他那带花环的号角吹得嘹亮。"（《柯林·克劳茨又回家了》）

这首诗的韵式是：abba abba cdc dcd。译文保持了这个韵式。

英国和瑞士，一八〇二年 ①

两个声音 ② 轰响着，那海的呼啸，

和山的呐喊，两者都洪大、浩瀚；

一代代，这两个声音你都喜欢，

自由啊，这两者都是你选中的乐调！

暴君 ③ 来了，你带着神圣的欢笑

同他作斗争——但你是徒然作战，

终于被逐出阿尔卑斯山据点， ④

山中激流声潺潺，你不再听到。

你耳朵已被剥夺了一项幸福， ⑤

---

① 这首诗初次发表于1807年，原题为《瑞士被征服后一个不列颠人的想法》。这首诗表现了华兹华斯对英国面临拿破仑入侵的威胁而感到忧虑。历史背景是：1798年，拿破仑支持瑞士邦联中的反对派，使邦联破裂；1802年，拿破仑支持的瑞士新政府成立，该政府与法国结盟。这首诗中的第二人称"你"均指自由。原诗韵式为：abba acca dde ffe。译文用了更严格的意大利韵式：abba abba ccd eed。

② 一个是海的声音，指英国；一个是山的声音，指瑞士。这两个声音本来都是"自由"的宠儿。

③ 指拿破仑。事实上，拿破仑的军队是应瑞士内部一个大的政党的吁请而来的，但他们事后大为懊悔，因为法国人利用这次武装干涉去推行自己的计划。

④ 指瑞士被法国征服，自由被逐出这个山国。

⑤ 指自由失去了听到山（瑞士）的呐喊这一项幸福。

快把留下的另一项牢牢地守住，①

高洁的女神②啊，如果山中的洪水

像以前一样喧嚣，海浪也照样

在崖边吼叫，而两种威严的音响

你都听不到，那将是何等的可悲！③

---

① 诗人请自由神快守住另一项幸福，即听到海（英国）的呼啸。
② 指自由。
③ 最后三行意为如果瑞士的山洪依旧喧嚣，英国的海浪照样吼叫，可是你（自由神）却两者都不能听到，即不仅瑞士，连英国也丧失了自由，那将是何等可悲的事！

写于伦敦，一八〇二年九月 ①

朋友啊！我不知道该用怎样的良方
去寻找安慰，我被迫这样想：如今
我们的生活不过是装潢的展品，
手工低劣，出自厨师、工匠，
或马夫！——我们该像清溪般闪亮，
在阳光下奔流，否则我们多不幸；
我们中最不幸的是那最富有的人，
自然或典籍中无限辉煌的景象
不再使我们感兴趣。掠夺，贪心，
靡费，这些是偶像，我们尊崇；
朴素的生活和高尚的思想没有了；
古老事业的简朴美，我们的和平，

---

① 这首诗初次发表于 1807 年华兹华斯出版的诗集中。这是一首表达对当时英国极端不满的政治抒情诗。诗人迫于事实，不得不做出这样的判断：英国人的生活不过是被装潢好了付诸展览的低劣的手工制品。因此，诗人不知道该用什么方法去寻找心灵的安慰。这首诗可与作者的另一首与本诗同时发表的十四行诗《伦敦，一八〇二年》参照着阅读。这首诗的韵式是：abba abba cdd ece。译文基本保持原韵式，但在末两个三行组（或者叫一个六行组）中略有变化，其韵式为：abba abba bcd bcd。

害怕做错事的天真，透露出普通
法则的、纯洁的宗教，都已经丢了。

"我记得是什么驯服了伟大的国家" ①

我记得是什么驯服了伟大的国家

人们怎样离开了崇高的思想,

用宝剑去换取账册,离开书房

去追求金币——我感到莫名地害怕!

我的祖国啊!——我是否该受到斥骂?

如今我想到你,和你在我的心上

是什么形象,对这种不敬的恐慌,

确实有羞耻感从我的内心生发。

我们必须深切地珍爱你,我们

发现你是人类正义事业的堡垒;

我由于对你爱得深而受到蒙蔽;

如果一位诗人不时在心内

---

① 本诗初次发表于1807年华兹华斯出版的诗集中。此诗与作者的另两首十四行诗(《"弥尔顿!你啊,应该生活在今天"》《"朋友啊!我不知道该用怎样的良方"》)内容相反,作者对他的祖国的态度来了一个大的转变。一位注释家指出:"诗人们常常比别人更倾向于以偏概全地看问题,但我们不知道是什么事件导致华兹华斯收回了他以前对同国人的指责。"这其实是可以理解的,正因为爱得深,所以恨得切。原诗韵式为:abba abba cde dce。译文全同。

对你的千思万虑中把自己当成

你的情郎或孩子，有什么稀奇！

告　诫①

是的，你眼中含着神圣的欣喜！②

那躲在幽僻角落的可爱村舍，

还有那小小牧场，潺潺溪河，

上面的蓝天，都使你深深战栗！

但是别渴慕这小屋，该忍住叹息——

别像有些人见了就垂涎，想取得；

别学窃贼们，翻开自然的画册

粗暴地撕下珍贵的画页归自己；

想想吧，假如这村舍归了你，哪怕

你要的不多——只不过屋顶，窗门，

花朵，穷人们奉为神圣的珍品，

缠绕门廊的几朵圣洁的玫瑰花；

可以说，此刻使你迷恋的一切，

你伸手一触，会立即消融湮灭！

---

① 本诗初次发表于 1807 年华兹华斯出版的诗集中。这首诗，作者曾说过，"是特别为那些可能曾迷恋于湖区某些美丽隐居地的人们去细读"而写的。原诗韵式为：abba abba cdd cee。译文全同。

② 第一行在后来的版本中被改动，意为："你会止步——睁大了眼睛凝视！"

致睡眠 ①

一群羊慢慢悠悠地走过近旁，

一只跟一只；② 雨声淅沥，蜜蜂

嗡嗡叫；河流腾泻，大海，清风，

平野，湖面白蒙蒙，天空晴朗；

这些，我想了又想，还是静躺

不眠；我即将听到 ③，从我果园中

树丛上响起小鸟最早的歌咏，

还有布谷鸟第一声哀怨的鸣唱 ④。

昨夜如此，前两夜也如此，我静卧，

可总是，睡眠啊！得不到你的垂顾：

别让我再辗转反侧，把今夜又放过：

没有你，何来早晨的气爽心舒？

---

① 本诗首次发表于1807年华兹华斯出版的诗集中。原诗韵式为 abba abba cdc dcd，译文全同。

② 为了引起一种单调的感觉，催自己入眠。

③ 说明早晨将到，一夜失眠。

④ 华兹华斯在另一首诗《给布谷鸟》中称布谷鸟为"快乐的新客"。可见听后的感觉与听者的心情有关。

来吧，你白昼与白昼之间的篱落——
神思敏捷和健康愉悦的慈母！

"惊奇于喜悦" ①

惊奇于喜悦，风一样等待不及，

我找人来分享狂喜，同谁分享——

如果不同你，哦，深深地埋葬

在无声无息、安谧的坟里的你？

真挚的爱把你召回我心里——

我怎么忘记你了？是什么力量

（即使在千万分之一秒的时光）

骗了我，使我两眼瞎，不再感知

我最伤心的损失？——自责的思绪

是巨痛奇苦，可我的忧心经得住，

唯一的例外是那时：我惘然若失， ②

得知我至爱的宝贝已一去不回，

---

① 这首诗华兹华斯作于 1812 年 6 月之后，1815 年发表。在 1857 年版的华兹华斯诗集中，作者对此诗有一个注："这首诗是因对我的女儿凯瑟琳有感而写的，在她死了很久以后。"诗中的第二人称"你"均指凯瑟琳。原诗韵式为：abba abba cdc dcd。译文在末两个三行组略有变动，整首诗韵式为：abba abba ccd eed。
② 指凯瑟琳之死。凯瑟琳·华兹华斯是华兹华斯的第四个孩子，死于 1812 年 6 月，活了 3 岁零 9 个月。"唯一的例外"指经受不住的丧女时刻的哀痛。

无论当时或未来的年月都不会

再把那天使的面容①向我显示。

剑桥大学国王学院教堂内 ①

别责备那挥金如土的王族圣徒②，

别责备那不问实用的建筑设计师，

只为了少数几位白袍的学士③

就惨淡经营如此宏丽的殿宇——

辉煌的杰作，绝妙智慧的产物！

献出你能献的一切吧；上天不需要

那样的仔细掂量和斤斤计较；

此人这样想④，为了观赏，他修筑

高高的石柱群，向四面展开的拱顶，

---

① 本诗作于1820年11月至12月间，当作者访问其弟克里斯托弗·华兹华斯之时。后者任剑桥大学三一学院院长。这首诗于1822年发表在作者的《教会素描集》上。

原诗韵式为：abba acca dee fdf。译文全同。

② 王族圣徒指英王亨利六世，他于1441年创建剑桥大学国王学院，也是此教堂的创建者。教堂始建于1446年，工程历时70年，经过英国的四位君主，才得以完成。其宏伟壮丽的扇形穹顶为世上罕见的建筑艺术。

③ 牛津大学和剑桥大学管理委员会成员穿白袍进入教堂，其他人员穿普通黑袍，当时未经特许不得进入教堂。

④ "此人"指亨利六世；"这样想"指他认为"上天（上帝）不需要那样的仔细掂量和斤斤计较"。

稳定①而平衡，千千万穹窿隔间
让光影栖息，同时任音乐流连——
缭绕，又回荡，仿佛不愿衰歇，
正如思想，其所以甘美可亲，
是为了证明思想能永生不灭。

---

① 指教堂的拱顶没有中心柱子支撑而能保持平衡。拱顶的穹窿隔间如精致的蜂巢，为此教堂建筑的一大特色。

论十四行诗 ①

别轻视十四行诗，批评家，你冷若冰霜，

毫不关心它 ② 应有的荣誉；莎士比亚

用这把钥匙开启了心扉；这小琵琶

奏出的旋律医好了彼得拉克 ③ 的创伤；

塔索 ④ 把这支笛子千百遍吹响；

加蒙斯 ⑤ 用它减轻了放逐的哀愁；

但丁 ⑥ 将柏冠戴上了沉思的额头——

十四行诗就是一叶华美的桃金娘

---

① 这是一首著名的论十四行诗的十四行诗。

② 第二行中的"它"，第三行中的"钥匙""小琵琶"，第五行"笛子"，第六行、
第九行中的"它"，第十三行中的"号角""乐器"，都是指十四行诗这种诗体。

③ 彼得拉克（Petrarca，1304—1374），文艺复兴时期意大利诗人，采用民间的
十四行诗形式写文人十四行诗。他的《抒情诗歌集》包括许多首十四行诗，在这
些诗中，诗人抒发了对少女劳拉的爱情，以此来减轻他的痛苦。

④ 塔索（Tasso，1544—1595），文艺复兴时期意大利诗人，其代表作为叙事诗《解
放了的耶路撒冷》，也写过不少抒情诗，包括十四行诗。

⑤ 路易斯·德·卡蒙斯（Luís de Camões，1524—1580），16世纪葡萄牙诗人，
因街斗，刺伤葡萄牙国王的马夫被捕入狱；后又在果阿和澳门度过17年放逐生活。
其代表作为叙事诗《葡萄牙人》。他的抒情诗也很有名，十四行诗尤其受到称赞。

⑥ 但丁（Dante，1265—1321），意大利大诗人。其代表作为《神曲》。他的
十四行诗是他全部创作中的珍品。

在那柏枝间发光；它是盏萤火灯，

使那温和的斯宾塞从仙境里醒来

向黑暗斗争时感到愉快；[①] 而弥尔顿

路遇漫天的大雾，十四行诗就在

他手中变成了号角，他用这乐器

吹出了动魄的歌曲——太少了，可惜！ [②]

---

① 斯宾塞（Spenser，1552—1599），文艺复兴时期英国诗人。斯宾塞在向伊丽莎白·波伊尔求婚时写了一系列十四行诗，名为《爱情小诗》，本书前面有介绍。"仙境"是指斯宾塞的长诗《仙女王》，在这部作品中，通过宫廷骑士的冒险故事，表达了诗人对社会、人生和道德的看法。他在与丑恶作斗争时，受到波伊尔对他的爱情的鼓舞，像在黑暗中见到萤火虫的光一般。斯宾塞的诗风优美温柔，所以这里称他为"温和的斯宾塞"。

② 弥尔顿（Milton，1608—1674），17世纪英国大诗人。本书前面有介绍。他在44岁时（1652年）全盲。"漫天的大雾"指此。弥尔顿在人生道路上遇到了困难和心情沉重的时刻，但他写出了如号角一般的十四行诗，鼓舞人们前进。不过他写的十四行诗太少了，用英文写的只有十八首，还有五首是用意大利文写的。

"你何以沉默？"①

你何以沉默？难道你的爱是棵树

为那种弱质所构成，以致别离时

多变的气氛使一树丽姿都凋枯？

难道你无债可偿，也无恩可施？

但我的思念始终警醒，为着你，

总在忧虑中，牵挂着要为你服务——

我最为自私的心愿仅仅是希冀

从你的福分中得到一点儿帮助。

说话吧！——尽管我这颗曾舒畅地掌握

你我间无数次欢愉的、温柔的心

被弃了，比那光秃的野蔷薇树枝间

一只被弃的、积满白雪的鸟窝

---

① 这首诗华兹华斯作于1830年，收入诗集《重访雅罗河及别的诗》（1835年）。在1857年版本中，华兹华斯有一个注，说自己写这首诗并没有具体的对象，只是为了证明一下只要自己认为合适，他就能用一种诗人们喜欢用的调子写这样的诗。启发他写这首诗的是他散步时见到的一个被弃的、积满白雪的鸟窝。原诗的韵式是：abba abab cdc ede，这种韵式是意大利式和英国式的混合物。译文作了些变动，改为：abab baba cde cde。

更加荒凉，也更加阴郁凄清——
说话吧，让我的担忧有个边沿！

"最惬意的事儿该是" ①

最惬意的事儿该是低垂着两眼

不管有路没路，在大地上漫步，

哪怕漫游者周围有美景连片，

他也一再克制着不予注目。

他还是喜欢理想的境界轻柔——

幻想的产物，或快乐的沉思连绵

带来的意绪，这些会悄悄露头

在美的到来和美的逝去之间。

假如思想和爱情抛下咱不管，

那从此我们跟缪斯就断绝交谊：

只要旅途上有思想和爱情做伴——

无论知觉作何等择取和舍弃，

内心的天国也会把灵感的露滴

洒向那些最为卑微的诗篇。

① 本诗作于 1833 年诗人从苏格兰斯塔法岛赴艾欧那岛的旅途中。初次发表于 1835 年出版的《重访雅罗河及其他诗》中。诗人在此诗中透露出愈来愈不重视对现实自然的反映而更多地借助于幻想所给予诗的灵感。原诗韵式为 abab cdcd efe ffe，译文韵式与原诗同。

汽船，高架桥，铁路 ①

机械的运转啊，战争中在陆地和大海，

诗人们将带着古老的诗的敏感，

对你们 ② 做出甚至是错误的判断！

你们的存在——尽管这存在破坏

自然的甘美，也不能证明是障碍

心灵的栅栏，阻止心灵得到

瞬间的幻象，未来变化的预兆，

从这里可发现你们灵魂的形态。

一切美会否认同你们粗糙的外貌

有关，不管这个，大自然将拥抱

她合法的产儿——人的技术，而时间

---

① 本诗作于 1833 年，初次发表于 1835 年。华兹华斯在他中年的后期表明，正如他在《抒情歌谣集·前言》中所预言的，诗人将把科学所引起的工业革命吸收到他的题材中来。与别的许多诗人不同，华兹华斯大胆地接受科学技术成果对他所热爱的大自然的可厌的侵犯，以作为人类进步的迹象。这里，华兹华斯有顺应潮流的一面，也有片面和短视的一面。原诗韵式为：abba acca def edf。译文韵式为：abba acca dde eff。

② 第三、四、八、九、十二、十四行中的"你们"均指第一行中的"机械的运转"。

因你们超越空间①的胜利而喜欢，

接受你们勇敢地呈上的希望

之冠冕，向你们微笑，愉悦，端庄。

---

① 原文还有一个修饰"空间"的"他（时间）的兄弟"，译文略。

无　常

生命的终止从低处向高处攀登，

从高处向低处下沉，沿刻有肃穆

音符的梯级，其和谐的乐音长驻；

一种悦耳却忧郁的铿锵之声

人们能听到，不以罪孽或贪吝

来干扰，也不以过分焦灼的担忧。①

真理不倒；真理之镜有永久

日期的外形却如白霜般消泯，

以致在早晨，雪白的山岭和大地

不再存在；像昨日宏伟的塔楼般

倾倒，那塔楼曾堂皇地一度

戴过草莱的冠冕，但甚至经不起

几声偶然打破静寂的叫喊，

或者时间之不可思议的一触。

---

① 第四行至第六行意为：那些不以罪孽或贪吝，也不以过分焦灼的忧虑来干扰乐音的人们就可以听到和谐的乐音，那种悦耳却忧郁的铿锵之声。原诗为作者《宗教十四行》组诗中之一首。原诗韵式为：abba acca def dfe。译文韵式为：abba acca def def。

颂永生的启示，来自童年的记忆

儿童乃是成人的父亲；

在我的有生之年，我希望

永远怀着赤子的虔诚。

一

回想起早年，绿原、清溪、林莽，

大地、地上的千娇百媚，

对于我就好像

披上了天国的光辉，

梦境的鲜艳明丽，烨烨荣光。

过去的一切如今都不再呈现，

我无论到哪里走走.

在黑夜，在白昼，

往昔见到的事物如今再也看不见。

二

虹彩出现又隐遁

玫瑰花娇美可人；

天宇如洗，月亮

怡然自得地，环顾周遭

夜空里布满星光，

溪河清丽而美好；

朝阳升起，一片璀璨；

可我知道，无论我到哪里，

一种荣光已经从大地上消散。

三

如今鸟儿们声声欢快地歌唱；

幼小的羊羔蹦跳，

应和着鼓声舞蹈；

唯独我，心中却涌起一阵忧思，

只有及时地咏叹，把愁绪缓释，

我重新变得健旺；

峭壁上瀑布飞泻如号角鸣溅；

愁思不该给季节带来忧伤；

我听见回声拥入一重重山岗，

风儿从沉睡的田野吹到我身边，

大地上万物欢腾：

海陆连接，

尽情地欢乐，兴高采烈，

五月的佳节来临，
鸟兽们迎来自己的节庆；
欢乐的孩提！
让我听你的叫声，快活的牧童
冲着我喊你的欢喜！

四

你们，有福的生灵啊，我已经听到
你们相互的呼唤，我看见
你们在欢庆，天庭也一同欢笑；
我的心和你们同庆共欢，
我头戴节日的花冠，
我感受你们的福分，感受这福分的圆满。
哦，这岂是发愁的时刻！
大地打扮得漂亮，
可爱的五月天光，
孩子们采摘鲜丽的花朵，
到远方，在近处，
跑遍了千山万谷，
到处搜寻；太阳光暖照；
婴儿在他母亲的怀抱里欢跳——
我听着，满心欢喜地听着！
——然而，有棵树，在树丛里，

在我的视野里，还有一大片田地，
田野和树木都絮语着往昔的回忆。
在我脚下，一色堇花枝
诉说着同样的故事：
梦幻的闪光如今消隐在何方？
如今在哪里啊，那幻梦，那荣光？

五

我们的诞生不过是入睡和遗忘：
灵魂，生命之星，和我们同
升起，却在另一处沉降，
它来自遥远的鸿蒙；
并不是赤条条全无挂碍，
也没有把前缘彻底忘怀，
我们诞生时身披云霓的荣光，
那来自上帝，我们的故乡：
我们幼小的时候，周围是天国祥云！
孩子一天天成长，牢笼的阴影
逐渐向他压过来，
只是那光辉，光辉的源头，他还能
看得见，满心欢快；
少年时期，他逐日与东方背离，
仍能与大自然互通声息，

壮丽的光景依然

一路上与他相伴；

等到他长大成人，那光辉便消融

在平凡岁月的流光里，无影无踪。

六

红尘把世俗的欢娱堆在她膝间；

红尘自有她一套世俗的愿望，

甚至仿佛有一种慈母的心肠，

抱着并非卑下的意欲，

红尘这保姆竭尽所能

促使她抚养的孩子、收容的成人

忘掉他见过的神圣光焰，

忘掉他昔年住过的琼楼玉宇。

七

瞧这个孩子，正在欢乐的幼年，

六岁的娃娃，小乖乖，可爱的宝宝！

小手做出的玩意儿摆满在周遭，

妈妈一遍遍亲吻教他不耐烦，

爸爸的目光炯炯把他仔细瞧！

他脚旁搁着他画的小小航图，

是他对未来人生的片段憧憬，

是他用刚学的手法留下的笔触；

一次节庆，或一场婚典，

一回丧葬，或一番悼念；

这些，都在他心中沉浮，

这些，他编成咏唱的歌谣，

然后，又换成别的曲调，

唱着歌去议论事业、爱情或斗争；

可是，这样唱着也长不了，

他把这些又搁在一旁

他心里高兴，神态轩昂，

这位小演员，又有新台词，新演出；

他在谐剧舞台上出将入相，

扮演各色人等，直到老迈瘫痪——

"人生"女神带来的人物一车厢；

他似乎用全部能量

来没完没了地模仿。

八

你的外在身形实在配不扰

你内在灵魂的恢宏；

杰出的哲人！保持着天赐的禀赋，

在盲人中间，你有雪亮的眼睛，

沉默如聋哑，能看透宇宙的深处，
不断地接受永恒心智的光临——
非凡的先知！幸福的预言家！
真理啊，就在你胸中下榻。
我们追求这真理，辛苦了一生，
求得了，又在坟茔的晦暝中失去；
那不可漠视的庄严存在，"永生"，
把你抚育，如阳光抚育万物，
把你庇护，如主人庇护家童；
孩子啊，此刻你处在生命的峰巅，
你握有天赐的自由而头顶光环，
为什么焦躁不安地激起那岁月
把命中注定的重轭套上你胸膛——
如此盲目地把天赐的恩宠抛却？
你灵魂很快要承受尘世的苦厄，
世间的习俗将给你沉重的负荷，
这负荷啊，将深广如生活，凛冽如霜雪！

九

可喜啊！昔日的余烬里
还有些火星未灭，
天性里还有记忆，
保留着远去的岁月！

对过去岁月的思念，在我的心中，
培育出终身不渝的感恩与赞颂：
我不是为了那最该赞美的东西——
快乐和自由，孩子天真的信奉，
不论孩子在忙碌还是在休憩，
他胸中总是在飞动着新的希冀；
并不是为了这些，
我放歌赞美和感谢；
而是为了对儿时从大千世界里
感知的一切，执拗地提出质疑，
为了那些失落的和消亡的物事；
为了在虚无的幻境里面
浪游的行者感到的困惑和迷茫，
为了崇高的天性——在它面前
尘世的俗子像罪人般战栗惊惶：
为了早年的真情，
为了往昔的留影，
这些，不管怎么说，
总归是我们白昼光源的喷薄，
总归是我们视野里主要的炬火；
这些，把我们扶持、养育，有能力
把我们平凡喧闹的岁月变作
永恒的宁静之中短暂的瞬息；
真理醒了就永不消亡，

不论冷漠或是愚疯狂，

不论成人或幼小儿郎，

世上所有的与欢乐对峙的力量

都无法把真理废除，把真理扫荡

因此，在惠风和畅的季节里

虽然我们在内地栖息，

我们的灵魂却看得见永生的海水，

这海水把我们带到此地，

一会儿便可以登陆彼岸，

能见到孩子们在岸边嬉戏游玩，

能听到亘古不息的巨浪动荡滚翻。

十

唱吧，鸟儿们，唱一首欢乐的歌！

让这些幼小的羊羔

应和着小鼓声蹦跳！

我想参加进你们这一伙，

你们，会唱会玩的灵雏，

今朝，你们从心底深处

感受到五月的无穷欢愉！

尽管那一度非常炫亮的光芒

已经从我的视线中永远消亡，

尽管那草原多明丽，花儿多绚烂——

那辉煌的时刻却永远不再现；

我们可不要悲伤，却不妨

从往昔的遗存中寻找力量；

遗存中有早年的心怀悲悯

它一旦诞生便永远留存；

遗存中有抚慰心灵的思绪，

它源于人类苦难的悲剧；

遗存中有参透死亡的信念，

它来自给予哲思启迪的早年时光。

十一

啊，流泉、草野、青山、绿林！

你们同我的情谊将永世长存！

你们的力量渗入我心灵的中央；

我只是放弃了早年的那种欢畅，

却更习惯于承受你们的熏陶。

我爱流淌的溪水，胜过当年

我像溪水般轻快地小步奔跑；

新的一天到，真纯的晨光辉耀，

依然会令人喜欢；

日落时周围有多少云彩停留，

对于审察过人之生死的眼睛，

云彩的色调也显得素淡宁静；

又一段征程跑过，又几枝棕榈到手。
感谢人类的心灵使我们活下去，
感谢这心灵的温柔、欢乐、忧惧，
对于我，最平凡的花儿也能赋予
最深刻的思想，流泪也难以表述。

沃尔特·司各特

（Walter Scott，1771—1832）

　　沃尔特·司各特是英国浪漫主义时期的小说家和诗人，他的作品在当时广为流传，影响很大。

　　司各特生于苏格兰爱丁堡，并在那里上了大学，学习法律。他在特里德河谷度过童年，曾游历苏格兰，足迹遍布苏格兰高地。他阅读了许多中世纪的浪漫传奇故事、游记、见闻录等等，更喜爱苏格兰的历史传奇、民歌民谣和口头故事，收集了大量这方面的资料和传说，为他后来的小说和诗歌创作做了重要的准备。1802—1803年，他出版了三卷本的民谣集《苏格兰边境民谣》。1805—1813年，他发表了一系列叙事诗，其中包括《最后的吟游诗人之歌》《湖上夫人》《玛米安》等，吸引了大批的读者，使他获得了很高的声誉，成为当时英国影响最为广泛的诗人之一。他的诗作充满了中世纪的传奇色彩，浪漫情调浓厚，故事情节跌宕起伏，人物刻画生动，抒情与叙事相交融，具有很强的感染力。在形式上，他采用口语化的民歌体，音韵和谐，富于节奏感，这也使得他的作品便于流传。

　　待拜伦的诗名超过他时，司各特便改写历史小说，由于他扎实的历史功底和出色的叙事才能，他的小说大获成功，影响波及众多欧陆作家。著名的作品有《艾凡赫》等。

回　答

吹起号角啊，奏起军笛！
向人间世界发布宣言：
满载荣誉的短短一小时
胜过默默无闻的一千年。

爱国心

这人还活着，他的心已死亡，
他从来没有对自己这样讲：
"这就是故土，我的祖国！"
如果不再流浪在异邦，
一旦踏上祖国的土壤，
谁的内心不热情似火？
要是有这号人，把他认清；
诗人的欢歌不为他歌吟；
尽管他头衔高，姓氏堂皇，
要多少有多少钱财宝藏，
不管那头衔、财富和权力，
那家伙，一切都为了自己，
他活着，就该是臭名远扬，
双料地死了，就该下葬，
埋入他从那儿出来的土壤，
没有人哭泣，致敬，歌唱。

玛丽·泰伊

（Mary Tighe，1772—1810）

　　玛丽·泰伊是爱尔兰女诗人，在世时并无诗名，直至去世之后，她的诗作才得到发表，并大放光彩。

　　玛丽·泰伊生于都柏林，父亲是一位牧师，并做过当地图书馆的官员，在玛丽很小时便去世了。她母亲是卫理公会教徒，主张自由的女子教育，倾心教授玛丽及其兄弟古典文学和欧洲语言。1793年，玛丽与表兄亨利·泰伊结婚，移居伦敦。玛丽并不爱自己的丈夫，也没有孩子，这场婚姻并不幸福。1801年，他们返回都柏林。在那里她创作了最著名的诗作，并度过了她的余生。

　　1803年，玛丽·泰伊完成了她著名的诗作《赛吉》。这是一部由六个篇章组成的长诗，取材于神话故事，描绘爱情（丘比特）与灵魂（赛吉），充满道德寓意和对理想爱情的赞美。全诗由娴熟的斯宾塞体写成，音韵流畅，语言自然清新，风格清丽，朴实无华，毫无矫揉造作之弊，被认为是一部优美动人的爱情诗篇。她在世时该作品只自费印制了50份。1811年她逝世之后，她的另一位表兄威廉将这部诗作与她的其他诗作一道结集正式出版，大获成功。当年便再版四次，影响了济慈、雪莱等浪漫派诗人。女诗人希曼斯为她写了诗《一位女诗人的墓》，称她"声音虽不洪亮，却很深沉"。除诗歌外，泰伊还作有小说等，但未出版。

赛吉；爱神的传说 ^①

丘比特放下他百发百中的箭矢，

在幸福之泉的旁边高兴地嬉戏，

使温馨的叹息和宜人的痛苦交织，

还要不时地调制些醇醪如蜜——

摇晃着酒杯掺入些黑色的毒汁

给那些可怜虫。遂了维纳斯的愿，

丘比特转过身子去，想惩罚赛吉；

汲两旁溪水把琥珀花瓶注满，

这对她意味着，那水滴提炼的唯有苦难。

他的箭囊，饰黄金宝石而闪亮，

吊在他长着美丽羽翅的肩膀上。

---

① 赛吉（Psyche），亦译作普赛克或普叙克，希腊神话中的灵魂之神（或心灵之神），形象是长着蝴蝶翅膀的少女。据阿普琉斯的《金驴记》中说，赛吉是西方某一国王的小女儿，容貌秀丽无比，全城为之倾倒，尊敬她，崇拜她。这使以美貌出名的爱神维纳斯受到了冷落。维纳斯非常嫉恨，便命令她的儿子小爱神丘比特用箭矢使赛吉爱上一个最奸恶、最丑陋的人。丘比特高高兴兴地去了，但是他一见赛吉便热烈地爱上了她。此后又经过许多磨难，丘比特与赛吉的婚姻得到了天神宙斯的认可，宙斯使赛吉也成了神。

那是用闪光的丝弦裹着的箭囊，
在箭囊上端悬挂着花瓶明晃晃。
他飞着，周围紧跟着嬉闹的一帮——
爱闹着玩儿的西风之神轻飘飘，
他头发散出的芳馨在随风飘荡，
每小卷金发都渗出香气袅袅，
从他的蓝眼里射出的喜悦真难以言表。

裹在凡人的眼睛见不到的云朵里，
他一心寻找那窈窕少女的闺房；
赛吉因平安无事而放松警惕，
对即将发生的恶作剧不知预防，
她在紫红色睡榻上安然卧躺，
舒适的酣眠合上了她的亮眼；
眼上装饰着一片透明的柔亮，
她那迷人的胸脯半遮半现，
透亮的衣褶自不能遮盖她光润的臂弯。

温和的微笑隐现在玫瑰色唇边：
可爱的微启的嘴唇啊，为什么露出
皓齿如珠贝，使她在酣眠中无意间
抿一口注定她未来不幸的鸩毒？
轻轻地，像露珠向玫瑰花瓣滴入，

他把毒汁向密室的红门① 倾注，
尽管他是神，他不能预测甘苦，
不知道自己将为这可悲的毒盅
即将造成的灾难而怎样地痛心哀哭。

他还不满足，他从箭囊里抽出
用神技磨光的箭矢，闪闪发光；
他无须用弓，这样子就能十足
用手使她那裸露的心胸受伤；
他轻巧地触摸她白嫩身体的侧旁，
他一半心软了，凝视着她的姣美；
此刻她猛然一惊，醒来，多亮！
她两眼睁开，湿润，闪耀着光辉——
他依然没有被察觉，看着她，惊奇而迷醉。

如今他手里拿着的箭矢在抖颤，
他俯身在榻前，两眼满含着狂喜，
箭矢的镞尖大胆地触他象牙般
光洁的颈项，把神的血液沾染。
这时没注意，他发出怜悯的叹息，
做完了恶事，这时候急于登程，
他匆匆忙忙把欢乐的香液几滴
洒向她柔软光洁的卷发蓬松，

_____

① 赛吉的密室指嘴，红门指她的唇。

便展开神的羽翅，去呼吸天国的仙风。

不幸的赛吉！满颊的红润在消褪，
这很快显示出她有潜伏的内伤；
两眼的光彩沉入深深的伤悲，
不再有活力，喜悦，就不再发光，
不再祝福她双亲心情欢畅；
她躲避崇拜的群众，一心要掩饰
那些折磨她灵魂的痛苦恓惶，
终于在母亲的眼泪前她承认事实，
不否认秘密的痛苦，为此她叹息不止。

一个混合着恐怖和欢悦的梦魇
依然沉重地牵系着她困扰的灵魂；
一个发怒的形象飘在她眼前，
复仇的雷声似乎依然在低鸣；
她感到维纳斯依然毫不宽容，
发挥严厉的控制力，压向大地。
梦魇又来了，她感到非凡的悲痛，
怒火又一次燃烧在她的心底，
她望着那少年——他把她所有的痛苦平息。

见到的形象看上去美丽卓绝，
充满着青春的活力，精神饱满；

就在她苦恼的噩梦结束的时刻，
她眼前突现出特异的翩翩少年；
她似乎还处在感激的狂喜中，仍然
想把投毒人跟敌人和恐惧分开，
他的柔嗓还响在她销魂的耳畔；
溶于深情的泪水，沉浸于至爱，
她恳求苏醒的眼睛祈福给他的形态。

那也不是梦，因为当她醒来时，
天国的烟霞还没有把他隐藏，
她突然抓住那一刻，怕转瞬即逝，
见到丘比特光辉灿烂的形象，
她始终躲不开他那美好的模样，
只为渴望得不到满足而憔悴，
当她的双亲因焦虑而叹息悲伤，
为扭转她的厄运去寻求神威，
想依凭预兆和神迹解读将临的蛊祟。

塞缪尔·泰勒·柯尔律治

（Samuel Taylor Coleridge，1772—1834）

塞缪尔·泰勒·柯尔律治是英国浪漫派的重要诗人、文艺理论家，他是"湖畔派"诗人之一，他与另一位"湖畔"诗人华兹华斯在 1798 年合作出版了《抒情歌谣集》，为英国浪漫主义诗歌的兴起和发展做出了重要贡献。

柯尔律治从小天资聪慧，性格早熟，孤独忧郁而好幻想。他博闻强记，熟读《圣经》和《天方夜谭》，而且富于口才，对事物十分敏感，常独自静观自然景色，很早便表现出不凡的诗人气质。他 19 岁入剑桥大学，攻读希腊、罗马文学，受到古典文化的熏陶。

柯尔律治年轻时追求法国革命的民主思想，并曾希望将这一思想付诸实践，计划到美国去建立一个理想的乌托邦大同社会，但没有成功。

成年后的柯尔律治始终生活拮据，且受到风湿痛等多种疾病的困扰，不得不依赖鸦片等麻醉剂来缓解病痛，这给他带来终生的痛苦。

柯尔律治生前发表的诗歌作品并不很多，但风格独特，广为流传，对当时和此后的浪漫派诗人及诗歌发展都产生了相当重要的影响。他的诗歌富于奇特的想象力，这种想象力来自他对东方异域文化的迷恋，也来自他对远古或中古时代浪漫传奇的缅怀。他敏感的天性使得他对内心情感有着狂热的依恋，并对客观事物有着敏锐而细致的观察，他将这些特质糅合进他富于激情的想象之中，把自然景色和意象与他对超自然的神秘力量的幻想结合在一起，形成他独特的诗歌风格。他最重要的作品《忽必烈汗》《老水手的歌》《克丽斯德蓓》等都充满了神秘莫测的气氛，是这一风格的集中体现，也代表了浪漫派神奇瑰丽的一个方面。他不仅在诗歌创作中将想象力的作用付诸实践，而且还在他的著名的理论批评著作《文学传记》中着重分析探讨了想象力的功用，认为想象力是诗歌的源泉。这一理论受到 20 世纪诗歌美学的重视。

他的诗歌流露出内心的真实情感，反映出外在自然与人的内在精神之间的关系。《午夜霜》就是很好的例子。他还在诗歌中探讨自然对人的道德情操与灵魂的净化作用。这使原本平凡而普通的事物在他诗歌中透露出深刻的哲学意味和道德寓意，也使这些诗歌表现出某种哲学的智性。事实上，在诗歌创作过程中，柯尔律治一直受到德国哲学，特别是康德和莱辛哲学思想的影响。

柯尔律治的诗歌尤其重视对人的心理的挖掘，探索下意识的心理直觉，潜意识中的情感波动，这使他的诗歌充满了片断的、梦幻般的跳动与不安定的因素。而正是这种因素使得他的诗歌荡漾着活跃的创造力，近年来吸引了一批浪漫派诗歌研究者。一批柯尔律治生前尚未整理发表，且散见在他的书信和笔记中的诗歌片段被发现。一些出版公司相继将这些当时未发表的诗歌和他早年发表在报纸杂志上而未结集出版的诗歌收集起来，出版了柯尔律治的诗歌全集，将柯尔律治的诗歌研究推向了一个新的阶段。

柯尔律治的诗歌语言风格是多样化的。在《老水手的歌》中，他采用歌谣体，语言简单朴素；而在《忽必烈汗》中，诗的语言则突出地体现了音乐感、节奏感，语言的风格与诗的内容相呼应，用声音体现出梦幻和奇想中跃动的画面以及异彩纷呈的景色，使这首诗成为英国诗歌中的一朵奇葩。

忽必烈汗①

忽必烈汗在上都下令

造一座堂皇的安乐殿堂：

这地方有圣河亚佛流奔，

穿过深不可测的洞门，

直流入不见阳光的海洋；

有这么十英里肥沃的土壤，

① 据作者自述，1797 年夏天，柯尔律治因健康不佳而隐居在一个农庄里。一天，由于身体不适，服用了镇静剂后，他便在椅子上睡着了。入睡前他正在阅读游记编纂家塞缪尔·坡恰斯的著作《坡恰斯旅程》中的这些字句："忽必烈汗在这里下令建造一座皇宫，以及一座宏丽的花园，于是用围墙把十英里肥沃的土地围了起来。"诗人酣睡了大约三个小时。据说，在沉睡之中，他极其明晰地确信自己能创作至少二百至三百行诗，而奇怪的是这种"创作"，竟是各种情境和意象具体地出现在他面前，同时出现相应的文字表述，而不需要诗人作任何主观的努力。醒后，他对梦中的一切有异常明确的记忆，于是拿起纸来奋笔疾书——正在此时，有个人因事来访，写作被打断一小时以上。当诗人回到房里后，他大为吃惊而又懊丧地发现，他虽然对于整个幻象还留有一些模糊而暗淡的记忆，但是，除了八至十行诗和一些零散的意象之外，其他一切都像溪水面上的影像遇到一块投石一样，统统消失了。而他已经写下的那一部分共五十四行，则成为未完成的诗作。诗中充满浪漫的幻觉和想象，风格奇谲而宏丽，在幻影景物的华彩之中隐含着一种不祥之兆。而诗中的首韵（alliteration）、脚韵（rime）、元音韵（assonance），被组合得极其巧妙，从而产生了一种奇妙的音乐效果。这首诗因其奇想和韵律成为英国文学史上的名作之一。可惜，这首诗的色彩、格调，特别是它的乐感，虽然译者十分努力，却难以在译文中得到充分的体现。

四周给围上楼塔和城墙；
花园处处，溪河在蜿蜒闪耀，
树枝上鲜花盛开，一片芬芳；
连片的森林，跟山峦同样古老，
围住了洒满阳光的青青草场。

但是，啊！那深沉而奇异的巨壑
沿青山斜裂，横过伞盖的柏树！
野蛮的地方！既神圣而又着了魔——
好像有女人在衰落的月色里出没，
为她的魔鬼情郎而凄声号哭！
巨壑下，不绝的喧嚣在沸腾汹涌，
像大地在喘息，快速而强烈地悸动，
巨壑里，不时迸出股猛烈的地泉；
在它那时断时续的涌迸之间，
巨大的石块飞跃着像反跳的冰雹，
或者像打稻人连枷下一撮撮新稻；
从这些舞蹈的岩石中，时时刻刻
不绝地迸发出那条神圣的溪河。
迷乱地移动着，蜿蜒了五英里地方，
那神圣的溪河流过了峡谷和森林，
于是到达了深不可测的洞门，
喧嚣着沉入没有生命的海洋；
从那喧嚣中忽必烈远远地听到

祖先的喊声预告着战争的凶兆！

安乐宫殿的依稀倒影

宛在水波的中央漂动；

这儿能听见和谐的音韵

来自那地泉和那岩洞。

这是个奇迹呀，算得是稀有的技巧，

阳光灿烂的安乐宫和雪窟冰窖！

有一回我在幻象中见到

一位手拿扬琴的姑娘：

那是个阿比西尼亚① 少女，

在她的琴上她奏出乐曲，

歌唱着阿伯若山岗。

如果我心中能再现

她的音乐和歌唱，

我将被引入深切的欢忭，

能用音乐高朗又久长

在空中建造那安乐宫廷，

那日照的宫廷，那雪窖冰窟！

谁听见乐音就见到这宫廷，

他们全都喊：当心！当心！

他飘动的头发，他闪光的眼睛！

组成个圆圈，围绕他三箍，

① 阿比西尼亚，非洲国家，即现今的埃塞俄比亚。

闭上你两眼，虔敬而畏惧，

因为他一直吃着蜜露，

一直饮着天堂的仙乳。

实际的时间和想象的时间

—— 一个寓言

在山顶，在无限广阔的峰峦之巅
（总在仙境吧，究竟在哪儿，不知道），
像鸵鸟，张开它们的翅膀当风帆，
两个孩子在永不休止地赛跑，
是可爱的姊弟，正飞奔向前！
姊姊在前头，远远地领先；
可是她一边跑，一边回头瞧后面，
瞧着、倾听着后面的弟弟追上来：
因为那弟弟呀，唉！是个盲孩！
他举步均匀，跑过崎岖和平坦，
不知道自己是落后还是占先。

有点儿稚气，可是挺自然

假如我是披羽毛的小鸟，
长着两只小小的翅膀，
亲爱的，我就飞到你那儿！
不过这想法只能是徒劳，
我还是留在这儿。

可睡着了，我就飞到你那儿：
睡着了，我总是跟你在一块儿！
世界，全是一个人的。
可接着醒了，我在哪儿？
完全，完全孤零零的。

帝王下令，也留不住睡意，
所以我爱没天亮就醒；
这样，睡意尽管去，
天还暗呢，一个人把眼睛轻闭，
好梦啊照样继续。

荒野里的男孩

树叶缠绕，把他裹起来，
那树叶是他唯一的衣衫——
他正在采果子，可爱的男孩，
在荒野地里，在月光下面。
月亮皎洁，空气流畅；
一株株高树上，矮树上，许多
果子和花儿一起生长，
那颜色多么美丽，柔和！
花果在朦胧的大气中悬挂，
彩色斑斓，像一幅图画！
人们都说，在这样的天气里，
夜晚比白天更可爱，更惬意。
是谁欺骗了漂亮的男孩，
让他在这里徘徊游荡，
独自在夜里，一个小男孩，
在这荒凉寂静的地带——
他没有朋友和妈妈在身旁？

（屠笛、屠岸译）

爱

能激动人们魂魄的一切——
一切思想、热情、欢乐，
全部都只是爱的使者，
饲养着爱的圣火。

我常在醒着的梦幻之中
重新度过那快乐的时光，
那时我卧在半山的路边，
那座荒废的塔旁。

偷偷地照着这景色的月光，
已跟傍晚的微晖交晕；
她也在，我的希望、欢乐，
我的琴维芙，爱人！

她倚在那个武装的男子——
那武装骑士的塑像身旁；

她站在晚霞渐隐的余晖中，
倾听着我的歌唱。

她自己不大有悲哀忧伤，
琴维芙，我的希望！欢欣！
我唱起能使她悲哀的歌曲，
她就爱我最深。

我奏出缠绵悱恻的乐调；
我唱出古代动人的故事——
那古老粗朴的歌曲，最适合
这荒凉苍莽的废址。

她听着，眼睛不敢抬起，
满脸羞怯，一阵潮红，
因为她清楚我不会看别的，
只凝视她的面孔。

我唱着告诉她：一位骑士，
他的盾牌上刻着火炬；
他向"倾国的美人"求婚，
已花了十年工夫。

告诉她：他如何憔悴——啊！

那深沉、低诉、请求的语气，
我用来歌唱别人的爱情的，
解释了我自己的心意。

她听着，眼睛不敢抬起，
满脸羞怯，一阵潮红，
她原谅我了，虽然我过分
痴痴地看她的面孔。

但等我唱到：那美人的冷酷
使勇敢而痴情的骑士疯癫，
他不息地穿越山间的树林，
不论在黑夜，在白天。

有的时候从荒野的洞窟里，
有的时候从幽暗的树荫中，
有的时候又突如其来地
从洒满阳光的绿茵中——

出现了一位光辉的美天使，
来凝视这位骑士的脸庞；
然而这悲惨不幸的骑士啊，
他明白那正是魔王！

自己也不知道做了什么事：
他扑向一帮歹毒的暴徒，
把"倾国的美人"从一种比死
更坏的凌辱中救出。

她哭着，抱着他的膝盖，
看护他——已经没有用处；
她始终努力着想赎回那使他
发狂的傲慢冷酷。

她在山洞中细心照料他；
骑士的癫病终于消失，
他躺在林中枯黄的落叶上，
不久就要去世。

他临终的遗言——但我一唱到
那全首歌谣中最哀婉的一段，
我喉音颤抖，琴声终止，
她的心因同情而纷乱！

灵魂中、感官上的一切激动
使我无邪的琴维芙震颤；
包括这音乐，这悲伤的故事，
这多彩而温馨的傍晚。

还有希望，和点燃希望的
胆怯，那分不清楚的一团，
还有那长久压抑着，压抑又
长久珍爱的心愿！

她因同情和喜悦而哭泣，
因爱情和处女的娇羞而红脸；
我听见她吐出我的名字，
像梦中轻声的喃喃。

她胸脯起伏着——她走开一步，
像觉察我在注意她而躲开——
随后她带着羞怯的眼光
突然扑向我，哭起来。

她两只手臂轻轻地围着我，
她给我一个温柔的拥抱；
她仰起头来，眼睛向上，
凝视着我的面貌。

这儿有一点爱，有一点怕，
还有一点是带羞的方法——
使我与其看见，不如感到

她心房因激动而扩大。

我给她抚慰，她渐渐平静了，
以处女的骄傲表白了爱情；
我于是赢得了琴维芙，我的
新娘啊，光艳照人。

回答一个孩子的问话

你可知道鸟儿在说什么？麻雀，白鸽，
红雀和鸫鸟在说："我爱，我爱！"
冬天，他们沉默了——风刮得厉害；
风说啥，我不知道，可风在高歌。

绿叶，鲜花，晴朗暖和的天气，
歌唱，爱情———一切都重回大地。
而云雀啊，洋溢着爱，充满了喜欢，
他下面是绿野，上面是蓝天，
于是他唱啊，唱啊，他永远唱不败：
"我爱我的爱，哎，我的爱把我爱！"

午夜霜

寒霜履行着它的秘密使命，

不借助半丝风力。小枭的叫声

很尖厉——听，又来了！跟上次一样。

我住的村舍①里，大家全都安睡了，

把我留给了寂寞，寂寞，适宜于

更深的沉思：只是，在我的身旁，

我的婴儿②在襁褓里安然酣睡着。

真安静！安静到这样，竟然能干扰、

能打断我的冥想，由于那奇怪的、

极度的岑寂。大海，山岳，树木，

人烟稠密的村庄！海岳，森林，

人世间无穷无尽的纷纭扰攘，

梦一样悄无声息！淡蓝的轻焰

倚着将尽的炉火，一动也不动；

---

① 柯尔律治的村舍，在奈塞·斯托威。
② 柯尔律治的儿子哈特利，后来也成为诗人。

只有那飘在炉栅上面的淡烟①，

仍然袅动着，是唯一不知安静的。

无声的宇宙间，只有它在运动，而我

依然清醒，它恰好与我相伴，

也许在暗地里与我交流感情，

闲游的精灵按照自己的心态

解释淡烟的飘动和奇形怪状，

到处寻觅自己的回声和映象，

凭遐想而逸兴遄飞。

可是啊！多少次

我在学校里，总是深信不疑，

有预感，我目不转睛地望着门栅，

等待那翩然而至的"来客"！多少次，

尽管睁着眼，我已经入梦，梦见

可爱的故乡②，古老教堂的塔楼，

教堂的钟声，穷人唯一的音乐，

在熙熙攘攘的赶集日，从早敲到晚，

悠扬动听，萦绕我心头，打动我，

一种销魂的喜悦，落上我耳膜，

绝似清晰的嗓音预告着未来！

---

① 作者自注："在这座王国的全部领域内，这些淡烟名叫'来客'，想来，是某些不速之客即将来临的预兆。"

② 柯尔律治的诞生地是德文郡的奥特里·圣玛利镇。他9岁开始到伦敦上学。

我这样凝视着，直到梦的慰藉
哄我入睡，而睡眠又延长了梦境！
第二天上午我依然神思恍惚，
又怕见严峻导师①的脸色，我眼睛
做学习样子，盯住晃动的课本；
只要教室门打开，我抓住机会
匆忙瞥一眼，我的心猛然跳起来，
因为我渴望看到"来客"的面貌，
老乡，大妈，或更加亲爱的姐姐——
我的玩伴儿，我俩穿一样的衣服②！

亲爱的宝宝，睡在我身旁褓褓里，
呼吸声安恬，在这片深沉的宁静中
听得见，填补了我冥思遐想中
四散的空隙和片刻停顿的间歇！
宝宝多漂亮！他使我心灵震颤，
充盈着温柔的喜悦，这样看着你，
想你将学到多么不同的知识，
在多么不同的场合！而我是成长在
大城市，被关进了幽暗的修道院③，除了
天空和星星，见不到慈颜和笑容。

---

① 指柯尔律治求学的伦敦基督慈幼学校的詹姆士·鲍依尔先生。
② 当年柯尔律治和他的姐姐安都穿着幼儿服。
③ 指基督慈幼学校。

而你啊，宝宝！你将如一朵轻风
漫游过湖泊和沙岸，飘在古老的
崇山峻岭下，托起汹涌的云浪，
任滔滔云海变形为湖泊和沙岸，
或悬崖峭壁；于是你将会看见
美好的景象，会听见明晰的声音，
这些都源自上帝永恒的语言，
上帝在永恒之上，教化万物，
他在万物中，万物在他的心中。
宇宙的导师！他将铸你的灵魂，
给你以恩赐，也让你提出请求。

于是所有的季节对你都美好，
无论是夏季，大地上郁郁葱葱，
或者换一个季节，红胸鸟歌唱，
在苔痕斑斑的苹果树秃枝上栖息，
周围是积雪，附近的屋檐在阳光下
解冻，冒水汽；无论是疾风暂歇，
这时才听见檐水一声声滴落，
或者严霜的秘密使命把檐水
挂起来，成为一条条无言的冰柱，
向着宁静的月亮宁静地闪光。

老水手的歌 ①

第一部

那是个年老的水手，他见到
三人来，把一人拦住。
"你胡子花白，眼放异彩，
你拦我，是什么缘故？

"那边新郎家，大门敞开，
我是他家的亲戚，
客人都来了，筵席摆开了，
欢闹声正在响起。"

他的手皮包骨，把贺客抓住，
"从前有条船……"他开口；

有一位老水手，遇到三位应
邀赴婚宴的男士，他拦住了
其中的一位。

---

① 这首诗作于 1797 年冬至次年春，发表于 1798 年 9 月出版的作者与华兹华斯合著的《抒情歌谣集》中。1815—1816 年，作者又为此诗加了 58 条旁注，这种旁注在英国诗歌中极为罕见。

"别抓我，松开，白胡子无赖！"
老水手只好松手。

他目光如炬，把贺客摄住——
那贺客僵立如柱，
如三岁小孩，听他道来，
老水手这才满足。

贺喜的宾客被这位老水手的眼睛镇住，不由自主地听他讲故事。

新郎的贺客，石头上坐着，
只能听，没法选择；
这水手老汉，便继续开言，
眼珠子闪着光泽。

"船听到欢呼，从港口驶出，
我们愉快地启程，
驶过教堂，驶出山岗，
驶过灯塔的尖顶。①

"太阳来临，冉冉上升，
跃自大海的左方！
它光芒万丈，向着右方，
它落入大海汪洋。②

老水手讲道，船扬帆向南驶去，风向好，天气也好，船驶到赤道。

① 船从英国出发。
② 表明船在大西洋上向南行驶。

"太阳一天比一天升高，
正午直照桅杆顶——"①
客人被缠住，捶胸又顿足，
他听到弦管高鸣。

新娘已经步入了大厅，
姣美得像朵红玫瑰；
在她的前面，把头儿频点，
走来了吟唱的歌队。

贺喜的嘉宾听见了婚礼的
音乐，但是老水手继续讲
故事。

贺喜的嘉宾顿足捶胸，
不能选择只能听；
于是老水手继续开口，
睁着贼亮的眼睛。

"暴风雨突然降临到海上，
无比专横，猖狂：
它举起遮天的羽翼进击，
把我们赶向南方。

船被一股暴风吹向南极。

"桅杆弓背，船头进水，
像背后有人吼，伸拳头，

———————————
① 船到达赤道。

总是在敌人的阴影下面，
只好低着头向前，
帆船快快逃，狂风呼呼叫，
我们向南方奔窜。

"这会儿来了浓雾大雪，
天气变得彻骨寒；①
浮冰过船旁，高过桅樯，
像翡翠，碧绿晶蓝。

"冰山上积雪，夹缝中穿越，
送一片凄切的寒光；
这里没人影，也不见兽踪——
只有那冰雪茫茫。

冰天雪地，有一种可怕的声音，见不到任何生物。

"这儿是冰山，那儿是冰山，
四周全都是冰山；
冰爆裂咆哮，冰怒吼长嚎，
轰隆声使人昏眩！

"一只信天翁，出现在海空，
飞来了，穿过了浓雾，
像是来了个基督的使者，

一只奇妙的海鸟，名叫信天翁，穿过雪雾飞来，受到兴高采烈的欢迎和款待。

_____
① 船越过南极圈，进入南寒带。

凭上帝我们欢呼。

"它吃着从未吃过的食物，
它绕船翱翔飞舞，
冰山爆裂如阵雷急切；
舵手领我们冲过去！

"南来的好风在船后吹送，①
信天翁与船同在，
每天每日它游戏、吃食，
水手们一叫就来。

"雾里云里，桅上帆上，
它随船栖止了九夜，
整夜整晚，白雾弥漫，
苍白的月光明灭。"

"愿上帝救你，老水手！别再让
魔鬼们祸害你这样凶！——
你变了，咋回事？"我用弓矢
一下子射杀了信天翁。

看，很清楚，信天翁是一只
带来好兆头的鸟。船穿过雾
和浮冰驶回北方时，信天翁
跟着船走。

老水手极不友好地射杀了
这只带来吉祥的圣鸟。

---

① 船离开南极，掉头北返。

第二部

太阳来临，冉冉上升，
跃自大海的右方，
在雾里隐藏，向着左方，
它落入大海汪洋。

南来的好风仍然在吹送，
不再有好鸟同在，
没有鸟为游戏，吃食，听水手
呼叫一声就飞来。

我做的事情实在可憎，
给大家带来灾害：
大家都相信，我杀的飞禽
曾把好风引过来。
他们说道，孬种啊！杀了鸟
不再有好风吹过来。

船上老水手的伙伴们大叫，
抗议他杀死这只带来好运
的鸟。

不再暗又红，光灿太阳升，
像抬起上帝的头颅；
大家又说道，我杀的那鸟
曾带来海上的大雾。
大家改口说，我干得不错，

但是，当大雾消去后，他们
又说老水手做得对，这样，
他们就同样有罪。

那鸟曾带来大雾。①

好风轻刮，白沫开花，　　　　　好风继续吹；船进入太平
轻舟破浪向前闯；　　　　　　　洋，向北行驶，直达赤道。
开天辟地，我们首次
突进这沉寂的海洋。

风停止吹刮，帆落船不发，　　　船突然停止不动。
气氛愁惨凄清：
我们找话说，只为了打破
海上的静寂无声！

天气酷热，天空黄铜色，
正午的太阳红似血，
在天空高悬，正对着桅杆，②
大小不超过满月。

一日又一日，一天又一天，
我们被卡住，不出气，不动弹；
静止如一条画船
泊在彩画的海面。

---

① 信天翁被杀的次日，大雾消散，阳光朗照。别的水手们认为，大雾是信天翁
带来的，杀了信天翁，才有了晴朗的天气。
② 船只又到达赤道。

水啊，水，到处是水，
甲板被浸得皱缩；
水啊，水，到处是水，
这水一口也不能喝。

基督啊，大海本身在腐烂！
如此骇人的景观！
多少黏滑的爬虫伸爪
爬行在黏滑的海面。

时远时近，成簇成群，
黑夜里鬼火流彩；
海水似女巫烧的油，
碧绿，晶蓝，惨白。

有人确信在梦里见到
给我们灾害的精怪——
九㖞下深海里紧追着我们，
从雾乡雪国赶来。①

滴水不进喉，我们的舌头

为信天翁复仇的报应开始。

一个精怪跟随着他们；他不是鬼魂也不是天使，而是这个星球上的无形居民之一；关于这些居民，可以向犹太族学者约瑟夫斯以及那位柏拉图信徒、君士坦丁堡人迈

---

① 雾乡雪国指南极。"给我们灾害"指信天翁被杀后船员们受到痛苦的磨难，是南极精怪的作为，意在为信天翁复仇。

全都枯萎到根部：

我们没法子说话，好似

喉咙被煤灰卡住。

啊！不得了！全船老少

注视我，目光那么凶！

在我的胸口，十字架撤走，

挂上已死的白头翁。

克尔·普塞勒斯请教。那些
无形居民为数甚多，在任何
地带、任何环境里都有他
们，至少一位。

同船的伙伴们，在极度痛苦
中，想把全部罪责让老水手
来承担，于是他们把已死的
海鸟挂在他的脖子上，作为
有罪的标志。

第三部

沉闷的日子真难挨。每个人

口干舌燥，眼发呆。

焦灼的等待！日子难挨！

眼睛已累坏，直发呆，

向西方瞥一眼，我忽然发现

天边有东西飘来。

起初那是个小斑点，

然后像一团烟霭；

它移动，移动，终于让我

把它的形体看出来。

老水手见到远方有一个迹象。

斑点，烟，形体，我看见！
它挨近，继续挨近：
它似乎一心要躲避水妖，
便猛窜，打旋，转身。

喉头似火烧，嘴唇枯焦，
不能笑，也不能号啕；
极度干渴，人人哑默！
我咬破手臂，把血吮吸，
我大叫：一条船！船一条！

喉头似火烧，嘴唇枯焦，
大家张大嘴，听我嚷：
好啊好！他们高兴得咧嘴笑，
一听说船来了就呼吸舒畅，
好像在痛饮琼浆。

瞧啊瞧！（我喊道）她不再转身！
来这里给我们送好运；
没有风吹，没有潮推，
她昂首前进身骨挺！

西边的海浪如熊熊火光，

那迹象挨近了些，他觉得像
是一条船；于是他用高昂的
代价赎回了他被干渴封锁了
的说话能力。

欢乐的瞬间。

恐怖随之而来。因为，没有
风，没有潮，船能来吗？

白昼的路程快走完！
红亮巨大的太阳
落在西边的海浪上面；
突然那奇怪的形体
闯进了我们和太阳之间。

太阳一下子蒙上条栏，　　　　　　　他看见的似乎只是船的残骸。
（愿天上圣母赐爱！）
像隔着地狱的铁栅，太阳
火热的圆脸露出来。

啊哟！（我的心猛跳，我想）
她越来越近，这么快！
那可是她的帆，在夕阳下面，
像薄纱，不停地溢彩？

栅栏，太阳从后面露脸的，　　　　　那船的肋条，看上去像是夕
是不是那船的肋骨？　　　　　　　　阳面庞上的一条条栅栏。
船上可只有那一位"女子"？　　　　　船残骸的甲板上只有"鬼女
是否有两位？另一位是"死"？　　　　子"和她的伙伴"死"，别无
"死"的可是那女子的伴侣？　　　　　他人。

她嘴唇猩红，她形骸放纵，　　　　　像这样的船，就有这样的船
她头发黄似纯金，　　　　　　　　　员！

她皮肤苍白如患麻风，
她就是梦魇之魔"死中生"①，
能使人血液冷凝。

光秃的船身向我们靠近，　　　　　　"死"和"死中生"掷骰子赌
那两位②掷骰在船上，　　　　　　　　船员的命运。赌老水手时，
"这牌局定了！我赢了！我赢了！"　"死中生"赢。
她③说着，吹口哨三响。

残阳入海；群星奔出来，　　　　　　太阳的庭院里不存在暮光。
黑夜只一步就来到；
海面上飕飕的一声去远，
鬼船箭一般飞掉。

我们听着又侧眼觑看，　　　　　　　月亮上升时。
"恐惧"在心头把血液吸干，
仿佛从杯中抿酒！
星光暗淡，夜气如盖。

灯下舵手的面容惨白，
露水沿帆篷滴漏——

---

① "女子"头发黄似纯金喻"生"，皮肤苍白如患麻风喻"死"，所以是"死中生"。
② 指"死"和那"女子"即梦魇之魔"死中生"。
③ 指"死中生"。"死"与"死中生"赌掷骰子。赌其他船员的命运时"死"赢了；
赌老水手的命运时，"死中生"赢了，其他船员都得死，老水手则死里逃生。

一弯新月从东方上升，
一颗光灿的明星
在新月弯钩里逗留。

月行星赶①，船上的海员　　　　一个赶一个。
来不及呻吟呼救，
一个个疼痛得扭曲面孔，
用眼睛把我诅咒。

船上整整两百个活人　　　　老水手的船友都倒下死去。
（没听到呻吟和叹息）
扑通扑通，跌得沉重，
一个个倒下，断了气。

他们的灵魂从肉体逃亡——　　　"死中生"开始对老水手施
飞向地狱或天堂！　　　　　　加影响。
一个个灵魂，飞过我身旁，
像我的弓矢飕飕响！

第四部

"我怕你呀，我怕你，老水手！　　　贺喜的宾客害怕对他说话

---

① 船员们迷信星在月侧是不祥之兆。

435

我怕你两手皮包骨！
你呀，细高个，面黄肌瘦，
像肋条撑起的沙土。

"我怕你，怕你眈亮的眼神，
你两手黧黑，皮包骨。"
别怕，别怕，贺喜的嘉宾，
我并没倒下死去。

孤独啊孤独，极度孤独，
大海茫茫，广又阔！
没一位天神向我垂顾，
哀怜我灵魂受折磨。

多少汉子啊，仪表堂堂！
全死了，躺在甲板上；
几千几万条黏滑的爬虫
却活着，我也这样。

我两眼注视腐烂的海面，
我又把目光移挪；
我两眼注视腐烂的甲板，
甲板上死者偃卧。

的是鬼。

老水手向客人保证自己是个
活人，并继续讲述他可怕的
悔罪故事。

他瞧不起那些安静的海上的
生物。

他妒美那些活物，而这么多
人已经死了，僵卧着。

我仰望苍昊，一心想祈祷；
但祷词还没出声，
便听见一声邪恶的咒语，
我立即心灰意冷。

我闭下眼帘，不敢睁眼，
眼球跳动似脉搏；
因天空和大海，大海和天空
把我的倦眼压得沉重，
我脚旁有死者偃卧。

死者肢体上冷汗蒸馏，
尸体不腐烂不发臭：
他们临终时瞪着我，那神态
在他们脸上长留。

但是诅咒还留在死者的眼睛
里，对他仍然起作用。

孤儿的诅咒能够把亡灵
从天堂送入地狱；
但是啊！比这要更加可怕，
是死者眼里的咒语！
七夜加七昼，身受那诅咒，
我求死却不能死去。

月亮移动，登上天穹，

他极度孤独，又动弹不得，

从不在中途稍停：
她只是悄悄地攀上天梯，
伴着一两颗明星。
月光像洒下四月的寒霜，
嘲弄酷热的大洋；
笼罩着巨大船影的海上，
海水着了魔，烧火涛火浪——
烧万顷骇人的血浆！

海面上巨大的船影之外，
我见到无数水蛇：
水蛇游动时，踪迹发亮，
水蛇竖立时，鬼怪的幽光
破裂成灰絮撒播。

海面上巨大的船影之内，
我见到水蛇的盛装：
碧蓝，晶绿，羽绒般乌黑，
水蛇蜿蜒地游移，一路上
金色的火焰闪光。

幸福的生灵啊！水蛇的美姿
没口舌能够道出；

因而非常向往漫游的月亮，
以及暂时逗留又继续行进的
星星；漫无边际的蓝色天空
属于它们，成为它们休憩的
地方、它们的故乡和它们的
自然家园。它们不用通报就
进入天空，就像理所当然受
欢迎的主人，它们抵达时天
上洋溢着宁静的欢乐。

靠着月光，他见到上帝创造
的生灵在宁静的大海中。

它们的美姿和它们的快乐。

我心中涌出股爱的泉水，
我不知不觉为水蛇祝福：
准是慈悲的天神怜悯我，
我不知不觉为水蛇祝福。

他衷心地为它们祝福。

与此同时，我可以祈祷；
突然那已死的信天翁
从我的胸前自动往下掉，
铅块般沉入海中。

符咒开始失效。

第五部

啊，睡眠！温馨，香甜
从南极到北极，人人爱！
愿圣母玛利亚受尽颂赞！
她从天堂里派遣睡眠
潜入我灵魂中来。

甲板上那些水桶空空的，
搁在那里很久了。
我梦见桶里盛满了露水，
醒来，天在下雨了。

托圣母玛利亚的福，老水手
在雨中恢复了活力。

我嘴唇湿润，喉咙凉爽，

我的衣服全湿透；
肯定我是在梦里醉了，
醒来我还要喝个够。

我慢慢挪动，但四肢空灵；
身体轻盈——我思忖
自己已经在睡梦中死去，
是个幸福的灵魂。

随即我听到狂风怒号，
风没向船身靠拢，
只是呼啸的风声摇晃着
那又薄又破的帆篷。

他听见声音，他看见天空上
和大气中有奇异的景象和骚
动。

高空里突然爆发出生气！
千百面火旗放异彩，
是闪电匆忙地来来去去！
惨白的星星进进出出，
在其间跳起舞来。

刮来的狂风吼声更大，
船帆如莎草哀鸣，
大雨从乌云中倾盆而下，
月亮向乌云挨近。

浓密的乌云裂开，月亮
依然在乌云的旁边，
像高山瀑布向下直冲，
闪电扑地，没一丝隙缝，
像大河湍急倒悬。

高呼的狂风没吹到船篷，
这船却开始航行！
电光闪过去，月光射下来，
死者们发出呻吟。

船员们的尸体受到力量的
驱使，船向前行驶。

他们呻吟，活动，起身，
不说话，不转动眼睛；
即使在梦里，这事也稀奇，
能看见死人们起身。

舵手掌舵，船只航行；
海上没一丝轻风；
水手们像往常干活一样，
拉起船上的缆绳，
他们举手臂如举起工具——
我们是一群幽灵。

我旁边是我侄儿的尸身，
他跟我膝头碰膝头；
我们俩同拉一根绳，
可是他始终不开口。

"我见你就感到害怕，老水手！"
不用怕，贺喜的嘉宾！
痛苦的灵魂们已经逃逸，
并没有重新返回尸体，
这里是仙灵们附身。①

天亮了，他们放下手中活，
聚集在桅杆周围；
口中吐出甜美的歌曲，
歌声向远方飘飞。

飘荡，飘荡，甜美悠扬，
一声声直达朝阳，
歌声又慢慢回到船上，
交错着齐唱和独唱。

一会儿有声音来自天庭，
我听见云雀歌吟；

但那力量不是来自这些人的灵魂，也不是来自大地或空中的魔鬼，而是来自天国的一群天使般的仙灵，由守护的天神召唤、派遣下凡。

---

① 一群仙灵附在已死的船员身上，驾船绕过南美洲合恩角，回到大西洋。

442

一会儿全是小鸟儿飞来，
仿佛要让这天空和大海
充满了甜美的啭鸣！

这回像整个乐队合奏，
这回像怨笛独鸣；
这回啊，仿佛是天使唱歌，
整个天界在静听。

歌停了；帆篷直到午时
还发出悦耳的声音，
像在绿叶繁茂的六月
幽谷里溪水低吟，
仿佛整夜为酣睡的林木
唱出安恬的歌声。

上午，我们静静地航行，
海上没一丝微风；
航船缓慢地向前滑行，
水下有魔力驱动。

龙骨下面九㖊的深处，
有一个精怪潜行在水中，
来自迷雾和冰雪的国度，
来自南极的孤独的精怪，遵
照那一群仙灵的命令，把船
推动，尽可能远送到赤道，

就是他把船推送。①
帆篷到午时不再出声，
船也就停住不动。

太阳，正对着桅杆尖顶，②
把船钉牢在海面，
但稍过片刻船重新启动，
动作短促而艰难——
向后向前，船身动一半，
动作短促而艰难。

突然，像烈马撒蹄狂奔，
这只船向前猛冲：
一下子血液涌进我脑门，
我倒下，昏迷不醒。③

我在昏迷中躺了多久，
我不知道，说不清；
但在我恢复生命之前，
我的灵魂清楚地听见

仍然试图复仇。

南极精怪的魔鬼伙伴，即空
间的无形居民，参与了他为
海鸟被杀而复仇的事；他们
中间有两位在说话，一个对

---

① "天亮了，他们放下手中活"之后，仙灵们吩咐南极精怪在水下推送这艘船。
② 船到达大西洋上的赤道，南极精怪不再推送，船顿时停住。
③ 南极精怪已返回南极。一群仙灵驱船北驶，由于船行太快，人不能忍受，老
水手因而昏厥。

空中有两个声音。①

一个说："是他吗？是这个汉子？

凭基督名义，请你说分明，

是他用弓矢残酷地杀死

那善良无辜的信天翁？

"在那迷雾和冰雪的国度

有一个精怪栖止，

他爱那只鸟，鸟爱那汉子，

汉子却把鸟射死。"

另一个声音比较温和，

蜜露般轻声低语：

"杀鸟的汉子已经忏悔，

忏悔将长久继续。"

另一个说，老水手长时间沉
痛的忏悔，已被南极精怪接
受，南极精怪已返回南方。

第六部

第一个声音：

"告诉我，告诉我，你再说说，

请你轻声地回答我——

是什么伟力使这船飞驶？

大海又做了什么？"

---

① 老水手在昏迷中听见两个小精灵在谈话，这两个小精灵是南极精怪的伙伴。

第二个声音：

"大海像仆人面对主人，
风平浪静好驯良，
大海睁开明亮的大眼睛
静静地望着月亮——

"大海想知道，怎样做才好，
福与祸，凭月亮指引，①
你瞧！月亮俯视着海洋，
显示出一片好心。"

第一个声音：
"没海风吹来，没海浪澎湃，
船怎么开得这样快？"

第二个声音：
"船的前头，空气被劈开，
后头，空气合拢来。

"飞啊，兄弟！飞高些，高些！
否则我们会误事；

老水手已处于昏迷状态。因为仙灵的力量推动着船向北行驶，快得使凡人无法忍受。

---

① 凭月亮指引，是说海上有风无风，潮涨潮落，都由月亮主宰。"福"指风平浪静，"祸"指风浪险恶。

一旦老水手噩梦得缓解,
这船将徐徐行驶。"

我醒来,我们继续航行,
似乎遇到了好天气:
在夜里,月亮高挂,夜很静,
死者们站立在一起。

海员们全都站在甲板上,
像尸骸集中在鬼殿:
眼睛都呆滞,向我注视,
月光下荧荧闪闪。

他们死时的诅咒、痛苦
还没有解除、消亡,
我不能回避他们的盯视,
也不能祷告上苍。

魔法终于被消解,再一次
我见到碧蓝的海洋,
我放长视线,却很难再见
曾经见过的风光——

好比一个人,独行在野径,

超自然的快速移动已经推
迟;老水手醒过来,他开始
重新忏悔。

诅咒终于通过赎罪而消解。

心惊胆战，不停留，
回头望一眼，连忙向前走，
从此再不敢回头；
他心里明白，可怕的魔怪
紧跟在他的身后。

接着一股风吹到我身边，
这股风无声又无息，
似乎并不曾吹过海面，
没波纹，也没涟漪。

风掀起我头发，拂弄我面颊，
像春风吹过草莱——
奇怪地交融着我的惊恐，
又像欢迎的抚爱。

这船飞快地、飞快地航行，
同时却走得平稳，
这风轻轻地、轻轻地吹拂——
仅仅吹向我一人。

啊，欢乐的梦啊！眼前   老水手见到了故乡。
真的就是那灯塔？
真的就是那山岗？那教堂？

真是我故乡，啊？

船到港口，绕过沙洲，
我带着哭泣祈祷——
上帝啊，让我苏醒吧！要不，
就让我永远睡觉。

海港明净得像镜子一样，
这样地柔滑，平坦！
一片月光，洒向海港，
月影荡漾在水面。

山崖和崖上矗立的教堂
凭月色闪闪生辉；
风信鸡安静，沉稳，不摇晃，
沐浴着月光如水。

静静的月光把港口照亮，
呈现出银白一片，
突然间，深红的形影幢幢
在港口水上出现。①

仙灵们离开了死者们的躯
体。

一个个深红的形影出现，

显出他们原有的光辉形象。

① 仙灵们离开船员的尸身，纷纷显出他们的本相。

跟船头距离不远；
我转而把目光投向甲板——
见到什么呀？我的天！

尸体一个个平躺，僵卧，
我凭十字架起誓！
每一个尸体旁边都站着
一位光辉的天使。

是一队天使，在挥手不止：
一派天国的景象！
每一位天使是毫光一支，
把信号发到地上。

这一队天使，在挥手不止，
他们都不声不响——
不开口；但是啊！这片哑默
像音乐渗入我心脏。

我很快听见划桨的声音，
听见领航人欢叫；
我不由自主地转过头去，
见一条小船驶到。

领航人带他的助手一道
飞快地驶来了，上帝！
船上的死者们不能毁掉
我心中涌出的欢喜。

我看见小船上还有一个人，
那是善良的隐士！
我听见他正在高声吟唱
他写于林中的颂诗。
他将赦免我灵魂的罪孽，
洗净信天翁的血渍。

第七部

善良的隐士居住在林中，　　　　　　山林隐士。
山林倾斜到海边。
他高声吟唱，嗓音优美，
每逢水手们从远方回归，
他喜欢跟他们聊天。

他早晨、中午、傍晚都祈祷，
在圆形垫子上跪拜，
垫子是老橡树留下的残桩，
上面有青苔覆盖。

小划艇近了，我听见说话声：

"真是的，事情挺蹊跷！

那么些明亮的灯光哪去了？

哪去了，刚才的信号？"

"蹊跷！"隐士也这么说，"他们　　小划艇令人惊奇地靠近船。

不理睬我们的呼叫！

船板翘了！瞧啊，那些帆

变得又破又薄！

我从没见过这样的破帆，

简直像——满目萧条。

"我的林子里黄叶一片片

尸骸般浮在溪水上，这时，

常春藤枝条被大雪压倒，

猫头鹰俯身向恶狼干叫，

把狼的幼崽吞吃。"

"上帝呀！这光景魔鬼般恐怖——

（领航人回话）我害怕！"

隐士却情绪昂奋，大呼：

"往前划！只管往前划！"

小船驶向前，挨近大船，
我不动也不说话；
小船一贴近大船船身，
有响声突然迸发。

声音从水底轰隆隆响起，　　船突然下沉。
大得越来越吓人：
响声叩大船，震裂海湾；
大船像铅块下沉。

可怕的轰隆震撼海空，　　老水手被救上领航人的小
震得我不省人事，　　船。
我像七昼夜淹入水中
漂浮起来的尸体；
但很快我发现自己，像做梦，
躺在领航人小船里。

大船沉没，卷起大旋涡，
小船打转又打转；
四周复归于寂静，只有
山间的回响不断。

我刚一开口——领航人立即
尖叫一声便昏倒；

虔诚的隐士两眼朝天，
坐着向上苍祈祷。

我拿起桨来；领航人之子
便吓得魂不守舍，
高声傻笑，不停地傻笑，
两眼转动着惶惑，
"哈哈！"他叫，"我亲眼见到
鬼也会划桨操作。"

如今，回到了祖国，稳稳地
我脚踏家乡的土地！
隐士蹒跚地走下小船，
几乎已不能站立。

"帮我赎罪吧，圣徒！"我恳求。   老水手诚心恳求隐士帮助
隐士在额前画十字，   他赎罪；老水手必须终生
他道："快说，我要你快说，   忏悔。
你是什么人，你是？"

顿时我浑身上下承受着
阵阵剧烈的痛苦，
使我不得不把故事讲述，
然后痛苦才解除。

从此以后，没准啥时候，
那痛苦会再度袭来；
解法是重述那可怕的故事，
任心火烧透胸怀。

在他整个后半生中，一种剧
烈的痛苦不时地迫使他从
一处浪游到另一处。

我流浪，像夜，从一地到一地，
我有了开口的奇招；
我一旦见到人神色别样，
会马上明白他该听我讲，
便给他讲故事劝导。①

新郎家传出一阵阵喧闹！
贺喜的宾客齐到；
新娘和伴娘同声歌唱，
园亭外歌声缭绕：
听啊！晚钟悠悠地敲响，
嘱咐我别忘了晚祷。

嘉宾啊！我这把老骨头曾经
浪游过无边的大海：
海上是那么寥寂，连上帝
也不会在那里徘徊。

---

① 故事开头，老水手遇见三人，却只拦住一人。其原因到此点明。

我感到，要是和各位友好
一起上教堂去祈祷，
这要远胜过婚礼的盛筵，
远胜那美味佳肴！

和大家一同走进教堂，
和大家一同祈福，
快活的少女和少男，老人，
幼儿，好朋友，一齐俯身
崇拜伟大的天父！

再见了，再见！贺喜的贵客！
请听我一言相告：
只有爱人类，又爱鸟，爱兽，
祝祷才会有灵效。

他现身说法，劝导人们热爱
并尊重上帝所创造和热爱的
一切生灵。

真心热爱大小生灵吧，
然后祈福才得福；
因为上帝爱一切生灵，
原是他创造了万物。

老水手两眼炯炯有光焰，
年迈人胡子花白，
他走了；那位贺喜的宾客

456

也离开新郎的门宅。

他去了，有些失魂落魄，
像被人一棍子打昏；
第二天起来他换骨脱胎，
变得更沉郁、更聪明。①

---

① "变得更沉郁、更聪明"这行原文"A sadder and a wiser man"成为英文成语，
意思是：吃过苦头而学乖了的人或经过痛苦的磨炼而变得更智慧的人。

罗伯特·骚塞

（Robert Southey，1774—1843）

罗伯特·骚塞是三位"湖畔诗人"当中的一个，但诗名远不如华兹华斯和柯尔律治。他曾入牛津大学就读。年轻时受到启蒙思想的影响，是法国大革命的热情支持者，并同柯尔律治一道计划去美洲创建理想的大同社会。他后来的思想产生了很大转变，趋于保守。

骚塞是一位勤奋的作家和学者，一生创作了大量的史诗、短诗、散文、传记、历史著作等作品。1813 年，他获得了"桂冠诗人"的称号。骚塞目前广为人们诵读的诗作是他的一些优美清新的抒情短诗。他的童话故事《一只熊》也受到人们的喜爱。《布伦宁战役之后》是他的一首脍炙人口的诗，在这首诗中，作者对不义的战争提出强烈抗议，主张人类和平相处，体现了悲天悯人的人道主义思想。

布伦宁战役之后 [1]

一个夏日的傍晚，

老卡斯巴把活儿干完，

夕阳光下他坐着，

在自己村舍的门前；

小孙女薇尔敏在他身边

绿色草地上嬉耍游玩。

她看见哥哥彼得金

滚来个东西大又圆，

那东西原是他在小河旁

玩耍时偶然发现；

他过来问爷爷这玩意儿是啥，

这么大，这么圆，又这么光滑。

卡斯巴从孩子手中接过它，

孩子在一边等待；

① 布伦宁是欧洲中部巴伐利亚西部一小村庄（亦译作布伦海姆）。1704 年西班
牙王位继承战争中，英奥同盟军在此大败法国和巴伐利亚联军。

于是老人摇一摇头儿，
不禁发出叹息来：
"这是个可怜家伙的头盖骨，
他打了大胜仗，一命呜呼。

"我在花园里找到好几个，
那东西多着呢，在这一带；
我犁地的时候常常见到
犁铧把头盖骨翻出来。
成千上万的人啊，"他讲，
"在那场大大的胜仗中阵亡。"

"告诉我们那是咋回事。"
少年彼得金大声讲；
小姑娘薇尔敏仰起了头儿，
含着好奇的目光：
"告诉我们打仗是干吗，
他们为什么要互相拼杀。"

"那是英国人，"卡斯巴大声说，
"一仗打败了法国兵，
可他们为什么互相拼杀，
我也实在说不清。
不过大伙儿都说，"他讲，

"那是一场有名的大胜仗。

"我爹那时候住在布伦宁,
那条小溪的近旁;
人们烧毁了他的房屋,
他不得不逃往他乡:
他带着老婆孩子逃命,
找不到地方落脚安顿。

"到处是一片刀光火影,
一切都化为灰烬,
许多怀着孩子的母亲
和新生的婴儿丧命;
可是你知道这情况是每次
著名的胜仗中必有的事。

"据说打仗结束后战场上——
那景象实在可怕:
成千上万具尸体躺着,
腐烂在太阳光下;
可是你知道这情况是每次
著名的胜仗后必有的事。

"马尔布鲁公爵，好亲王尤金①

受到的赞扬真热烈；"

小女孩薇尔敏说道，"啊呀，

这可是坏事，是造孽！"

"不不……我的小姑娘，"老人讲，

"那是一场有名的大胜仗。

"大伙儿交口称赞公爵，

他打赢了这场战争。"

"可到底赢得了什么好处？"

少年彼得金发问。

"噢，这我说不好，"老人讲，

"可那总归是有名的大胜仗。"

---

① 同盟军在英军统帅马尔布鲁公爵和皇帝军统帅萨伏依亲王尤金的指挥下，战胜法国和巴伐利亚联军。

查尔斯·兰姆

（Charles Lamb，1775—1834）

查尔斯·兰姆是英国浪漫主义时期的重要散文家，也写了一些诗歌。他出生于伦敦，父亲是一位牧师。兰姆小时在教会学校读书，毕业后也做了牧师。他的一生是平静的，在政治和宗教倾向方面，他一直采取温和的态度。但他的家庭却给他带来了极大的打击和不幸，他最亲爱的姐姐玛丽·兰姆由于精神失常而杀死了他们的母亲。他因此而终身未娶，一直精心地照顾玛丽。

兰姆性情温和，好幻想，但有时他也十分忧郁，常常异想天开。他与华兹华斯、柯尔律治等人是朋友，并支持他们的诗歌主张，而他自己却更注重人的天性和生活中的细微琐事，并将它们写入作品中，形成了独特的个人化散文风格。1818 年他出版了文集。他写过感伤的小说，并与玛丽合作写出了深受孩子们欢迎的《莎士比亚戏剧故事集》。此外，他还写过很有影响的莎士比亚戏剧评论。兰姆最重要的作品是他的散文集《伊里亚随笔》。这部作品使他进入了英国重要作家的行列。兰姆还曾与姐姐玛丽合作写过一些诗歌。

旧时熟悉的面孔

我有过游戏伴儿，我有过朋友，
在我的幼年时代，在我快乐的学童时代；
一切，一切都过去了，那旧时熟悉的面孔。

我曾经欢笑过，我曾经畅饮过，
喝酒到很晚，坐到很晚，跟知己在一起；
一切，一切都过去了，那旧时熟悉的面孔。

我爱过一个人①，女郎中最美的：
现在她的门对我关了，我不能再见她了——
一切，一切都过去了，那旧时熟悉的面孔。

我有过一个朋友②，世上没更好的朋友了：
像个忘恩者，我突然离开了这位朋友；
离开他，去思念那旧时熟悉的面孔。

---

① 指安·西蒙兹，她后来嫁给了当铺老板巴特栏姆先生。兰姆为照顾有精神病的姐姐，终身未婚。
② 指查尔斯·洛伊德，是柯尔津治介绍给兰姆的朋友。

我像幽灵般徘徊在幼时的旧地上；
大地像沙漠，我必须走过沙漠
去追索，去寻找那旧时熟悉的面孔。

知心的朋友，你，胜过兄弟的朋友[1]，
为什么你不出生在我父亲的一家中？
这样我们好讲述那旧时熟悉的面孔——

哪几个死了，哪几个已经离开了我；
哪几个被迫疏远了我；全都离去了；
一切，一切都过去了，那旧时熟悉的面孔。

---

[1] 指诗人柯尔律治，他与兰姆是同学。

一个孩子 ①

孩子只是个片刻的玩意儿；
我们让他逗着玩，
玩会儿，或玩的时间长一些——
累了，就把他搁一边。

可我认识个孩子不一样，
他摆布一年四季；
他能使遭受不幸的人儿
一下子把痛苦忘记。

你一头扎进亲爱的怀抱，
爬上膝盖的小乖乖！
我忘记你的千姿百态时——
万类将停止存在。

---

① 这首《一个孩子》和下面的《愤怒》《妒美》是兰姆和他的姐姐玛丽·兰姆
合作的诗作。

愤　怒

在某种场合，某个时机，
愤怒会显示某种魅力。
发怒要发得有一点道理，
顶多一分钟就必须收起。
如果还要继续发下去，
愤怒就变成一种恶意。
我们能看到两者的不同，
就像毒蛇不同于蜜蜂，
假如你哪天惹恼了蜜蜂，
它蜇你一下便去得匆匆，
让你受一点小小的苦痛，
决不对你作第二次进攻。
贮满毒汁的蛇呢，它埋伏
在矮树丛生的林莽深处，
酝酿着心中不熄的愤怒，
穿越它经常窜走的小路，
无论在冬天还是在夏季，

无论对它怀善意，怀恶意，
只要命运带你到这里，
恶蛇永远要狠狠地咬你！

妒　羡

玫瑰树枝上天生就不会
长出紫罗兰或百合的嫩蕊，
也不会长出木樨花。
假如玫瑰树感到不满意，
想改变自己天然的目的，
那么这只能是白搭。

要是它烦恼，你可以断定它
从没见到过自己：玫瑰花，
即使承受了雨露，
它也没闻到过玫瑰的香味，
它只要知道自己的花儿美，
便不会感到不满足。

妒羡别人的家伙们就像
我所设想的玫瑰树那样
盲目，再加上愚昧。

细心而明智的人们会发现
自己的心中有花儿鲜艳，
有别人没有的智慧。

沃尔特·萨维奇·兰多

（Walter Savage Landor，1775—1864）

沃尔特·萨维奇·兰多活到89岁，是跨越浪漫主义时期最长的一位诗人和作家。其他浪漫派诗人逐一过世之后，他才获得较高的诗名，被认为是活跃的浪漫派诗人。

兰多生于一个小康家庭，曾入牛津大学学习。他从小性格独立，常常与家里人和学校的当权者发生口角。这种性格影响到他的思想。他同情法国大革命，不能容忍社会中的腐败与不公正，对官方以及欧洲国家的政府都有过激烈的抗争。但是，他一生为人直爽，慷慨大方，赢得了许多朋友的尊敬，其中包括浪漫派的作家，如骚塞、哈兹列特等，也包括维多利亚时期的作家，如布朗宁、狄更斯、斯温本等。

尽管兰多性格刚强，他作品的风格却常常被批评家认为是平和宁静而冷峻的。他一生创作了许多长篇叙事诗和戏剧诗，其中包括与华兹华斯的《抒情歌谣集》同年（1798）发表的较有影响的史诗《格贝尔》。兰多的抒情短诗，尤其是挽歌和颂诗，写得也有特色。它们往往典雅而简洁，形式优美而工整，有如警句。除诗作外，兰多还有较为出色的散文作品，有影响的如《想象的对话》，讲历史人物就文学、哲学、政治等方面的交谈。

致罗伯特·布朗宁 ①

唱歌自有其乐趣，尽管身旁

没有人在听；颂赞也自有乐趣，

尽管颂赞者独自坐着，见到

被赞者远离自己，比自己高明。

莎士比亚不仅是我们的，也是世界的，

对他没话说！那么痛快地说你吧，

布朗宁！自从乔叟 ② 健在到如今，

从来没诗人用这样矫健的步伐，

这样探索的眼光，雄辩的语言，

走在我们的路上。更暖的气候 ③

给你更亮的羽毛，更强的翅膀；

在阿尔卑斯山上同你游戏的轻风

---

① 这首诗写成后，作者兰多和诗人布朗宁夫妇在佛罗伦萨成了亲密的朋友。

② 乔叟，英国 14 世纪诗人，被称为"英国诗歌之父"。布朗宁的诗风与乔叟很不相同。

③ 指意大利。布朗宁 1846 年结婚后，夫妇侨居意大利，直到 1861 年夫人去世后布朗宁才返回英国。

吹过了索伦托和阿马菲①，就在那边，

赛人②在等你，喝着引人唱和的歌。

① 索伦托、阿马菲，意大利西部两个沿海城市。

② 赛人（Siren），亦译作西壬，荷马史诗中的水中女妖，住在卡普里岛上，离上述两城甚近。本诗原作为素体诗，故译文也无韵。

爱恩丝

爱恩丝，小小的烦恼离你而去，
如小波滑下阳光照耀的溪河；
你的欢乐有如草上的雏菊
割了又生长，像以前一样活泼。

为什么

为什么我们的欢乐离去，
让我们心里充满了忧郁？
这我不知道。大自然下令：
服从！人类就俯首听命。
我看见死了玫瑰，活着荆棘，
可是不懂得其中的道理。

你从来不说骄傲的话

你从来不说骄傲的话，但总有一天
你仍不免要说出骄傲的话来。
你白皙的手支着发热流泪的脸，
对着我的摊开的作品，你声言：
"此人爱过我！"然后就起身离开。

茹丝·艾默

啊，帝王也不能垄断！
啊，神祇并不是唯一！
种种贤惠啊，种种芳妍！
茹丝·艾默，一切都归你。

茹丝·艾默，我双眼不眠
为你哭，却不能见到你，永远，
我把回忆和叹息的夜晚
向你奉献。

作于七十五岁诞辰

我不与人争，没人值得我争斗；
我爱大自然，其次，爱艺术；
我在生命的火焰前烘暖双手；
火焰沉落了，我准备离去。

死神站在我上头

死神站在我上头，低声说——
我不懂他对我说的话语；
他说话怪异，我仅仅懂得
其中无一字使人恐惧。

向我的第九个十年

向着第九个十年我蹒跚前去，
没有柔臂挽着我走路免晃摇；
她一度自愿领我走，如今她已去，
故死神唤我时，发现我已经准备好。

锡德尼·奥温森·摩根

(Sydney Owenson Morgan，1776—1859)

　　锡德尼·奥温森·摩根，19世纪英国女诗人、小说家，多产作家，一生出版多卷诗歌、传记、回忆录，十部小说。1806年，她凭借历史小说《一个狂野的爱尔兰姑娘》一举成名。1817年出版《法兰西》，1818年出版《佛罗伦斯·麦加锡》，1821年出版《意大利》，均取得很大成功。

爱尔兰竖琴：断章

古老岁月的声音啊，让我听见你。唤醒歌的灵魂吧。

——奥西恩 [①]

一

为什么爱尔兰的宝物，竖琴，沉睡着？
为什么三叶草 [②] 花冠在枯萎凋零？
为什么那首美妙的歌曲消亡了？
哪一架爱尔兰竖琴在独自低鸣？

二

哦，那是最单纯、最粗朴的事物！
黄昏时微弱无力的叹息，飘落在
伊奥利亚竖琴 [③] 上，却永远唱不出
如此美妙、忧伤的痛苦之歌来。

[①] 奥西恩，传说中是公元 3 世纪爱尔兰英雄和吟游诗人。
[②] 三叶草，爱尔兰国花。
[③] 伊奥利亚竖琴，希腊伊奥利亚人的竖琴。

三

然而那歌声的凄恻仿佛来自
爱情、欢乐，一种神秘的魔力；
极端的喜乐或忧伤是否来自
那软化心灵的流程，依然可疑。

四

如果那缠绵悱恻的音调之中
有着爱情或欢乐的旋律流泻，
那是相思病患者诉说着悲痛，
仿佛依然是"痛苦的欢乐"在宣泄。

五

据说，是"压迫"教会他吟唱这首歌——
他是沐浴在爱尔兰明媚的日子里
一群"歌曲的儿子们"中的一个，
是拥有灵感的一群中最后的一位。

六

从来不在豪华的闺房或大厅——

不向平沙万幕中得胜的首领——
不在节庆的时日向欢乐的生灵——
他呀，悲哀的诗人，倾吐出歌声。

七

啊不！因为他，被压迫，受到追捕，
狂热地，流浪着，怀疑着行进的方向，
他那沉默的竖琴上沾满了泪珠，
泪水的源头是爱尔兰的痛苦哀伤。

八

它响在深深的山谷幽暗的森林里
无法渗透的阴沉忧郁的下面，
它响在一位爱国英雄的墓地，
或响在他倒下的那片悲哀的荒原。

九

它响在孤凄寂寞的洞穴下方，
那洞穴遮覆着凄恻哀戚的面容，
它涉过海洋狂野不羁的波浪，
模仿那发出猛烈叹息的海风。

十

它穿越黑夜深处幽灵的时辰，
这时候惊恐的精怪主宰着一切，
这时候"恐怖"查看着威武的凶神
四处飞行，排成可怕的队列。

十一

就在这时候，也就在这样的地方，
诗人吐露出他的悲哀的歌曲，
唱给他们听，他们：爱尔兰血统人
为保卫自由战胜了致命打击。

十二

吟游诗人唱的是怎样的歌篇！
四周聚集着多少滴血的心灵，
在悲天悯人的痛苦中被饰以花环，
垂着头，满心失望，听着这歌声！

十三

他那竖琴的狂野悲哀的音乐

返回给他们更加深切的忧伤，

呻吟更沉重，叹息也更加凄切，

觉醒的绝望激动得更加野狂！

十四

他依然歌唱苦难，各种不幸

来自凶险压迫的无情的咬啮，

深化了每位爱国志士的悲痛，

使每位爱国者痛苦得更加剧烈。

十五

但是，他终曲以前，先知的圣火

使他的歌曲升华，使他的竖琴

鸣响起更加嘹亮的深情乐歌，

他大胆唱出"爱尔兰不朽"的强音！ ①

---

① 作者自注："爱尔兰不朽"是民族的呐喊。在不太愉快的时候，这句话的号
召力使许多爱尔兰人的良心从绝望的影响中反叛出来。

托马斯·坎贝尔

（Thomas Campbell，1777—1844）

　　托马斯·坎贝尔，苏格兰诗人。他的父亲是格拉斯哥的商人。坎贝尔曾在格拉斯哥大学就读。19世纪20年代后期，他创建了伦敦大学，即现在的伦敦学院大学（University College London）。坎贝尔创作了不少诗歌作品，出版了多部诗歌集，在当时很受读者的欢迎。但他现在为人们所熟悉的主要是一些描写战争的诗篇，如《霍亨林登战役》《波罗的海战役》《英国水手》等。他的民谣也很受人们喜爱，其中有《战士的梦》《阿林勋爵的女儿》等。

阿林勋爵的女儿

要去苏格兰高地的族长 ①
喊道:"船夫啊,不要迟延!
我愿意付你一整个银镑,
请你把我们渡到彼岸。"

"请问你是谁,要越过洛赫盖——
这暴风袭击的阴森水域?"
"我是阿尔法岛 ② 上的长官,
这位是阿林勋爵的爱女。

"她父亲派的人就在后面,
我们已经逃奔了三天,
他要是在峡谷找到我们,
必定会叫我血溅草原。

"马队在我们后面紧追。

---

① 事情发生的地点是苏格兰西海岸。
② 阿尔法岛是苏格兰西部马尔岛外的一个小岛。

他们会发现我们的去向，
一旦杀死了她的郎君，
谁来安慰我姣美的新娘？"

勇敢的高地船夫说道：
"我愿去，长官，马上起程；
并不是为了闪亮的银币，
只为了你这美丽的夫人。

"说真的，这么可爱的美人儿
不能停留，这儿太危险；
哪怕白浪在愤怒翻腾，
我也要把你们渡到彼岸。"

暴风更加急躁地咆哮，
水怪在浪里尖声嘶吼；
上天的愤怒使每人的面孔
变灰暗，当他们说话的时候。

这时，风吹得越来越猛烈，
黑夜变得越来越凄厉，
武装的骑士驰骋下山谷，
阵阵马蹄声越来越紧逼。

"快些啊，快些！"姑娘叫道，
"尽管暴风雨从四面逼近，
我宁愿面对天公的肆虐，
不愿面对盛怒的父亲。"

船离开暴雨猛冲的陆地，
前面是暴风横扫的海洋，
暴风雨集合在小船周围，
对此人力又怎能抵挡？

他们在惊涛骇浪里划桨，
洪波的压倒优势来临：
勋爵到达不幸的岸边，
一腔愤怒变成了哭声。

透过风暴和阴影，勋爵
惊恐地见到女儿的身形；
她伸出可爱的手臂求助，
另一只抱住她的爱人。

"回来吧，回来！"他哀声喊叫，
"越过狂暴的洪水回来；
我答应饶恕你高地的族长，
我的女儿啊！我的至爱！"

没救了：巨浪冲击着海岸，
归来或救助都已不可能：
狂涛掠过了爱儿的身体，
他留在那里哀号不停。

鹦　鹉

——真实的故事

胸膛里蕴藏的无限深情，
原是上天对生命的赐予，
这却并不是人类的心灵
独有的天赋。

一只鹦鹉，年轻，翅膀亮，
在笼中，从西班牙所辖的大陆[①]
漂洋来到这马耳岛[②]岸上——
凄凉的国土。

向芳香树丛（从这儿他获得
一身羽毛，色彩绚烂），
向青天，阳光，故乡的水果，
他说声再见。

[①] 大陆指南美洲大陆，当时南美洲靠近西印度群岛的大陆地区属西班牙。
[②] 马耳岛在苏格兰西部。

换来的是泥炭①烧出的浓烟，
欧石楠满地长，天空雾茫茫，
他金色的眼睛转向巉岩
和咆哮的海浪。

仍受到宠爱，在寒冷地带，
他活着，长时间喋喋不休，
到老迈，翅膀变灰白，不再
金灿灿，绿油油。

最后眼瞎了，像成了哑巴，
他骂人，傻笑，不再言语；
一个西班牙人偶然到达
这马耳岛屿。

他用西班牙语来招呼鹦鹉，
鹦鹉也用西班牙语答复；
绕笼子振翅，喜极而尖呼，
跌下来，死去。

---

① 泥炭是苏格兰西部赫布里底群岛（包括马耳岛）上居民当时所用的燃料。

493

托马斯·穆尔

（Thomas Moore，1779—1852）

托马斯·穆尔生于都柏林一爱尔兰天主教家庭，父亲开一家杂货店。穆尔后来成为英国诗坛和上流社会中引人注目的人物。他与拜伦结为好友。他于 1807—1834 年出版了《爱尔兰歌集》，这些作品配有优美的乐曲，有些是穆尔自己所谱。作品获得很大成功。他的歌具有 17 世纪骑士派诗歌的风格特点。穆尔具有爱尔兰风格的机智幽默。他的魅力，他的自由思想，他的优美的嗓音，都使得他在文学界和社交界受到公众的瞩目。有些歌常能在晚会的钢琴旁听到。

穆尔创作了大量的讽刺诗和散文作品。他在东方情调的浪漫诗风影响下所作的诗文结合的东方故事集《拉拉·路克》，在欧洲获得了广泛的声誉。

昔日的光辉

时常，深夜里一片宁谧，
我还没沉入酣睡，
深情的回忆给我的心里
带来昔日的光辉：
童年的岁月，
泪水和笑靥，
软语温存相抚慰；
眸子亮晶晶，
如今没了神，
快乐的心儿今已碎！
这样，深夜里一片宁谧，
我还没沉入酣睡，
悲伤的回忆给我的心里
带来昔日的光辉。

这时候我记起从前
常来常往的友好，

仿佛树叶到冬天
飘落在我的周遭，
我觉得自个儿
孤独地走过
人去楼空的宴会厅，
华灯已熄灭，
花环早凋谢，
亲友们全没了踪影！
这样，深夜里一片宁谧，
我还没沉入酣睡，
伤心的回忆给我的心里
带来昔日的光辉。

安·泰勒和简·泰勒

（Ann Taylor，1782—1866；Jane Taylor，1783—1824）

安·泰勒和妹妹简·泰勒是英国19世纪儿童文学作家。1804年，她们合作出版了《童心新诗集》，被译成德语、荷兰语、俄语，流传全世界；仅在英国本国即出了50版。1806年，她们出版了《幼儿歌谣集》，其中收入英语儿童诗中最出名的一首《星》。它多次进入低年级教科书。之后，她们继续出版儿童诗歌和儿童故事。1810年，她们出版了《童心赞美诗集》。1816年，简·泰勒出版《诗体散文》，并定期向《青年杂志》供稿，直到1822年。诗人司各特和布朗宁都赞赏过泰勒姐妹的作品。

爱瞎鼓捣的玛蒂

哦，讨厌的坏习惯会损害
漂亮聪明的小孩！
玛蒂这孩子活泼可爱，
却有个坏习惯难改，
正像蓝天上一朵乌云
遮住了她的优良品性。

有时候她会掀开茶壶盖，
瞧里面有什么东西，
有时候你刚刚转身走开，
她就把水壶翻倒在地；
你让她别碰东西，没效，
她可是越来越爱瞎鼓捣。

有一天她的奶奶出门去，
一时疏忽大意，

把她的眼镜和彩色鼻烟壶
忘在小姑娘那里。
孩子想：太好了！奶奶不在家，
我正好把这些东西来耍耍。

她立刻拿起那宽大的眼镜
架上自己的鼻梁；
不出所料，她四下搜寻
又把鼻烟壶看上。
"啊，这小壶多么可爱！"
小妞说，"我要把它打开。"

"我知道奶奶会冲我喊：
'别碰它呀，小乖乖。'
可是这会儿她已经走远，
我身边又没旁人在，
再说，打开这么个小壶，
又算是犯了什么错误？"

于是所有的指头都使劲
去掀动紧紧的壶盖，
顽皮的动作，狠狠地一拧，
突然把盖子打开，
一下子——啊，这可惨了

鼻烟喷得她满颊满脸了。

可怜的眼鼻嘴唇和下巴——
实在是可悲的景象；
鼻烟只管加紧刺激她，
她这才后悔懊丧；
她跑来跑去想缓解却无效，
除了打喷嚏不知道怎么好。

她把眼镜猛地扔一边
去擦刺痛的眼睛，
眼镜成了几十块碎片——
她见到奶奶走近，
"嗨！出了什么事故？"
奶奶喊道，眉毛直竖。

玛蒂呀，脸上还是火辣辣，
痛得好比针儿扎，
一再答应今后要听话，
不再折腾胡乱抓；
听说自从这事儿发生后，
她确实能把诺言来遵守。

紫罗兰

在青翠阴凉的花坛里，
长着羞怯的紫罗兰，
她茎儿弯弯，花朵低垂，
好像要躲开视线。

她真是叫人喜爱的花朵，
颜色晶莹而美丽；
她会使美好的村舍增色，
何必去隐藏自己。

她却满足于默默地开花，
披一身浅色的素衣；
独自在一片静静的树荫下
散发出宜人的香气。

就让我走到幽谷里去，
把这朵鲜花探望；

我可以学习她虚怀若谷，

温柔而谦逊地成长。

晚　安

宝贝，宝贝，把你的小脑袋
在这漂亮的摇篮里放下来；
快闭上你的眼睛啊，这时候
白昼的亮光已悄悄退走；
衣服一件件都塞得紧紧；
晚安，小宝贝，小亲亲。

是啊，亲爱的宝贝，我知道
刺骨寒风在外面呼啸；
冬天的雪啊，冬天的雨
咯咯地敲响着玻璃窗户；
雨啊，雪啊，怎么也进不来，
碰不着我的小宝贝，小乖乖。

因为那窗子关得严实，
只等夜晚的雨雪过去。
这儿挂顶温馨的纱帐，

围住了宝贝的摇篮床；

明早醒来看灿烂的晨辉；

亲爱的宝贝，快睡吧，快睡。

（屠岸、方谷绣译）

星

一闪，一闪，小小的星！
你是啥呀我说不清，
远离着地球挂得高，
像颗钻石在天空照。

燃烧的太阳下了山，
他不再照耀人世间，
你就发出小小的光，
一闪，一闪，整夜地亮。

守着深蓝深蓝的天，
透过窗帘看我的脸，
你永不闭上你的眼，
直等到太阳再出现。

你小小火花闪闪亮，
照着夜行人赶路忙；

你是啥呀我说不清，

一闪，一闪，小小的星！

李·亨特

（Leigh Hunt，1784—1859）

  李·亨特，19世纪英国诗人、散文家，出生于绍斯盖特，穷牧师之子。他早年在"基督医院"慈善学校就读。第一部诗集出版于1807年。1808年起，他创办并编辑《观察家》杂志。1813年因"诽谤"摄政王获罪，被监禁两年。在狱中他继续编《观察家》并接受朋友访问。他与拜伦、雪莱、穆尔、兰姆，特别是济慈，建立了友谊。他极大地支持了济慈的诗歌创作。李·亨特的诗作《里米尼的故事》（1816）在当时产生一定影响；此后又出诗集《树叶》（1818）、《希罗与勒安得》（1819）、《巴科斯与阿里阿德涅》（1819）。他不断发表作品：《爱闲聊的人》（1830—1832）、《伦敦日志》（1834—1835）。《军人的剑和军人的笔》（1835）描写战争恐怖，打动人心。诗集《珍宝之书》（1838）收入了他最著名的诗篇《阿菩·本·阿丹》和《回旋诗：珍妮吻了我》。他的悲剧《佛罗伦斯的传说》（1840）上演获得成功。此后出版《诗卷》（1844）。在《想象和幻想》（1844）中，他对诗歌和绘画作了比较。之后是诗集《智慧与幽默》（1846）、《意大利诗人们的故事》（1846）、《男人、女人和书》（1847）、《希布拉山上来的一罐蜜》（1848）。《城镇》（1848）是对伦敦形象的再现。1850年出版自传，受到卡莱尔的称赞。此后还出版了

《餐桌漫谈》（1851）、《心中的宗教》（1853）、《古老宫廷的近郊》（1855）。

阿菩·本·阿丹

阿菩·本·阿丹（愿他的种族繁衍！）

有一天夜里从宁静的酣睡中醒来，

他看见——在他的房间里，在月光下面，

有一位天使，像一朵百合花绽开，

使满室生辉，正在金册上写什么，

极度的安宁使阿菩有了勇气，

他走到天使的面前开口便说：

"您在写什么？"那幻象把头抬起，

一脸的和颜悦色，一脸的清辉，

回答道："写下爱上帝的人的名字。"

"有我的吗？"阿菩问。"还没有，没。"

天使答道。阿菩的声音更低，

但依然情绪饱满："那么，请

写下我，作为爱自己同胞的人。"

天使写了，不见了。第一天夜里

天使又来了，巨光把人唤起，

天使展示上帝赐爱的人名，

瞧！阿菩是名单上第一个人。

回旋诗

珍妮吻了我！她一见我来，
就从座椅上跳起来吻了我！
时间啊，你这贼，喜欢采摘
美事入绣囊，把这也搁进吧，那么，
说我疲倦了，说我心情忧郁，
说我没财产也没健康的体魄，
说我变老了，但是，加一句：
珍妮吻了我。

巴里·康沃尔

（Barry Cornwall，1787—1874）

原名布莱恩·沃乐·普罗克特，康沃尔是他的笔名。他生于利兹，就读于哈罗公学，曾在伦敦做过律师。1815 年，他开始给著名的文学杂志《文学报》投稿，发表了多部诗歌作品，主要是抒情诗歌。重要作品有《生动的景象》（1819）、《马西安·克勒纳》（1820）、《塞萨利的洪水》（1823）以及《英国之歌》（1832）等。这些作品获得了很大成功，为他赢得了广泛的声誉。兰姆曾称赞他的《生动的景象》。《马西安·克勒纳》是故事诗，写疯狂和激情，受到读者的热烈欢迎。但雪莱和济慈并不赞赏他的诗作。康沃尔写有一部戏剧《米兰德拉》，于 1821 年出版，上演成功。此外，康沃尔还撰写了兰姆的传记。《海洋》是他的代表作之一，气魄豪迈，韵律激扬，受到读者关注。

海　洋

海洋！海洋！开旷的海洋！
蔚蓝，明丽，永远的豪放！
没有标界，更没有尽头，
围绕着地球，浩荡奔流；
和云彩游戏，嘲笑天空；
或像摇篮里安卧的儿童。

我在大海上！我在大海上！
我在我永远要在的地方；
上面是蔚蓝，下面是蔚蓝，
到哪儿都是沉静，庄严；
如果有风暴把大海惊扰，
怕什么？我将驾海而睡觉。

我多么爱啊——多么爱骑上
那凶猛、起沫、喷冒的巨浪，
疯狂的洪波淹没掉月亮，

高高地涌起风暴的交响，
显示出地球在怎样转动，
为什么要刮起西南的巨风。

我永远不待在驯服的岸上，
我越来越热爱伟大的海洋，
我急急飞回她波涛的怀抱，
像小鸟寻找母亲的窝巢；
她过去和现在都是我的娘，
大海原是我诞生的地方！

那天我诞生在喧噪的早上，
波浪吐白沫，晨曦放红光；
小鲸在打滚，大鲸在啸吹，
海豚显露出金色的脊背；
从没有这样狂放的欢叫，
这迎接海婴诞生的呼号！

我有时搏斗，有时平静，
度过了五十年水手的生命，
有金钱花费，有权力巡海，
从来不要求把生活更改；

死神来，无论在什么时光，

将找到我在无边的怒海上！

乔治·戈登·拜伦

（George Gordon Byron，1788—1824）

乔治·戈登·拜伦是英国浪漫主义时期的大诗人，他的诗作虽然在当时的英国影响不是很大，只有诗歌界和文学界的人们了解他的诗作，却在欧洲赢得了很高的声誉，影响了大批的作家和诗人以及艺术家，如歌德、巴尔扎克、司汤达、普希金、德拉克洛瓦、贝多芬等等。他所创造的"拜伦式英雄"——对社会极端不满而企图以个人的力量反叛旧有制度和道德规范的青年，已成为文学艺术中的典型。拜伦身上所体现的桀骜不驯，追求自由的"拜伦主义"，极大地吸引了当时欧洲的有志青年，成为一股强有力的精神力量，鼓舞人们争取民主和自由的斗志，为此，拜伦得到了所有爱好自由的欧洲青年的景仰。

拜伦出生于贵族家庭，10岁时承袭了伯爵的封号。他从小性格倔强，具有叛逆精神。他生来跛足，常常因此受人嘲笑而自卑。为弥补身体的缺陷，他刻苦锻炼，会拳击、击剑、骑马、游泳。他在剑桥大学读书时，受到启蒙思想的影响，向往自由与平等的社会。由于他的个人生活方式与态度受到英国上流社会的排斥，他于1816年被迫离开英国，前往意大利，从此再没有返回祖国。尽管拜伦身为贵族，但他却痛恨封建专制，反对压迫和奴役，曾在上议院为破坏机器的手工业者辩护。他在诗歌中以极大的热情讴歌自由、民主与解放，歌颂人民民主革命，并以敏锐的眼光和犀利的笔调批判、讽刺当时英国和欧洲上流社会的腐朽与黑暗。同时他还亲身参加意大利和希腊的民族独立运动，在生命的最后阶段，他亲自到希腊，支持那里的独立战争并以身殉职，至今希腊人民还崇敬拜伦，视他为希腊的民族英雄。

拜伦的诗歌艺术有他自己的特色，这主要体现在以下几个方面：首先，他的诗歌更多地受到传统诗歌，特别是古典主义艺术原则的影响。拜伦欣赏蒲柏的诗艺，认为他的诗歌优雅而注重理性，完美无缺。拜伦的诗歌具有更多古典主义诗歌所讲究的节制，形式完美，表达含蓄。特别是他的抒情小诗，体现出这样的风格。而作品在典雅中又不失真情实感，很受人们的喜爱。其次，拜伦的诗歌有很强的叙事风格，他的重要诗作是两部长篇叙事诗——《恰尔德·哈罗德游记》和《唐璜》，诗人将叙事和抒情有机地结合在一起，使诗中既有动人心魄的戏剧化故事情节，又有浓烈激昂的抒情色彩，加上奔驰的想象和异域的风采，以及诗人的感慨与议论，等等，这些特色使这两部长诗丰富多彩，引人入胜。拜伦的诗歌还具有强烈的讽刺性，他对社会现实有着敏锐的洞察和深刻的认识，这使他的作品具有相当的现实性。此外，他诗歌中的口语化、东方情调、奇妙的意象等等，都使得他的诗在精神与风格方面突出地表现了浪漫派诗歌的特点。他的诗在浪漫派诗歌中占有重要位置。

希永堡——十四行诗 [①]

不羁之心的产儿，不死的精灵！

自由啊，在这地牢里，你灿烂辉煌，

因为你居住在那颗赤心的中央，

那赤心永远忠实于你的爱情；

你的儿子们一旦被钉上镣铐，

关在暗无天日的阴湿的地牢里，

他们就英勇就义，使祖国胜利，

自由的名声就乘着风到处飞啸。

希永啊！你这牢狱是一方圣地，

---

① 这首十四行诗是拜伦的叙事长诗《希永的囚徒》的序诗。这首长诗歌颂了16世纪瑞士爱国者波尼伐（1493—1570）爱祖国爱自由的精神。波尼伐曾领导人民反抗萨伏伊公爵查理三世的封建专制统治，并致力于建立共和政体。波尼伐曾因此两次被囚禁。当查理三世进攻日内瓦并谋划吞并它时，波尼伐率众抵抗，终于第二次被捕，被囚禁在日内瓦湖希永岛上的古城堡内达六年之久（1530—1536），后为瑞士之伯恩人救出。出狱后波尼伐继续抗战，直至逝世。禁闭波尼伐之囚室至今尚在，中有一柱，波尼伐曾被铁链锁于其上。他在牢中走来走去，以致在石板地上留下了脚印。1816年，拜伦永别了祖国，到了欧洲大陆，与雪莱同住在日内瓦湖畔，一日同游希永堡，归而成长诗《希永的囚徒》。这首序诗可谓概括了全部长诗的主题。第二行、第三行、第四行、第五行中的"你"均指"自由"；第九行、第十行中的"你"指希永堡。

原诗的韵脚排列起：abba acca ded ede。译文改为：abba cddc dea dea。

你这悲哀的地面是圣坛，为的是
波尼伐踏过它，留下了脚印深深——
好像这阴冷的石板地是一片草泥，
愿这些脚印长存，传之万世，
永远向上帝控告那专制暴君！

写于自佛罗伦萨赴比萨旅次

别对我提起历史上伟人的名字；
青春的岁月就是光荣的时日；
二八佳人送来的香桃木、常春藤①，
抵得上所有的桂冠，无论多少顶。

眉梢有皱纹，花环和王冠白费，
何必给枯花洒上五月的露水？
白发人，头上的装饰请——靠边——
我哪管只能带来荣誉的花冠？

荣誉啊！我若是喜欢听你的颂赞，
怕不是为了你那些动听的字眼，
倒为了能见到爱人的炯炯目光
说出她认为我值得做她的情郎。

我因此才把你追求，才把你找上，

———————————

① 古希腊人用香桃木、常春藤做节日花冠，常春藤还常被用作给酒神的贡礼。

她的一瞥围着你是最美的亮光；①
这亮光把我的光辉的历史射中，
我明白这就是爱啊，这就是光荣！

————————
① 从第九行到第十四行中的"你"均指"荣誉"。

我们将不再徘徊

我们将不再徘徊
在如此深沉的夜晚，
虽然心依然在爱，
月亮也依然灿烂。

宝剑会磨破剑鞘，
灵魂会损耗肉体，
心也要喘气，慢慢跳，
爱情也需要休息。

夜晚为爱情而存在，
很快会回到白天，
可我们将不再徘徊，
不在月光下流连。

当初我们俩告别

当初我们俩告别，
沉默中流着泪，
要分离多少年月，
怎能不心碎！
你的脸发冷，没血色，
你的吻更凉；
那时刻确实预言了
今天的悲伤！

晨露落上我额角，
切肤凉透——
像向我预先警告
今天的感受。
你毁了全部盟誓，
名声轻浮，
我听人说你的名字，
也分担羞辱。

人们当我面提到你，
像丧钟入耳来；
我浑身战栗：你何以
如此惹人爱？
没人知道我认识你——
认识你太深了：
我永远、永远惋惜你，
苦到说不清了。

想过去秘密会见——
我暗自神伤：
你的心居然欺骗，
把一切都遗忘！
多少年以后，万一
再跟你相会，
我该怎样招呼你——
用沉默和眼泪。

为谱曲而作

"美"的众多女儿中哪一个
能像你这样有魅力；
你的甜美的嗓音对于我
如音乐在水上扬起；
仿佛那声音能够使大海
着迷而停止澎湃；
海水静躺着，波光粼粼，
海风也沉入梦境。

午夜的月亮此刻正织出
银丝网把大海笼罩；
大海的胸脯微微起伏，
有如婴孩在睡觉；
灵魂向着你鞠躬敬礼，
聆听着你的声息，
那感情温柔而又丰满，
像夏天海洋的泛滥。

她走着，洒一路姣美

她走着，洒一路姣美，好似
夜空无云，天上有繁星，①
或暗，或明，那美的极致
聚于她颜面，凝于她眼睛，
逐渐融化为清光幽姿，
艳阳天得不到如此天恩。

多一丝阴影，少一缕光线，
会把她无名的美质损害，
那美啊，在她的乌发上蹁跹，
又轻轻闪耀在她的两腮；
她安详怡悦的神思在歌赞
那住所②有多么纯洁、可爱！

那面颊，那天庭，如此安谧，

---

① 此诗咏维莫特·霍顿夫人，她当时服丧，黑衣上饰有金箔，故诗中以"夜空""繁星"相比。
② 神思的住所指心。

如此温柔，又生动欲语；
耀眼的光彩，迷人的笑意，
显示出年华偕美德同住，
与天下万事和睦的胸臆，
蕴含着纯真爱情的灵府！

野羚羊

野羚羊，在犹大王国① 的山头，
蹦蹦跳跳，多欢跃，
在溪边饮水，看汨汨溪流
在神圣土地上奔泻；
它步态轻灵，眼放光彩，
它激情迸发，自由自在。

同样快的脚步，更亮的明眸，
犹大都曾经拥有；
繁华光景里，居民美无俦，
却都是过去的风流；
黎巴嫩香柏仍然在摆荡，
再不见雍容的犹大女郎！

---

① 犹大王国，巴勒斯坦地方的古国，后成为犹太人和基督徒的圣地。按《圣经》，犹太人在巴勒斯坦建立的王国为罗马所灭（公元1世纪至2世纪），犹太人被驱到世界各地。这里的犹大（Judah）是古国名，与出卖耶稣的叛徒犹大（Judas）应区别开。

平原上棕荫更有福，比之于
四散的以色列后代①，
棕树有根株，不可能移居，
孤零零却风光永在：
它始终固守着生它的土壤，
它不会存活于异国他乡。

我们不得不零落流浪，
死在陌生的土地；
我们的骨殖不能归葬，
跟祖坟永远分离；
我们的圣殿片石不留②，
冷嘲在撒冷③王座上昂首！

---

① 指犹太人。
② 据《圣经》，耶稣曾预言耶路撒冷的圣殿将被夷平，连一块石头也不剩。该
圣殿原由巨石筑成。
③ 撒冷是耶路撒冷的古称。

哀希腊 ①

希腊群岛啊，希腊群岛！

曾有过萨福 ② 火热的恋歌，

和文治武功辉煌的创造，

涌出过得洛斯 ③，跃出过阿波罗！

长夏的骄阳还依然辉煌——

一切都沉沦了，除了太阳！

开俄斯诗人，忒俄斯歌手，④

英雄的竖琴，情人的瑶瑟，

在你的国土里无声无息，

---

① 这是拜伦的长诗《唐璜》第三章里的插曲，是一位希腊诗人唱的歌。译诗题目沿用旧有译名。

② 萨福（Sappho），公元前 7 世纪至公元前 6 世纪希腊女诗人，以擅长写爱情诗负盛名。

③ 得洛斯岛是爱琴海中基克拉迪群岛中最小的岛屿，相传是从海里涌出的，是太阳神阿波罗的诞生地。

④ 开俄斯，爱琴海东部的一个大岛，相传荷马诞生于此。忒俄斯，小亚细亚西部城市，相传是阿那克里翁（公元前 6 世纪至公元前 5 世纪希腊抒情诗人）的诞生地。荷马史诗歌唱英雄事迹，下一行"英雄的竖琴"指此。阿那克里翁擅长写爱情诗，下一行"情人的瑶瑟"指此。

他们的诞生地悄然哑默。

在西方他们却声名远播，

远过你祖先的"极乐岛国"①！

千山万岭望着马拉松②，

马拉松望着澎湃的海洋；

我冥想片刻，仿佛在做梦——

希腊依然是自由的家邦；

既然我脚踏波斯人坟茔，

我怎能认可我奴隶的命运！

有一位国王③在山头雄踞，

俯瞰海上的撒拉米岛屿：

成千条战船，各族的士卒④

在山下列队，全由他统御！

黎明时，他还在点名计数，

太阳落山时，他们在何处？

---

① 古希腊人相信人死后灵魂会去极乐世界，他们以为那地方就是大西洋的佛得角群岛或加那利群岛。

② 马拉松，希腊地名，平原，在雅典以东，古战场。公元前490年，波斯王大流士率大军入侵希腊。希腊军由米太亚得指挥，在马拉松以劣势兵力大败波斯军。所以下文说到"波斯人坟茔"。

③ 指波斯王泽尔士一世（大流士一世之子）。公元前480年为报马拉松战败之仇，他率大军再度入侵希腊，拥有战舰一千二百条，小艇三千艘，军威极一时之盛。希腊海军在萨拉米岛附近迎战，波斯军大败，从此一蹶不振。海战进行时，泽尔士一世坐在海岸边山上观战。

④ 指波斯军队中来自被波斯征服的各国的士兵。

他们在何处？你又在何处——
我的祖国啊！你岸上静悄悄，
英雄的歌曲消沉了旋律——
英雄的心胸停止了搏跳！
你向来不凡的诗琴此刻
竟轮到平凡的我来弹拨？

处在戴着镣铐的民族中，
得不到名声，依然有追求，
我唱着，为感到屈辱而脸红，
至少，牢记着志士的国仇；
诗人在这里有什么作为？
为国人脸红，为国家流泪。①

念往昔，仅止于害羞？哭泣？
我们的祖先曾浴血抗争！
大地啊！请把斯巴达勇士
从你的胸膛里送还几名！
三百勇士中来三个就行，

---

① 《唐璜》第三章叙述这首《哀希腊》由一位希腊诗人吟唱，他游历过西欧和阿拉伯各国后，回到祖国希腊。这里，他唱出了回到祖国后渴望摆脱土耳其统治、谋求独立的心情。

重新打一次温泉关[①]战争!

怎么，还是没声音？都没声？
啊！不是；死人的声音
像远方瀑布，正喧闹轰鸣，
答道："只要有一个活人
站起来，我们就都来效命！"
可是活人呢，没一个吭声。

换换调子吧，说这些没用；
斟满一大杯萨摩斯[②]佳酿！
战争，让土耳其流氓去冲锋，[③]
鲜血，让开俄斯葡萄[④]去流淌！
听啊！酒鬼们可真是骁勇！
立刻回应这卑鄙的怂恿！

你们保存着皮锐克舞蹈[⑤]，

---

① 温泉关（Thermopylae），希腊北部与中部交界处的险要关隘，位于高山与大海之间，因附近有两道硫磺温泉而得名。公元前480年，波斯军入侵希腊，列奥尼达斯率领三百名斯巴达勇士在此固守，阻挡了敌人的进攻。后因奸人为波斯军领路，三百勇士全部壮烈牺牲。"温泉关"，借用杨德豫的译名；卞之琳译为"火门山峡"。
② 萨摩斯岛在开俄斯岛附近，是爱琴海中一个主要岛屿，在僭主普利开提斯统治时代，文治武功极盛一时，盛产葡萄酒。
③ 拜伦写此诗时，希腊处在土耳其奴役下。
④ 开俄斯岛也以产酒出名。葡萄的血指红葡萄酒。
⑤ 古希腊流传下来的模拟战阵的舞蹈。

皮锐克方阵 ① 哪里去了？

两门课程中，为什么忘掉

更加崇高威武的一课？

卡德摩斯给你们送来字母 ②——

想想，他可是要教化亡国奴？

斟满一大碗萨摩斯佳酿！

这些事我们不用再考虑！

阿那克里翁神妙的吟唱 ③

也是得益于酒力的帮助；

他侍奉波吕克拉提 ④——暴君，

可这些主子总还是本国人。

刻松尼斯 ⑤ 的那位暴君

是非常勇敢的自由之友；

---

① 古希腊军的一种战斗队形。皮锐克方阵，据说是伊庇鲁斯国王皮洛士（公元前
319—公元前 272）作战时所用的方阵。此行末字"了"读作 le（不读作 liao），
与本节第三行末字"课"押韵。

② 据传说，卡德摩斯是公元前 6 世纪腓尼基王阿革诺尔的儿子，他把腓尼基字
母传到希腊，从而创制了希腊字母。

③ 阿那克里翁的诗大多歌唱酒和爱情。

④ 波吕克拉提，公元前 6 世纪萨摩斯岛的统治者。阿那克里翁到萨摩斯岛居住后，
受到波吕克拉提的款待，成为他的宫廷诗人。

⑤ 刻松尼斯，意为半岛，指爱琴海达达尼尔海峡的加里波利半岛。

米太亚得①是他的大名！

啊！但愿今天，这时候，

再来个暴君，同样的铁腕！

用他的锁链把我们紧攥。②

斟满一大碗萨摩斯芳醇！

苏里的山区，巴加的海域，③

至今保留着一族遗民，

倒像多里斯④母亲的儿女；

那地方可能播下了良种，

赫丘利⑤血统也许会认同。

要取得自由，别指望西方⑥，

他们的国王做的是买卖；

本土的战士，本土的刀枪，

---

① 米太亚得（约公元前550—公元前489），古希腊军事统帅，早年曾治理过雅典的殖民地刻松尼斯。回雅典后，他曾指挥著名的马拉松战役，用一万一千兵力打败波斯的十万大军。

② 意为他至少能把大家团结起来共御外侮。

③ 苏里，希腊西部和阿尔巴尼亚南部的险要山区；巴加是苏里地区的一座小城，那里的居民生性强悍，长期抵抗土耳其的统治。

④ 多里斯人是古希腊人的一支，是斯巴达城的建立者，多里斯人与斯巴达人是同义语。

⑤ 赫丘利，即赫拉克勒斯，希腊神话中伟大的英雄。斯巴达人奉他为祖先。赫丘利血统就是斯巴达人的血统。

⑥ 原文是 Franks，即法兰克人。这是希腊人对西欧人的称呼，这里指西欧各国的统治者。

是你们杀敌的唯一依赖：

土耳其动武，拉丁人①诱惑，

会把你们的盾牌戳破！

斟满一大碗萨摩斯佳酿！

树荫下少女们翩翩起舞——

我看见乌黑的眼睛闪亮，

我凝视容光焕发的丽姝；

想起来，我不禁热泪难抑：

她们的乳房都得喂奴隶！

让我登上苏尼翁②石岩，

那里只剩下我和海波，

听得见我们在喃喃交谈，

我愿做天鹅，临终前高歌③：

一个奴隶的国度，我不要！

把这杯萨摩斯浊酒摔掉！

---

① 与上文"西方"（法兰克人）同义。

② 苏尼翁，雅典半岛南端的海岬。

③ 天鹅临死前要唱歌，欧洲人这么认为。"天鹅之歌"往往比喻诗人死前创造的最后杰作。（本诗的注文参考了杨德豫的注。）

珀西·比希·雪莱

（Percy Bysshe Shelley，1792—1822）

珀西·比希·雪莱是英国浪漫派的大诗人。他生于思想保守的贵族家庭，曾入伊顿公学和牛津大学读书。雪莱很小时就表现出正义感、博爱的天性和叛逆的性格，与家庭的专制、保守和浓烈的宗教气氛格格不入。他很早就受到卢梭等人的启蒙思想的熏陶，接受了无神论与空想社会主义的主张。同时他所幻想并追求的真善美的理想社会也受到柏拉图思想的影响。在牛津大学时，他发表了反对宗教的小册子《论无神论的必然性》，被学校开除了学籍，并因此同家庭产生了永久裂痕。此后，他去爱尔兰宣传爱尔兰独立，并参加爱尔兰的独立运动。雪莱的民主思想、激进的理想主义、对婚姻的态度，以及他个人的生活方式，使他受到英国社会的排挤，他远走瑞士和意大利，并同情和支持意大利的民主革命。1830 年，他在海上出游时不幸遇难，年仅 30 岁。

雪莱一生痛恨封建压迫，追求自由、平等的民主思想。他生活的年代是法国大革命失败后的二三十年，社会动荡而混乱，政治形势复杂多变。雪莱对当时社会制度，对人世间的不公正，对人性的丧失，等等，具有深刻而敏锐的洞察，对腐朽的专制主义充满强烈的批判意识。他认为诗歌有着明确而重要的社会功用，是同社会的进步和道德的净化有着直接的联系的。他的诗歌体现出对权力、专制、独裁、暴政等等的痛斥和对平等、自由的美好社会图景的勾画，始终洋溢着理想主义和革命乐观主义的精神。"诗歌是生命之光，是邪恶时代中美、宽容与真理的源泉。"

雪莱的诗歌作品内容丰富，形式多样，气概宏伟，画面波澜壮阔。他的有些作品富于政治思想，如《致英国人民之歌》《一八一九年的英国》等，由于这些诗作生动而深刻地反映了动荡不安的社会现实，又具有激情和个人情感色彩，因而很具感染力和现实性。另有一些作品将他对社会的批判意识和对理想政治的追求，融于富有抒情性的自然图景之中，获得了很高的艺术性，如十四行诗《峨席曼迭斯》。雪莱的抒情诗有些写得优美、狂放，具有奇幻的意象，充满了象征和寓意，有些写得简洁、清丽而绝无俗气，还有些则表现出哲学的玄想和超自然的空灵与飘逸。它们往往在美的意蕴中隐藏着痛彻的悲剧意识，充满强烈的情感冲荡和丰富而浓缩的想象，同时又具有深刻的哲理和内涵丰富的思想，将人生、社会、理想有机地糅合于对变幻莫测的自然景物的描绘之中，极其富于寓意和预言性，如《寄西风之歌》《致云雀》等等。这些诗作已成为传世的不朽名篇。

雪莱的诗歌形式和写作风格是丰富多彩的，除抒情诗外，雪莱还创作了一大批优秀的长诗和诗剧，如《麦布女王》《伊斯兰的反叛》和诗剧《解放了的普罗米修斯》。它们涉及政治、社会、哲学、宗教、爱情、艺术等等，富于深刻的思想性和精美的艺术性。此外，还有为悼念济慈而作的精美而具古典意蕴的挽歌《阿董尼斯》。雪莱还有一部重要的诗论著作《诗辩》。他在这部作品中就诗人的作用和地位以及诗歌的功用和艺术特色等，进行了深入细致而又不乏激情的探讨，提出诗人是"人类的立法者"一说。他受到柏拉图的灵感说的影响，认为人类的未来依赖超越理性、富于创造精神的诗歌，这对今天的社会仍然具有启示意义。

十四行诗：把几只装满知识的瓶子掷入布里斯托尔海峡 ①

满载仙丹的船群！愿吉祥的风向

把你们深绿色的躯体送到岸边；

愿你们安全地漂过咆哮的海洋，

冲过四周怒号的狂风的回旋；

假如那坐在低低宝座上的自由

能垂下无冕的额头来俯察下情，

她定会在你们绿色一群的四周

吹起她最为美好的西方的轻风。

---

① 诗人有一次把几只暗绿色的瓶子掷到布里斯托尔海峡（位于威尔士和英格兰西南部之间，亦称布里斯托尔湾，面临大西洋）中去，而那些瓶予中装满的"知识"可能是文章、书本或其他保存知识的东西。诗人为此写了这首十四行诗。在诗中，诗人首先祈祷，希望这些瓶子能借助风力而抵达彼岸；然后诗人希望"自由"能帮助这些瓶子，吹出一阵美好的西风来，把瓶子吹到"自由魂"那儿。自由魂的目光一碰到瓶中的知识就燃烧起来，把自由的火焰（本来在天上的）在地上点亮起来，使火光从北极照到南极——于是，一切暴君的心都爆裂了，因为暴君们见到了自己的"无知"（与"知识"相对立的）的黑夜消灭了。第一行，把瓶子比作船，把知识比作仙丹。第五行：把自由人格化，比作女皇。第九行：自由魂指能掌握知识的人。第十行："他"指第九行中的自由魂。全诗中的"你们"指第一行中的"船群"，即瓶子；"她"均指自由。

原诗的韵脚排列为：abba cdcd effe gg。译文变为：abab cdcd bebe ff。

是的！她将吹你们到自由魂的心坎——
自由魂的目光遇到你们会燃烧，
把它的天火在受苦的地上点燃，
叫火光从北极照到南极——好！
暴君的心在无力的妒羡中爆裂，
因为见到了无知的黑夜已消灭。

给爱恩丝 ①

你可爱极了，婴孩，我这么爱你！

你那微带笑靥的面颊，蓝眼睛，

你那亲热的、柔软动人的躯体，

叫充满憎恨的铁心都生出爱心；

有时，你要睡就马上睡着了，你母亲

俯身把你抱紧在她清醒的心上，

你默默的眼睛所感到的一切动静

就把她喜悦的爱怜传到你身上；

有时，她把你抱在洁白的胸口，

我深情注视你的脸，她的面貌

就在你脸上隐现——这样的时候，

---

① 诗人作为父亲对自己的孩子讲话。爱恩丝是雪莱与第一个妻子赫丽艾特所生
的长女。诗人说，孩子是可爱的，能叫铁石心肠的人也发生爱心。而在以下两种
情形下，孩子就更可爱了：一是孩子睡着了，母亲抱起孩子，孩子就能通过睡眠
而感到母亲的喜悦、爱怜；二是母亲抱着孩子，诗人注视孩子，发现母亲的面貌
在孩子的脸上再现了。诗人又说，当孩子的温柔神态能够最充分地体现出母亲的
可爱形象之时，孩子就最最可爱。这是细致的父爱的表现。诗中"你"均指婴孩，
"她"均指婴孩的母亲。

原诗的韵脚排列是 abba cdcd efef gg；译文除一二处外均照原样：abab bcbc
dede ff。

542

你更可爱了，美丽纤弱的花苞；
你母亲的美影借你温柔的神态
充分呈现后，你就最最可爱！

一个共和主义者有感于
波拿巴的倾覆 ①

我恨你，倾覆的暴君！我曾叹息过——

想到像你这样最谦卑的奴隶

竟也在自由之墓上舞蹈、狂喜！

---

① 本诗作于 1815 年，与《阿拉斯特》一同初次发表于 1816 年。诗题中的波拿巴和诗中的"你"即拿破仑·波拿巴（Napoléon Bonaparte，1769—1821），法国资产阶级政治家和军事家，法兰西第一帝国和百日王朝（1804—1814，1815）的皇帝。

　　原诗韵式为 abba cdcd efef gg 译文全同，但 b=f, d=g，因此译文的韵式实际上是：abba cdcd ebeb dd。

　　第二行：奴隶；拿破仑原是法国大革命时期的军官，是革命的忠顺奴仆。

　　第四行：宝座；拿破仑于 1799 年发动雾月政变，成立执政府，自任第一执政；1804 年自立为皇帝，建立法兰西第一帝国。

　　第五至七行：拿破仑称帝后，不断发动对外战争，多次粉碎反法同盟，严重打击了欧洲封建反动势力。但同时法国大资产阶级对外扩张的野心日增，拿破仑的对外战争也变成掠夺、奴役别国的侵略战争。1812 年对俄战争的失败，加速了帝国的崩溃。1814 年欧洲反法联军攻陷巴黎，拿破仑被迫退位，被流放到厄尔巴岛。1815 年 3 月重返巴黎，建立百日王朝。6 月，滑铁卢战役失败后，再次退位，被流放于圣赫勒拿岛，1821 年病死于该岛。

　　第十一行：你和法兰西巴倾覆倒地；战胜了拿破仑的英、普、俄、奥等国的君主和代表于 1814 至 1815 年召开维也纳会议，根据所谓"正统主义"和"补偿原则"恢复了欧洲各国被推翻的封建王朝的统治，不顾小国的民族利益，对欧洲地图重新进行了划分。为了防止欧洲各国民族革命的爆发，会议后还建立了神圣同盟和四国同盟。拿破仑的失败也是法国革命的挫折。

你本来可以兴建你的宝座

并且稳坐到今天：你却选取

脆弱而血腥的煊赫辉煌，被时间

当齑粉扫入寂灭。我祈愿杀戮、

叛卖、奴役、恐怖、邪欲、贪婪

拥着你（这一切罪行的代理人）睡眠，

窒死你。我终于悟到（太晚了，可惜，

因你和法兰西已倾覆倒地），除欺骗、

暴力外，美德还有更恒久的大敌：

陈旧的陋习，合法的罪行，和时间

最邪恶的产儿，那鲜血淋漓的信念。

致华兹华斯^①

歌颂自然的诗人啊，你哭过，因为

你知道万物一去便不再回来：

童年，青春，友谊，初恋的光辉，

如美梦一般飞逝，使你悲哀。

我有同样的忧伤。有一种失落，

你虽有同感，只有我为之哀愁。

你像颗孤星，曾以光芒照耀过

寒冬午夜狂浪中飘摇的小舟；

你巍然屹立，如岩石筑成的避风亭，

俯临盲目的、争斗的芸芸众生；

在可敬的贫困中你的嗓音曾织出

一支支献给真理和自由的歌曲——

你终于离弃了这些，使我悲伤，

你曾经如此，愿你不要再这样。

---

① 本诗约作于 1815 年，与长诗《阿拉斯特》一同初次发表于 1816 年。原诗韵式
为：abab cdcd eef gfg。译文略有变动，为：abab cdcd eef fgg。
　　第五行："失落"指华兹华斯革命热情的消退。
　　第十四行：雪莱还抱有对华兹华斯改弦更张的希望，但后来证明这是徒劳的。

峨席曼迭斯①

我遇到一位来自古国的旅人，

他说，两根没身躯的石刻巨腿

站在瀚海里。沙土中，巨腿附近，

半陷着一具破损的脸型，那皱眉，

卷唇，和那睥睨一切的冷笑，

显出刻手们熟谙这类情绪，

把它们刻在石头上，传留到今朝，

它们的摹刻者、培育者却早已逝去。

在那底座上还出现了这些字迹：

"我就是峨席曼迭斯，万王之王——

天公啊，看我的勋业吧，叫你也绝望！"

巨型遗物外，只有空旷、岑寂；

---

① 第一行中的"古国"指埃及。第六行中的"情绪"指第四、五行中的"皱眉""卷唇""冷笑"等所表达的情绪。第七、八行中的"它们"指第六行中的"情绪"。第八行中"它们的摹刻者"即把那些情绪刻在石头脸型上的刻工们；"它们的培育者"指"培育"那些情绪的人，也就是那些情绪的主人——峨席曼迭斯。第十行中的"峨席曼迭斯"，相传他是公元前 2100 年左右埃及的一个好战的君王，曾侵入亚洲。

原诗的韵脚排列比较特别：abab acdc ede fef。译文则为：abab cdcd eff eff。

废址的四周，一望无际，莽苍苍，
平沙漠漠，伸展向遥远的彼方。

致尼罗河 ①

一月又一月，连绵的雨水下降，

浸润着隐秘的埃塞俄比亚谷豁，

沙漠中冰雪包围的峻峰矗立，

严寒与酷热在阿特拉斯山上

奇异地拥抱，雪盖的平野倚傍。

暴风雨裹着气浪与流星高居

尼罗河上空的苍穹，用滔滔咒语

催促河水向远大的目标流淌。

在埃及这记忆之邦，洪水漫溢，

那是你的水啊，尼罗河！你知道：

你流过的地方，总有提神的清气、

邪恶的风暴，有鲜果，也有毒草。

---

① 本诗作于 1818 年 2 月。雪莱同济慈、李·亨特以尼罗河为题比赛诗艺而写此诗，另二人都有同题的诗作。原诗韵式为：abba abba cdcd ee。译文全同。

尼罗河为世界上最长的河流之一，在非洲东北部。第三行：沙漠；尼罗河流域面积 287 万平方公里，分属热带森林、草原和沙漠。第四行：阿特拉斯是埃及的一座山。第九行：洪水漫溢；尼罗河中下游每年 6 月至 10 月泛滥，在长期垦殖下形成著名的河谷绿洲带。

留心，人啊！要知道知识对于你
正如那滔天的洪水之于埃及。

十四行诗："别升起这彩幔"①

别升起这彩幔，活人们称它生活，
虽然那上面画的图像不真实，
而只是用随意点染的颜色临摹
我们相信的一切——后面藏的是
恐惧和希望：孪生的命运，盖过
无形的阴窟，编织着自己的影子。
我知道，有个人曾升起这彩幔，他想
为失落的柔情寻找爱的寄托，
但是找不着，唉！在这世界上，
他所倾心的事物，从没存在过。
他于是在漠不关心的人群中漂泊，
他是影中的华彩，是亮的光波
在暗的背景前；他是精灵，在求索
真理，却像传道者②一无所获。

---

① 本诗作于 1818 年；初次发表于雪莱夫人编的《雪莱遗诗》（1824）。此诗原诗的韵式比较独特：ababab cdcd dede。译文照原样押韵，只是 a 与 d 与 e 同。
② 《旧约·传道书》第七章记述传道者（所罗门）的话："我将这事一一比较，要寻求真理。我心仍要寻找，却未曾找到。"

一八一九年的英国 ①

老而疯、盲目、可鄙、垂死的国君，

王亲国戚，昏聩王族的渣滓，

为公众所不齿，是污水淤成的泥泞，

掌权的诸公，瞎了眼，麻木又无知，

只是紧吸住衰弱的英国，像吸尽

鲜血而昏醉、不打便落地的水蛭；

人民，在荒废的田地里挨饿，遭屠戮，

军队，因砍杀自由和掠夺而变成

---

① 本诗作于 1819 年，初次发表于雪莱夫人编的《雪莱诗集》（1839）。此首原诗的韵式较为独特：ababab cdcd ce dd。译文全同，只是 a=d。

诗题《一八一九年的英国》：这一年是英国政局动荡、群众运动风起云涌的一年，也是英国政府对群众大肆镇压的一年。1818 至 1819 年间，英国的许多大城市中的工人和市民举行大规模群众集会，要求国会改革选举制度，取消谷物法和禁止工人结社的法令。1819 年 8 月 16 日，八万多名群众集会于曼彻斯特的圣彼得广场，政府出动军警镇压，群众惨遭杀害，造成著名的"彼得卢大屠杀"惨案。之后，以卡瑟尔累为首的托利党政府同年 11 月颁布"六项法令"，激起英国人民新的反抗。

第一行：垂死的国君指乔治三世，1811 年即宣布患精神病；他在雪莱写此诗之次年（1820）死去。

第四行：掌权的诸公，指执行金融寡头和土地贵族集团之反动政策的托利党政府。

第十二行：法令，指强加于不信英国国教者和天主教徒的歧视性法令。

双刃的剑，也向持剑者挥舞，
拜金而嗜血的法律，诱人再杀人；
宗教，无基督、无上帝——封闭的圣书；
议会，对历代最坏的法令也保护——
这全是坟墓，从这里，光辉的神灵
会跃出，来照亮这雨骤风狂的时辰。

致英国人民之歌

英国的汉子，为什么耕地——
就为老爷踩你们在脚底？
为什么织布，辛苦，勤劳，
就为暴君能穿上锦袍？

为什么对雄蜂从摇篮到坟墓
你们总给以供养和守护？
他们却忘恩，要你们耗竭
汗水，要喝干你们的鲜血！

英国的工蜂啊，为什么造出
这么多兵器、锁链和刑具，
让那些无螫的雄蜂来夺去
你们被迫劳动的产物？

你们可曾有安逸、和谐、
房屋、衣食、爱情的慰藉？

空付出代价这样昂贵，
还担惊受怕，心力交瘁？

你们撒种子，别人得收成；
你们创财富，别人享现成；
你们制衣服，别人穿身上；
你们造兵器，别人来执掌。

撒种子，别让暴君来收获；
创财富，别让骗子来抢夺；
制衣服，别让懒汉穿上身；
造兵器，为了自卫防强人。

钻进你们的地下室，破洞口；
别人住你们装修的大楼。
为什么不挣脱自造的铁镣？
瞧你们炼的钢正不屑一瞟！

用织机、犁铧、铁锹和锄，
你们为自己构筑着坟墓，
你们替自己织尸衣，好让
美丽的英国给你们做坟场。

印度夜情歌

从夜半初度香甜的酣睡里，
从梦见你的梦中，我醒来，
这时候风儿低低地呼吸，
星星发出明亮的光彩；
从梦见你的梦中，我起身，
我脚上附着一个精怪
（谁知道是怎么回事？）领着我，
亲爱的，来到你卧室的窗外！

乐曲声徘徊着渐渐沉落，
消失在幽暗寂静的溪水上——
金香木的香气飘散隐没，
有如梦中美妙的思想；
夜莺哀怨、不平的倾诉
在她自己的心上消亡；
我也要在你的心上死去，
哦，我爱的可爱的姑娘！

哦，把我从草地上扶起！
我在死！我昏厥！我衰竭！
让你的爱情化为吻雨
向我的嘴唇和眼睑倾泻！
我两颊发冷发白，天哪！
我的心跳得又响又快；
哦，把我心再压紧你心吧，
它终将在你心窝里裂开。

爱的哲学

山泉滚滚向江河汇合，
江河入大海成一体，
天上的风儿永远融和，
同柔情合在一起；
世上的一切都不孤零；
神圣的规律教万物
用一种精神来相遇相融——
为什么你我偏不？

你看水波拥抱水波，
山峰亲吻高天；
谁都不饶做妹妹的花朵，
假如她对哥哥白眼；
阳光紧紧地拥抱大地，
月光亲吻海波——
这一切亲吻有什么价值，
如果你不吻我？

寄西风之歌①

一

狂野的西风啊，你啊，秋天的浩气，

你傲然君临，却不露行迹，把死叶

纷纷吹落似鬼魂躲巫师的追击，

萎黄，灰黑，苍白，病态的红热，

成堆的败叶受疫疠咬啮，西风，

你又把飞翔的种子载送到土穴，

在阴暗寒冷的土床上偃卧越冬，

像是一具具尸体在墓中蛰眠，

直到你碧蓝的阳春姐姐向梦中

大地吹响她嘹亮的号角，像催赶

百花到天上去放牧，给平原山岭

---

① 雪莱自注："这首诗构思并基本写成于佛罗伦斯附近阿诺河畔的一个树林里，那天，一度天气温和，神清气爽，而狂烈的暴风，却正聚集着水汽，酝酿着一场倾盆的秋雨。不出我之所料，到日落时分，风雨大作，夹有冰雹，伴随着西萨尔平（阿尔卑斯山南部）地区电闪雷鸣的壮观。"时为 1819 年。诗发表于 1820 年。本诗题借用鲁迅先生的译名。

洒满了姹紫嫣红和芳菲香妍：
狂野的精灵！你横扫一切，你驰骋，
你摧毁，你又保存；听啊，你听！

二

你啊，趁你的激湍，趁高空骚乱，
散开的云朵奔跃如地上的枯叶！
挣脱了天空和大海交缠的枝蔓，
是雨和电的天使：漫天遍野，
在你那蓝空气浪的表层上，好似
可怖的迈娜得^①头上竖起的一叠叠
发光的怒发，直接从暗昧的天际
扶摇而直上苍昊的绝顶，奔腾
而来，那狂风暴雨的一簇簇鬈丝！
你啊，为残年唱挽歌，叫夜幕合拢
为广袤无垠的陵墓构成穹顶，
受到你全部郁勃之气的支撑，
从你那密密匝匝的气压里会涌进
黑雨，电火，冰雹：听啊，你听！

---

① 迈娜得，希腊神话中酒神狄俄倪索斯的随伴者，是狂女，常常狂跳乱舞，披
头散发，头上长出藤条或蛇。

三

是你啊，是你唤醒了地中海这一片蔚蓝

告别夏天的梦境，不让它再静躺

在澄波清流汩汩的喧声中受催眠，

不再沉睡在巴亚湾①火山岩小岛旁，

梦见多少座古老的楼塔和殿阁

在日照强光下起伏的波澜里摇荡，

身上长满了蓝色的苔藓和花朵，

香气袭人，这一切都难以描述！

为给你让路，千万顷大西洋晴波

开裂成多少沟壑，在洪涛深处，

海底的苔花和泥泞的藻林，连同

凋枯萎蔫的枝叶，一旦听出

你的呼啸的声音，便失色大惊，

颤抖着自相纠缠劫掠：你听！②

四

假如我是片枯叶，能让你载送，

假如我是片轻云，能伴你飞翔，

---

① 巴亚湾，在那不勒斯湾的西北部，原是古罗马人的海滨胜地，为维苏威火山爆发所毁，熔岩积成小岛。

② 雪莱自注："第三段末尾提到的现象，博物学者是熟悉的。海底、河底、湖底的水生植物与陆上植物相同，能同季候的变换相呼应，因而也受到宣布这种变换的风的影响。"

或一朵浪花，在你的威力下悸动，

分享你强劲的冲力，仅仅比不上

你那般自由啊，不羁的西风！假如

我还在童年时代，跟随你流浪

在广袤无边的天上，做你的伴侣，

似乎超越你天马行空的神速，

不是虚幻的空想，我也就不至于

如此迫切地向你哀告，求助。

请把我当浪花、落叶、浮云般扬起！

我倒在人生的荆棘上！我血流如注！

时间的重负在紧紧束缚并压抑

一个人①他像你：高傲，敏捷，不羁！

五

请把我当作琴，正如你弹奏树林：

纵然我一身叶片像树林般凋落！

你那宏伟的和音，肃杀萧森，

将从我和树林奏出深沉的秋歌，

甘美而凄切。但愿你，凶猛的精灵，

做我的魂魄！愿你这莽汉啊，就是我！

请把我朽败的思绪向宇宙播送，

就像你驱逐枯叶去催化新生！

----

① 指雪莱自己。

凭我这诗篇的符咒，像从壁炉中
未灭的余火里吹出炭灰和火星，
把我的言辞向人间撒播，倾倒！
从我的嘴唇，朝未醒的大地沉沉，
吹响预言的号角吧！风啊，你看，
若冬天到了，春天难道还遥远？

丧偶的鸟儿 ①

丧偶的鸟儿栖在冬天的枝头，
悲悼失去的情郎；
结冰的冷风在天边匍匐向前走，
河流在地下冻僵。

光秃的树林里没一片绿叶，
地上没一朵鲜花。
空气中没半丝动静，除了
磨坊里轮声嘎嘎。

---

① 这是雪莱未完成的诗剧《查理一世》第五场中宫廷弄臣阿契所唱的一首歌，
原无题。

天地间的流浪者

告诉我，星星啊，你光的羽翮
载你在火的行程中疾飞着，
你要到黑夜的哪个
洞窟里去收拢双翼？

告诉我，月亮啊，你这苍白的
天上无家可归的旅客，
你要到哪个白昼或
黑夜的深渊去休息？

疲倦的风啊，你在流浪着，
像是个天地之间的逐客，
你是否还有个密窝
在树上或在海浪里？

给——（“我怕你的吻”）

我怕你的吻，温柔的女孩，
你却不必怕我的；
我的灵魂啊，已经超载，
再不能加重以你的。

我怕你的语调，举止，风华，
你却不必怕我的；
虔诚的心啊，纯洁无瑕，
我用它来崇拜你的。

给月亮

你这样憔悴，是否因为
疲倦于攀上中天，又凝视地面，
没有同伴，孤独地徘徊
在属于不同家族的群星之间——
并且总在变，像一只悒郁的眼睛
找不到对象配得上它的坚贞？①

---

① 原诗还有第二节，仅两行，未完成，故删。

十四行诗："你匆匆进了坟！"①

你匆匆进了坟！要去把什么搜寻——
你呀，跃动的思想和热烈的意向，
受尘世束缚，来自妄想的脑筋？
你热切的心啊，想占有苍白的希望
所伪装的一切美景而跳得这样猛！
你好奇的心啊，只是徒然去猜想
你来自何方，又将去向何处，
还想知道一切未知的事物——
哦，你忙着去哪里呀，这样快步
踏过生命的青葱欢悦的道路，
只想躲开快乐，也躲开悲苦，
在死之幽冥的洞穴里求得庇护？

---

① 本诗作于 1820 年。初次发表于李·亨特所编的《文学袖珍手册》（1823）。
　　雪莱在这首十四行诗里探索人之生死的奥秘，使人联想起莎士比亚的悲剧《哈姆雷特》中哈姆雷特的著名独白："活下去还是不活，这是个问题……"
　　原诗的韵式较为独特：ababab ccbd cdcd。译文略作变动，为：ababab ccc ccc dd。

心灵，心智，思想啊！什么东西
你们希望在地下的坟茔里承袭?

致云雀

欢迎你，快乐的精灵，

你呀，从来不是鸟，

你从天国或天国附近

通过丰盈的音调

倾吐你整个心灵，以不假思索的技巧。

高扬而又高扬

像一朵火焰的云，

从大地你跃向天上，

飞越蔚蓝的苍冥，

鸣唱着始终翱翔，飞升着永远歌吟。

沉沉下落的太阳

发出金色的闪电，

把层层云霞照亮，

而你流奔于其间，

像一具空灵的喜悦刚离了航程的起点。

暗淡紫靛的黄昏

在你的周围融散；

像一颗天上的星辰

在浩阔的日光下面，

你不见了，你那喜悦的锐鸣我依然听见。

你无比锐利，像银球

射出的箭簇锋芒，

明灯在破晓时候

才收敛它的强光，

我们看不见它了，却感到它还在那地方。

整个地球和大气

在你的嗓音中响亮，

正好像，夜空如洗，

从一片弧云的上方，

月亮泻出了银光，充塞了整个上苍。

我们不知道你是谁；

什么事物最像你？

从彩虹云彩中也不会

流出灿烂的雨滴

能和从你泻下的雨般的旋律相比。

像一位隐逸的诗人
裹入思想的光彩，
独自唱出赞歌声，
直唱到整个世界在
它毫不留意的希望和恐惧中融入博爱。

像一位高贵的淑女
住在宫中高楼上。
让音乐，如爱情般甜蜜，
流溢在她的闺房，
来安慰她苦于爱情的灵魂，在独处的时光。

像一只金色的流萤
飞入露浸的幽谷，
它飞着无影无形，
把空灵的色彩散布，
撒向隐蔽着它的娇花芳草处处。

像一朵幽居的玫瑰
隐在自己的绿叶里，
任熏风前来折摧，
直到它发出的香气

以过多的甜蜜使这低飞的偷儿①昏迷。

向着闪亮的草原

倾泻的春雨音乐，

被雨点唤醒的花瓣，

以及所有的欢悦、

清纯、鲜明，全都被你的旋律超越。

教我们，精灵或是鸟，

你美妙思想的本质，

我从来未曾听到

对爱情或酒的赞辞

会吐出狂喜的洪流如你的受之于天赐。

庆贺婚礼的合唱

或祝颂凯旋的歌调，

比之于你的清响，

全是空洞的夸耀，

其中隐藏着内在的匮乏，我们感到。

你快乐曲调的清泉

奔流的源头在哪边？

在哪些田野、河山？

────────────

① 指熏风。

哪一片天空、平原？

是你对同类的爱心？是你与苦难的无缘？

你有清冽的欢欣，

就不会再有倦怠：

那片烦恼的阴影

绝不会向你走来；

你爱着；但永远不知道可悲地餍足于爱。

不论沉睡或清醒，

你一定懂得死亡

是更加真实而深沉，

非凡人所能梦想，

否则，你的歌怎能在这样的清溪中流荡？

我们向前看，向后瞧，

为空无一物而嗟叹；

我们衷心的欢笑，

也是充满了苦难；

我们最甜的歌声诉说着最悲的思念。

假如我们能藐视

憎恨、骄傲和恐惧，

假如我们生来是

不会流泪的生物，

我不知我们将怎样来亲近你的欢愉。

胜过一切令人

无比愉悦的曲调，

胜过一切曾经

在书中找到的财宝，

尘世的讥嘲者，你的旋律是诗人的技巧！

教给我你的脑子里

所有欢欣的一半，

从我的嘴里就可以

流出和谐的狂欢，

世界将倾听我，如我此刻倾听你一般！

十四行诗：政治上的伟大性 ①

无论幸福，威仪，或荣誉，还有

和平，力量，军事或艺术的技巧，

都不能养育被暴政驯服的牲口；

诗句也不反映它们的半拍心跳；

历史上只留下它们的耻辱的阴影；

千万头盲牲口，奔向遗忘的大海，

一路上用猥琐的面影染污天庭——

那艺术的明镜；于是艺术忙躲开

这行列，把镜子遮起来。由武力或习俗

编成的诗，算诗吗？一个人要做

真正的人，须统治自己的国度，

须是这一国之尊，立他的宝座

---

① 此诗作于1821年，大意是：在专制暴政下怯懦驯服的人，有如牲口，他们同幸福、威仪、荣誉、和平、力量、艺术等等都是绝缘的。诗决不歌颂他们，他们只能盲目地奔向灭亡，被人们遗忘。艺术这面明净如天空的镜子，决不反映他们猥琐的面影。要做真正的人，就决不能受支使，而必须自主，尽管失败，还是要再站起，保持独立的人格。第四、五行中的"它们"，指第三、第六行中的"牲口"，即暴政下的怯懦者。

原诗的韵式为：abab ab cdcd cede。译文改为：abab cdcd efef cc。

在经过失败的意志上，须彻底肃清
杂念和恐惧，永保独立和清醒。

给——（“音乐，虽然柔嗓音消亡”）

音乐，虽然柔嗓音消亡，
仍在它引起的记忆里回荡——
芳香，尽管紫罗兰萎谢，
仍在它激起的感觉里活跃。

玫瑰花凋落了，玫瑰花瓣
堆成卧榻，给情人安眠；
同样，你去了，爱情将会
依在对你的思念上酣睡。

给——（ "一个词儿被过多地亵渎了" ）

一个词儿被过多地亵渎了，
轮不到我来亵渎它；
一种感情被过分地轻侮了，
轮不到你来轻侮它；
一种希望太像是绝望了，
不必用谨慎来掩盖；
而从你那儿来的同情啊，
比别人的更加亲爱。

我不能献出人们说的爱，
可难道你也不愿
接受崇拜——它被心托起来，
而且不见拒于青天，
仿佛飞蛾对星星的渴求，
黑夜对黎明的向往，
我们这充满悲哀的地球
对遥远事物的向往？

悲　哀

啊，世界！人生！时间！
我踏着阶梯向上攀，
回头看过来的脚印心胆寒；
青春的光华啊，何时再回到我身边？
不能啊——啊，一去永不返！

告别了白天和夜晚，
心中的欢忙已去远，
葱茏的春日，盛夏，苍白的冬天
使我悲痛啊，而我心中的欢忙
已去远——啊，一去永不返！

哀 乐

你高声呜咽的、哀伤得
不成歌调的烈风啊；
在阴云整夜报丧的时刻
猛吹狠刮的狂风啊；
徒然洒泪的凄风苦雨啊，
紧绷着枝桠的丛丛秃树啊，
阴郁的大海、深幽的洞窟啊——
为人世不公而恸哭吧！

致拜伦 ①

[我怕这诗句会使你不高兴，但是]

我如果不这样敬重你，嫉妒将杀死

欢悦，把惊愕和绝望留给充满

我内心的思维活动，我的心像是

蠕虫，竟能够分享你的才干，

那不可企及的成就，并且注意到

你的创作进行得迅速而美好，

像上帝凭意志把完美的世界创造。

但是，我这样敬重你，无论你在

别人须攀登的峰顶上翱翔的伟力，

或者荣誉——那生性嫉妒的未来

投向永恒时间的一片影子，

都不能使人因自己的名字少光彩

---

① 此诗初次发表于梅德温所编《雪莱诗稿》（1832）。本诗体现了雪莱对拜伦的高度敬重和赞誉，但同时体现了诗人的自信和自尊。原诗有十五行。原诗中的第一行是置于方括号内的，可视为衍文。

原诗韵式特殊：[×]ababab acd cde ff。译文有些变动，韵如下：[a]abab cccd adad ee。

而遗憾，他敢于这样说——土下的蠕虫
也可以挺起身来向上帝效忠。

菲丽西亚·多萝西·希曼斯

（Felicia Dorothea Hemans，1793—1835）

菲丽西亚·多萝西·希曼斯是英国 19 世纪上半叶相当有声望的女诗人。一生诗作颇丰，影响广泛，其作品受到社会各层次读者的喜爱。

她出身于利物浦一个商人的家庭，家中兄弟姊妹六人。1800 年，由于生意方面的困难，一家迁至北威尔士地区。希曼斯小时未受过学校的正规教育，全由母亲教授她诗文。她自小聪慧而早熟，14 岁时经母亲的鼓励出版了第一本诗集。大约在此时，她的父亲抛妻弃子只身前往魁北克，从此未归，家中的生活重担全落在母亲和她的身上。1812 年，她与开普顿·阿尔弗雷德·希曼斯结婚，生有五子。不料五年后，未待他们第五个孩子出世，她丈夫便像她父亲一样，出走意大利，再也没有回来。她必须勤奋写作，依赖稿酬补贴家用。这两件事给女诗人的心灵造成了极大的伤害，影响到她的诗歌创作。

希曼斯的诗歌主题多涉及对真挚深沉的爱情的渴望。这实际上是对她一生未能从家庭生活中得到真正的爱、得到呵护的一种补偿。她在诗歌中常常描写女人在家庭中的责任，也抒发她渴望走出家庭的小圈子，融入社会，得到社会承认的情感。然而，她的思想又是矛盾的。当她拥有了大批的读者，并获得了很高声誉的时候，她又感到内心中的某种失落，流露出她作为家庭中的女人、作为母亲与作为成功的女诗人之间的矛盾，并思考自我表现与自我否定之间的对抗。一种英雄的气质和女性天然的柔弱与敏感常交织在她的诗作中，形成她的诗作的一种独特风格。

希曼斯的作品相当丰富，内容广泛，风格多样。自 1812 年发表了《家庭之爱》后，她几乎每年都有新作问世，直到去世。其中较有影响的包括表达爱国主义情感的《威尔士之歌》（1822），描写历史上和传说中的女英雄的《女人集》（1828）等。最著名的诗作《卡萨卜卡》被后人收入多种诗选。

希曼斯与不少当时尚未引人注目的浪漫派大诗人相识，他们的作品常相互影响。维多利亚时期的女作家对她十分青睐。但在 19 世纪末，希曼斯的声誉有所下降。近年来随着英国女性诗歌研究的兴起，希曼斯的诗重新受到重视。

我母亲的生日

（八岁时作）

明亮的绿色覆盖一切，
今天满眼是青翠的田野，
爱唱的鸟儿开始唱歌，
为了祝贺你生日快乐。

微风不吹，大海宁静，
所有的景色如此迷人；
诱人的五月里，花儿苏醒，
因为今天是你的诞辰。

天空蔚蓝，天气晴朗，
到处是一片喜悦欢畅，
玫瑰、石竹、郁金香一起
祝贺你生日欢欢喜喜。

（方谷绣、屠岸译）

卡萨卞卡^①

这男孩站在燃烧的甲板上，
人们都跑了，他留下；
照耀着残破战舰的火光
越过尸体，包围他。

他仍然站着，美丽辉煌，
像是风暴的统帅——
英雄的种啊，傲岸的形象，
尽管是孩童的体态。

烈焰滚滚来——他父亲没下令，
他不能擅离职守；
他父亲倒下了，已经牺牲，
听不见儿子的请求。

① 卡萨卞卡，科西嘉男孩，1798 年随其父路易斯·卡萨卞卡（拿破仑部下，海军军官）出征埃及。停在亚历山大港迤东之阿布基尔的法国舰队被纳尔逊率领的英国海军消灭殆尽。卡萨卞卡殉职于岗位上，时年约 13 岁。

他高叫："说话呀，爸爸！你说——
我是否尽到了责任？"
孩子不知道军官僵卧着，
对儿子已毫无感应。

孩子又叫喊："说话呀，爸爸！
我可不可以离开？"
只有轰响的炮弹在回答，
火焰迅速地卷来。

他感到烈焰烧到前额，
烧到飘动的发梢，
单独在死亡岗位上，他看着，
绝望了，平静而骄傲。

孩子再一次高声叫喊：
"爸爸！我一定得留下？"
火焰正穿过桅索和布帆，
绕着他向前进发。

疯狂的火彩包围了舰只，
司令旗在高处燃烧，
烈焰滚过这勇敢的孩子，
像旗帜在天空飞飘。

一声爆炸，雷鸣电闪——
哦，那孩子在哪？
问风吧——风把船的碎片
向海面四散抛撒！

桅杆，舵轮，美丽的尖旗，
都已经各尽责任；
但葬入海中的最高贵的东西
是童心至高的忠贞！

赠一位流浪的女歌手

你曾经爱过，你受过苦难！
因陷入深沉痛苦的感情，
你像竖琴脆弱的琴弦般抖颤——
我了解这一切从你的歌声！

你曾经爱过——那可能无望——
但是好啊——哦！太好了——
你曾经受过所有女人的心腔
能承受的痛苦——但是，不要说！

你曾经哭过，你已经离开，
你已经被遗弃，长久没音信，
你等待脚步声，它没有回来——
我了解这一切从你的歌声！

凭你的胸中涌出的音乐，
低声、清亮、悦耳的嗓音，

笛韵般悠扬，起伏不歇——
心灵的声音永远不消沉。

那乐音深情而痛苦地徘徊，
每个字都蕴含深长的不幸，
啊！你爱过，你多难多灾——
我了解这一切从你的歌声！

女性与名誉

你有神奇的酒杯，哦，名誉！
饮一口就满面红晕，
仿佛要把这副世俗的身躯
升华到超越永恒。
去吧！请给我———一名女性——
引来柔情的灵泉甜润。

你有绿色的桂叶，能用以
编成光荣的桂冠；
对于你这份辉煌的厚礼，
英雄们死也带笑颜；
至于我，我只要花儿一朵，
花瓣上印着片刻的欢乐！

你有个嗓音，动人的声调
能激起生命的搏动，
正如响起了一声声军号，

召唤勇士们冲锋；

可是对于我——女性的襟怀，

还请说几句乡土的情爱。

你的歌里有空洞的音响，

你眼中含着嘲弄，

笑那些求人同情，求人帮，

苦苦渴求的心胸——

笑那些向你欢呼的和颜，

笑那些逝去的蜜语甜言。

名誉，名誉！芦苇已垂倒，

你无法把它支起，

白日下焦渴的灵魂有需要，

你不是清凉的山溪：

孤寂的人啊，该奔向哪里？

啊，不要，绝不要奔向你！

一位女诗人 ① 的墓

假如你知道这座坟使我免遭多少痛苦，——你就不要悲伤！ ②

我站在你这低低的坟旁，
遍撒芬芳的花叶，
溪水的轻波潺潺地流淌，
那是催眠的音乐。

所有爱慕太阳的幸福儿
掠过明艳的晴空，
仿佛有一声喜悦的细语
流过蔚蓝的苍穹。

新叶在常春藤枝上茁长，
装饰附近的遗迹；
幼儿的嗓音滚响在远方，

---

① 指《赛吉；爱神的传说》的作者玛丽·泰伊（Mary Tighe，1772—1810）。
② 这两行原文为拉丁文。

你无法听到甜蜜。

为了你我心中涌起悲伤——
在你女性的心怀，
照亮大地和海洋的光芒——
歌之光受到崇拜。

悲悼你已在坟墓里安眠，
可畏的帷幕拉起。
你便和人间的光热隔断，
见不到春的晨曦。

离了所有的诗歌和花朵，
这些是你所热爱——
你坟墓四周的阳光只是个
咒语，已经被破坏。

鸟雀和展翅飞翔的昆虫
机灵地任性游戏，
会感到春天的生机涌动——
而你已永远离去。

然而，不管我徒然悲哀，
崇高的思想出现；

不朽的精灵苏醒，附身在
我这颤抖的躯干。

我说，你以前一定曾见到
更加可爱的事物，
胜过我们的小径周遭
散落的色彩、芳馥。

此间有这座坟墓的幽影——
但大地多么美妙！
你那里虽没恐惧和噩梦，
什么美景能见到？

你曾给人间速朽的香花
徒劳地付出厚爱——
你那里不受时间的统辖，
爱与死必须分开！

你已离开你歌唱的忧伤，
那嗓音深沉低抑！
在世间华丽的闺房间彷徨——
多少次你曾哀泣？

你将把温柔高尚的心意

置于尘世的何处？
如今女儿心已找到安谧、
诗人的眼睛：欢愉。

约翰·克雷尔

（John Clare，1793—1864）

约翰·克雷尔是最近乎无技巧的"天然诗人"。原始风格主义者曾搜索他直到中世纪。比他早些、有更大成就的诗人彭斯曾设法获得扎实又充实的教育，而克雷尔只学会阅读和书写。他出生在北安普顿郡赫尔斯通村，其父务农，半文盲，其母是全文盲。他是个多病胆小的孩子，却在田间艰苦劳作。他发现自己能以写诗"抒发感情而得到极大愉快"。1820年出版《农村生活素描诗》，受到评论者的注意。他与玛莎·透纳结婚而与先前的恋人玛丽·乔伊斯分手，这使他苦恼终身。他的成功之作《乡村行吟诗人》（1821）、《牧童日历》（1827）和《乡村缪斯》（1835）相继问世。1837年，他因精神失常被一家精神病院收容。1841年，他逃出，步行回家以与玛丽重聚，自认为已与玛丽成婚。他的余年生活在北安普顿郡精神病院里度过，在此他得到善待。这里成了他的避风港和休憩地，有较大自由，可以到野外散步，受鼓励继续写诗。他从不屈从于赞助者的趣味而使用雕饰的辞藻，坚持用自己的语言、方言、特殊的语法写诗。他的病院诗受到读者的欣赏。20世纪的评论家更多地注意他高度个性化再现乡村景物的诗。克雷尔现已被公认为具有极大真实感和魅力的诗人。

作于北安普顿郡精神病院

我存在！可我是什么人，谁知道？谁关心？
友人们舍弃我像舍弃失去的忆念，
我是独个儿消耗悲哀的人；
悲哀涌现又沉落于遗忘的深渊。
像爱的狂乱挣扎中痛苦的幻影，
可是我存在，我活着，如薄雾轻烟
被掷入轻侮和喧扰的虚妄中间，
掷入醒着做梦时跃动的海洋里面。
既没有生的意识，也没有欢忻，
只有我生命之尊严的巨大破船；
甚至我爱之最深、最亲的人们
也陌生了——不，他们比别人更疏远。

我渴念男子从未踏过的境域，
女子从未笑过或哭过的地方。
去那里和我的创造者上帝同住，
睡下，一如我幼时甜睡在梦乡，

安静地躺着，不扰人，不受人干预

下着茵草，上有如拱的苍穹。

托马斯·卡莱尔

（Thomas Carlyle，1795—1881）

托马斯·卡莱尔是 19 世纪苏格兰散文家、历史学家、著名学者，生于苏格兰南部安嫩代尔的埃克尔费亨村，早年就读于爱丁堡大学。他的著作《法国革命》于 1837 年脱稿，出版后受到广泛赞扬。他认为法国大革命是法国王朝和贵族因愚蠢和自私而必然取得的报应。1841 年出版《论英雄，英雄崇拜和历史上的英雄事迹》，论述了神话英雄、先知、诗人、教士、文学家、帝王等人物。在论及诗人如莎士比亚、但丁等时有突出的、深刻的见解。两年后出版《过去和现在》（1843），进一步阐述了他的英雄观。1845 年出版《克伦威尔书信演说集详解》，1858—1865 年发表《普鲁士腓特烈大帝史》。1866 年 4 月就任爱丁堡大学校长，其就职演说《论书的选择》获得巨大成功。卡莱尔不以诗闻名，但《今天》是他的一首著名诗篇。

今 天

又一个蔚蓝的晴天
随黎明来到：
想想，你可愿把它
白白浪费掉？

来自永恒的光阴，
诞生了今天；
到夜晚，它又返回
永恒的时间。

没眼睛预先看见过
它的踪影：
它很快从一切眼睛前
永远消隐。

又一个蔚蓝的晴天
随黎明来到：

想想，你可愿让它

白白地溜掉？

哈特利·柯尔律治

（Hartley Coleridge，1796—1849）

哈特利·柯尔律治是著名的湖畔派诗人 S.T. 柯尔律治的儿子，老柯尔律治在几篇重要诗作（如《午夜霜》《克丽斯德蓓》等）中都提到过他。但他父亲后来抛弃了这个家，因而他小时并未受到过很正规的教育。1819 年，他曾获得牛津大学奥利尔学院的奖学金。但他因酗酒，学业很快就中断了。此后，他来到伦敦在新闻业谋职，也做过教师。

由于其父在名诗中对他的赞美，华兹华斯也写过给他的诗，人们对他抱以很高的期望，哈特利·柯尔律治自己也认为应在这方面发挥自己的才智。1823 年，他在《伦敦》杂志上发表诗作。1833 年，他在利兹发表《北方名人传记》，同年出版了诗集。应该说哈特利·柯尔律治有一定诗才，但对他的过高期望却是不切实际的，他自己也认为这已成为他的沉重负担。1849 年，他在无望和贫困中死去，被葬在格拉斯默墓园。

她

她不如许多姑娘们俊俏，
外貌上难以相比；
直到她对我嫣然一笑，
才显出无穷魅力。
从此我见到她两眼生辉，
是爱的源头，是光的泉水。

近来她目光羞涩而冷淡，
对我不理又不睬，
我仍然看见她一双慧眼
闪射出爱的光彩：
她就是皱起眉头来也比
别的少女们巧笑更美丽。